FEDERHERZ
VERLAG

MARLA GREY

all the BROKEN DREAMS and you

All The Broken Dreams And You
Savanna Springs 3
Neuauflage

Bildmaterial: Rawpixel, Freepik
Korrektorat: Claudia Matheis

Bestellung und Vertrieb: Nova MD GmbH, Vachendorf

ISBN: 978-3-96966-528-2

Druckerei Smilkov Print Ltd
Pokrovnishko shose
2700, Blagoevgrad

Federherz Verlag
Süntelstraße 70
31848 Bad Münder
www.federherzverlag.de
Instagram: @federherz.verlag

FÜR ALLE, DIE WISSEN,
WIE ES IST, VOM WEG ABZUKOMMEN.

TRIGGERWARNUNG

Liebe Leseherzen,
wie alle meine Bücher enthält auch die Geschichte von Kim & Keaton sensible Themen und potenzielle Trigger. Deshalb achtet gut auf euch.

KEATON

März

Reichtum, Luxus, Macht, das waren Dinge, mit denen ich mich nie verbunden gefühlt hatte. Denn während die meisten meiner Schulkameraden ihre Zeit zwischen Luxusbauten und den nicht enden wollenden Shoppingmeilen von Savanna Springs verbracht hatten, immer auf der Suche nach den schicksten Klamotten und der neusten Technik, war alles, was ich mir je gewünscht hatte, ein Ort, an dem wir sicher waren. Ein Ort, an dem meine Mom nicht ihren Körper verkaufen musste, um vier hungrige Mäuler zu stopfen. Ein Ort, an dem wir ohne Angst auf die Straße gehen konnten; an dem es nicht bloß darum ging, an Geld zu gelangen.

Manchmal kam es mir noch heute wie ein Traum vor, dass ich jenem Leben rund um die Marylane Avenue tatsächlich entflohen war. Dass ich acht Jahre später nicht nur einen vollen Kühlschrank und ein sicheres Zuhause hatte, sondern dass auch meine Mom wieder lächeln konnte. Denn als mein Vater verschwand und sie mit drei kleinen Kindern und einem Haufen Schulden zurückließ, sah es nicht danach aus, als würde sie je wieder glücklich werden.

»Wolltest du nicht eigentlich los?« Mein Stiefvater schob den grauen Vorhang zur Seite, der den Tätowierbereich vom restlichen Tattoostudio trennte.

»Ich wollte nur noch schnell die Idee für den Kunden skizzieren, ehe ich fahre.«

Gregory trat hinter mich, während ich meine Aufmerksamkeit wieder dem Skizzenbuch widmete, in dem ich jeden Kundenwunsch und jeden Einfall festhielt. Mit dem Bleistift fuhr ich die Konturen des letzten Buchstabens nach, die die Zeichnung abrundeten. Es war eine schlichte Tätowierung, vier Worte, um die sich Rosen mit offenen und geschlossenen Blüten rankten.

Als ich den Stift neben mir ablegte, beugte Gregory sich über die Zeichnung.

»Die Kundin möchte, dass einige der Rosen ihre Blüten verlieren, deshalb wollte ich das Ganze etwas weiter nach unten verlaufen lassen.«

»Perfekt wie immer.« Anerkennend nickte er und klopfte mir mit seiner Pranke auf die Schulter, und wie jedes Mal, wenn er das tat, spürte ich die vertraute Wärme in meinem Brustkorb.

Die Meinung meines Stiefvaters bedeutete mir viel, und das nicht nur, weil er mein Talent erkannt und es vom ersten Moment an gefördert hatte. Er glaubte, dass man tun musste, was man liebte, um glücklich zu werden. Und gerade dieser unerschütterliche Glaube war es, der mich antrieb und in gewisser Weise zu dem machte, der ich heute war. Womit mir mein Stiefvater in den letzten acht Jahren mehr mitgegeben hatte als mein leiblicher Vater in den ersten, prägenden Jahren meines Lebens.

»Und jetzt mach Schluss, Keat. Du wolltest los.« Er hatte recht. Für eine erste Skizze reichte die Zeichnung und den Feinheiten würde ich mich nach dem Wochenende widmen.

Ich klappte das Buch zu, verstaute es in meinem Rucksack und zog ihn mit mir hoch. »Sagst du Mom, dass ich Dienstag vorbeischaue, sobald wir Kim zum Flughafen gebracht haben.«

»Mache ich.«

»Und es kann sein, dass ich Zara mitbringe.« Sobald ihre Schwester auf dem Weg zurück ans andere Ende des Landes war, würde sie Ablenkung gebrauchen können. Und ein Besuch bei meiner Familie würde sie auf andere Gedanken bringen. Und nicht nur sie.

Mich würde es auf andere Gedanken bringen.

Ich verabschiedete mich von meinem Stiefvater und verließ das Studio am Stadtrand, um nach Hause zu fahren.

Sobald ich die Tür zu der vollgestellten, kleinen Vierzimmerwohnung aufschloss, die ich mir mit meiner besten Freundin teilte, empfing mich der Duft von selbstgebackenem Schokokuchen. Zaras Gesicht tauchte in der Küchentür auf.

»Da bist du ja. Endlich!« Sie griff in den Stoff meines Shirts, zog mich mit sich Richtung Wohnzimmer und ließ mir dabei nicht einmal Zeit, die Schuhe von den Füßen zu streifen.

Mitten im Raum blieb sie schließlich stehen, den

Blick skeptisch in den Raum gerichtet, während sie auf ihrer Unterlippe kaute. »Meinst du, es wird ihr gefallen?«

Ich sah mich um. An jeder freien Stelle hingen lila Herzluftballons mit selbst gemachter Glitzeraufschrift. Überall lagen Blumen. Auf dem Laminatboden, dem Couchtisch, selbst in den Bücherregalen. Und dann war da noch der Kuchen.

»Natürlich wird es das.« Ich trat an sie heran und ergriff ihre Hand, die sich in meiner eiskalt anfühlte. »Sie wird es lieben, das schwöre ich.« Ich reckte zwei Finger meiner anderen Hand in die Höhe, um meine Worte zu unterstreichen.

»Bei was?« Sie hob eine Augenbraue. »Du musst schon etwas zu verlieren haben, damit so ein Schwur überhaupt eine Bedeutung hat.«

»Schön ...« Ich deutete auf das Bücherregal. »Dann schwör ich es bei meiner Liebe zu Büchern.« Eine Wohnung ohne Bücher war leer, ich liebte es, zu lesen. Das hatte ich schon immer. »Zufrieden?«

Sie nickte und lehnte sich gegen meine Brust. »Ich bin nur so aufgeregt, weil wir uns ewig nicht gesehen haben.«

Zweihundertdreiundachtzig Tage.

Ich hatte sie gezählt, jeden einzelnen, seit Kim nach Boston gegangen war.

»Ich weiß.« Ich strich über ihr schwarzes Haar, an dessen Spitzen sie purpurfarbene Kugeln eingeflochten hatte. »Und weißt du, was ich noch weiß? Dass es ihr gefallen wird. Ganz sicher. Und zwar nicht, weil sie eine Überraschungsparty erwartet, sondern wegen dir: weil sie deine Schwester ist und weil sie dich liebt.«

Wenn ich eins wusste, dann wie sehr Zara und Kim

aneinander hingen. Sie waren nicht nur Schwestern, sie waren Freundinnen.

Ich warf einen Blick auf die Uhr über der Tür. »Wann wollten die anderen hier sein?«

»Jeden Moment. Aber ich habe Ash den Schlüssel gegeben. Sie kommen rein und kümmern sich um den Rest.«

»Gut, denn wir sollten auch los.«

Zaras Kopf fuhr herum. »Verdammt! Wieso ist es schon sechs? Wir werden zu spät am Flughafen sein.«

»Nicht, wenn ich dich am Haupteingang rauslasse und allein einen Parkplatz suche.«

»Dafür liebe ich dich, Keaton Allert!«

»Nur dafür?«, fragte ich, als sie mir im Vorbeigehen einen flüchtigen Kuss auf die Wange gab und in den Flur sprintete.

»Ich liebe dich für alles.« Mit einer Lederumhängetasche tauchte sie im Türrahmen auf. »Zumindest, wenn das dabei hilft, dass wir jetzt losfahren. Also: kommst du?«

KIMBERLY

An den meisten Tagen fühlte ich mich, als hätte jemand die Nähte meiner Träume aufgetrennt und alles in Fetzen gelegt. Eine Weile hatte ich geglaubt, ich könnte die losen Enden zusammenfügen, die Risse flicken, ja, mich auf irgendeine Weise selbst reparieren. Aber wenn ich eins in den letzten Monaten verstanden hatte, dann, dass es Dinge gab, die man nicht wieder in Ordnung bringen konnte, ganz gleich, wie sehr man es sich auch wünschte.

Das Flugzeug verlor an Höhe, als die ersten Ausläufer von Savanna Springs auftauchten. Die Ankündigung der bevorstehenden Landung versetzte zwei Frauen vor mir in verzücktes Kreischen, in das ich vor einigen Monaten begeistert eingestimmt hätte. Doch heute war statt Euphorie nur ein Kloß in meinem Hals, der mit jedem Meter, den wir uns dem Boden näherten, größer zu werden schien. Einen kurzen Moment schloss ich die Augen. Kämpfte gegen das Gemisch aus Panik und Enge in meiner Brust an, das mich schon die ganze letzte Woche begleitet hatte, und zwang mich durchzuatmen.

Nur fünf Tage.

Es waren bloß fünf läppische Tage, die ich in Kalifornien verbringen würde, dann wären die Frühlingsferien vorbei und ich würde zurück nach Boston fliegen und all das hier wieder hinter mir lassen. Das würde ich schaffen. Ich musste einfach.

Als ich wenig später mit meinem Reisekoffer durch das Gate trat, entdeckte ich meine Schwester Zara in der Gruppe Wartender. Sie stand neben der Glastür, trippelte mit dem Fuß auf den betonierten Boden, während ihre Augen suchend durch die Menge schweiften.

Ich verstärkte den Griff um den Trolley, setzte ein Lächeln auf und lief los.

In dem Moment, in dem sie mich entdeckte, stürmte sie kreischend auf mich zu. Ich schaffte es gerade noch, den Koffer loszulassen, als sich ihre Arme auch schon um meinen Hals schlangen.

»Es ist so toll, dass du hier bist!« Sie drückte sich an mich, und für einen Augenblick lehnte ich mich an sie und genoss den vertrauten Duft nach reifen Mangos, der sie stets umgab und den ich überall wiedererkennen würde.

Als wir uns voneinander lösten, legten sich ihre grazilen Finger an meine Schultern. Sie schob mich ein Stück zurück und musterte mich von oben bis unten.

»Du siehst toll aus und, wow, deine Nägel sind ja der Wahnsinn.« Zara ergriff meine Hand, um das bunte Wellenmuster mit Strasssteinchen zu begutachteten, für das ich heute Nacht vor lauter Nervosität zwei Stunden gebraucht hatte. »Und das Kleid, dieser Schnitt. Es ist einfach nur wunderschön. Nähst du mir auch so eins?«

»Hatte ich vor.« Ein Lächeln stahl sich auf mein Gesicht, als sie verzückt aufquietschte und sich bei mir unterhakte.

Mein Koffer schleifte über den Betonboden hinter uns her, während wir wie früher Arm in Arm auf den Ausgang zuliefen.

Draußen blieb ich stehen, reckte das Gesicht gen Himmel und schloss für einen Augenblick die Augen. Genoss den orangenen Schein hinter meinen Lidern und die Wärme der untergehenden Sonne Kaliforniens, die selbst jetzt im März bei über zwanzig Grad liegen musste.

»Scheint, als hättest du das kalifornische Wetter vermisst.«

Keatons Stimme ließ mich zusammenzucken, und als ich die Augen öffnete und zu ihm aufsah, machte mein Herz diesen verräterischen Hüpfer, den es schon früher ständig getan hatte.

Er lächelte. Das Sonnenlicht schimmerte auf seiner Haut und ließ die Tattoos auf seinen Armen nahezu leuchten.

Atmen, Kim. Atmen.

»Hast du eine Ahnung, wie verflucht kalt es aktuell in Boston ist?«

»Natürlich.« Er trat an mich heran und zog mich in eine Umarmung. Sein Kinnbärtchen kratzte über meine Haut und ließ mich erschauern. »Ich verfolge regelmäßig das Wetter, nur um mir vorzustellen, wie oft am Tag du wohl fluchst.«

»Witzig …«

Er tätschelte mein Haar. »Ich hab dich auch vermisst, Sweetheart.«

Nicht halb so sehr wie ich dich.

Als Keaton mich losließ, fühlte ich mich kurz desorientiert. Benommen sah ich zu, wie er meinen Trolley griff und ihn auf die offene Ladefläche des klapprigen Trucks hievte, den er schon seit drei Jahren fuhr.

Als er sich hinunterbeugte, um die Ladeklappe zu verschließen, rutschte sein Shirt noch ein Stück höher und entblößte ein mir unbekanntes Tattoo auf seinem unteren Rücken.

»Wow, seit wann hast du denn das?«, Ich machte einen Schritt auf ihn zu, um das Tattoo in Augenschein zu nehmen.

»Seit Januar.«

»Darf ich?«

Er nickte, also streckte ich die Hand aus und schob den Stoff höher. Mit Augen und Fingern fuhr ich über das Kunstwerk, das sich über seinen unteren Rücken bis zu seiner linken Schulter erstreckte. Eine grazile Elfe mit lilafarbenem Haar auf der Spitze eines Turmes, um den sich knöcherne Drachenflügel schlangen. Die Farben strahlten und jedes Detail stimmte.

»Es ist ... wunderschön.« Ich liebte, wie die Tinte sich zu einem gestochen scharfen Bild unter seiner Haut verband und damit ein Teil von ihm wurde.

»Ja, oder?« Er drehte den Kopf, um mich anzusehen, und ich spürte, wie sein Körper sich unter meiner Berührung augenblicklich anspannte.

»Hat Gregory es gestochen?«

»Ja.« Er nickte, und ich zwang mich, meine Finger zurückzuziehen, um Abstand zwischen uns zu bringen. Einen Abstand, den ich dringend brauchte, denn ganz egal, wie ich mir unser Wiedersehen vorgestellt hatte: Damit, dass Keatons Nähe noch immer dieselbe verführerische Anziehung auf mich ausüben könnte, hatte ich nicht gerechnet.

»Wollen wir dann?«, fragte meine Schwester und öffnete die Tür, damit ich auf den Rücksitz rutschen konnte.

»Klar.«

Sobald der Truck sich in Bewegung setzte, kurbelte ich das Fenster bis zur Hälfte herunter, um Luft und Wärme hereinzulassen. Palmen, Häuserkomplexe, Shoppingmeilen zogen an mir vorbei und machten mir bewusst, wie sehr ich all das tatsächlich vermisst hatte. Den Anblick der Straßen, die Sonne, den Ozean, mein Zimmer in Keatons Wohnung, das Joggen am Morgen, meine Schwester, meine Freunde. *Alles.*

»Ich dachte, wir gehen heute Abend aus«, riss Zara mich aus meinen Gedanken. »Ins *Pacific Tragedy* oder ins *Double Dreams*. Die anderen sind auch dabei.«

»Klar.« Ich fummelte an den Armbändern um mein Handgelenk, versuchte die Unruhe wegzuschieben, die sich augenblicklich in mir ausbreitete. »Wovon hängt es ab, wohin wir gehen?«

»Davon, ob wir den Männern das Konzert im *Double Dreams* antun wollen oder nicht.«

»So schlimm ist die Band nun auch wieder nicht«, warf Keaton ein und griff in die Tüte mit gesalzenen Erdnüssen auf dem Armaturenbrett. »Außerdem geht es nicht um uns. Du entscheidest. Wir machen, worauf du Lust hast.«

»Wer kommt denn noch?«

Zara sah nach hinten zu mir und ich zwang mich zu lächeln. *Spot on, Kim!*

»Jake und Ash auf alle Fälle. Mary und ein paar andere aus meinem Kurs habe ich auch gefragt, aber sie wussten nicht, ob sie es schaffen. Und Trev.«

Ich überlegte einen Moment, dann sagte ich: »Dann lass uns ins P.T. gehen, da gefällt es allen.«

»Super.« Sie zerrte ihr Handy aus der Handtasche. »Ich sag Mary schon mal Bescheid.«

Während meine Schwester wie wild auf ihr Handydisplay eindrosch, richtete ich meinen Blick wieder aus dem Fenster, froh, dass sie und Keaton nicht sahen, wie fest sich meine Nägel in die Innenfläche meiner linken Hand bohrten.

»Geh schon mal ins Wohnzimmer und mach das Licht an«, bat Zara mich, sobald wir das Apartment erreichten. Keaton entwand mir den Koffer und stellte ihn neben der Garderobe in dem schmalen Flur ab, während ich tat, was sie verlangte. Ich trat vor, um neben dem Türrahmen nach dem Lichtschalter zu greifen, als …

»Überraschung!«

Ich blinzelte, als das Licht anging.

Überall hingen Ballons und alles – aber wirklich alles – war voller Glitzer. Neben dem Sofa stand Trevor und ein Stück entfernt Jake, der den Arm um eine junge Frau geschlungen hatte.

Das musste Ash sein.

Sie sah genauso aus wie auf den Fotos, die Zara mir geschickt hatte. Langes blondes Haar, blaue Augen, schmal und wunderschön.

»Willkommen zurück, Sis.« Zara drückte mir einen Kuss auf die Wange und zog mich bis zum Sofa, wo erst Trevor und dann Jake mich zur Begrüßung umarmten.

Ich spürte, wie die Tränen, die ich seit Monaten erfolgreich zurückdrängte, sich einen Weg nach oben kämpften. Fast ein Jahr hatten wir uns nicht gesehen. Zehn Monate waren vergangen, seitdem ich die Stadt verlassen und mir geschworen hatte, nicht mehr zurückzusehen. Und jetzt stand ich hier. Neben dem Sofa, in meiner alten Wohnung, in meinen alten Leben, mit den

Menschen, die ich liebte und die mich bloß daran erinnerten, was ich zurückgelassen hatte.

Der Kloß in meiner Kehle schwoll an, wurde zu einem riesigen Klumpen, der drohte, mir die Luft abzuschnüren.

Ich hatte das hier nicht verdient. Weder ihre Freude noch ihre Liebe.

Nichts davon.

»Es gefällt dir nicht.« Zara presste ihre Lippen zu einem dünnen Strich zusammen, ihre Augen nahmen einen traurigen Ausdruck an.

»Doch, natürlich gefällt es mir.«

Wie kann sie so was auch nur denken?

»Es ist nur ... Ich habe dich so sehr vermisst, Zara.«

Ihre Arme schlangen sich um meinen Hals. Fester diesmal, als sie es am Flughafen getan hatten. »Ich hab dich auch furchtbar vermisst«, sagte sie leise.

Ich wusste, dass sie versuchte stark zu sein. Wusste, wie sehr sie darunter litt, dass wir getrennt waren. Seit Dads Tod fiel es ihr schwer, Menschen, die sie liebte, nicht in ihrer Nähe zu haben. Und mir ging es genauso. Zara war immer mehr als meine ältere Schwester gewesen. Sie war meine beste Freundin. Und sie fehlte mir. Sie fehlte mir unglaublich. Und während sie sich von mir löste und Keaton mir ein Stück Kuchen in die Hand drückte, gab es nur eine Sache, die ich mir mehr wünschte als alles andere: dass ich die Zeit zurückdrehen könnte und mein Leben wiederbekäme.

KEATON

Immer wieder sah ich zu Kim. Beobachtete, wie ihr Körper sich im Takt der Musik bewegte. Das Scheinwerferlicht brach sich auf ihrer Haut. Sie trug ein eng anliegendes schwarzes Shirt und Jeans, die sich perfekt an ihren schlanken Körper schmiegten und dabei jede Rundung, jede Kurve, betonten.

»Wie lange bleibt sie eigentlich?«, fragte Jake neben mir.

»Fünf Tage.« Ich nippte an meinem Bier, bemüht, den seltsamen Gefühlsmix in meinem Inneren runterzuspülen – doch es funktionierte nicht. Kim wiederzusehen stellte mein Herz auf den Kopf. Ich hatte damit gerechnet, dass es hart werden würde, doch jetzt, wo sie tatsächlich hier war, kreisten meine Gedanken unablässig um unseren Abschied letztes Jahr und … *diesen verdammten Kuss*. Dabei hatte ich mir geschworen, ihm nicht mehr so viel Bedeutung zuzumessen, ja ihn einfach zu vergessen und damit die Gefühle, die ich seit drei Jahren für sie hegte, endlich loszulassen.

»Scheiße, Keat.« Jake warf mir einen vielsagenden Blick zu. »Du stehst immer noch auf sie.«

»Jepp.« Mein bester Freund traf den Nagel auf den Kopf, nur würde mir die Erkenntnis einen feuchten Scheiß bringen. In fünf Tagen verschwand sie wieder, und selbst wenn nicht ... Wir waren Freunde, und ich war mir nicht sicher, ob ich das gerade noch mal aufs Spiel setzen wollte.

Mein Blick glitt zurück zu Kim, die ihre Hüften im Takt der Musik wiegte.

»Hast du vor, es ihr irgendwann zu sagen?«

»Was genau?«

»Was wohl? Dass du schon, seit du sie das erste Mal gesehen hast, auf sie stehst zum Beispiel?«, antwortete Jake und grinste, als ich ihm einen warnenden Blick zuwarf.

»Wozu sollte das gut sein?«

»Na ja, vielleicht hättet ihr dann endlich eine Chance.« Jake nippte an seiner Cola. »Immerhin hat sie bisher keinen neuen Freund, richtig?«

»Soweit ich weiß nicht, nein.« Am Telefon hatte sie nie etwas davon erwähnt. Aber was für eine Rolle spielte das? »Sie studiert am anderen Ende des Landes«, erinnerte ich ihn. »Wie soll das funktionieren?«

»Vielleicht würde sie ja zurückkommen und hier weiterstudieren, wenn du –«

»Halt dich da einfach raus, okay?«, schnitt ich Jake das Wort ab. Ich wollte nicht darüber nachdenken. Oder mir Hoffnungen machen.

Kim hatte gewusst, dass ich etwas für sie empfand, und trotzdem war sie gegangen. Wenn diese Tatsache also damals nicht genügt hatte – wieso sollte es das jetzt tun? Die Wahrheit über meine unerwiderten Gefühle würde nur alles komplizierter und verkrampfter machen, als es ohnehin schon war.

»Es tut mir leid«, sagte ich, als Jake die Stirn runzelte. Normalerweise war es nicht meine Art, Leute anzufahren, besonders nicht meine Freunde. Aber der Gedanke, dass Kim in wenigen Tagen wieder am anderen Ende des Landes sein würde, frustrierte mich mehr, als ich mir eingestehen wollte. »Ich glaube, ich fahre nach Hause«, erklärte ich und drückte ihm meine leere Bierflasche in die Hand.

»Bist du sicher?«

»Ja.« Ich brauchte Abstand, musste runterkommen, und das konnte ich eben am besten mit einem guten Buch in der Hand, nicht in einem Club, in dem Kim sich den ganzen Abend vor meinen Augen bewegte.

Ich deutete auf Zara, die zusammen mit Ashley und Kim tanzte und sichtlich betrunken wirkte. »Kannst du dafür sorgen, dass die beiden sicher zurückkommen?«

Wenn ich schon nicht verhindern konnte, dass Zara sich abschoss, dann wenigstens, dass sie allein mit dem Bus nach Hause fuhr.

»Klar, ich nehme die beiden mit und fahr sie bei euch rum. Kein Ding.«

»Danke.« Erleichtert klopfte ich Jake auf die Schulter und drehte mich zum Gehen um.

»Und Keat?«, sagte er hinter mir. »Falls du Redebedarf hast, meld dich, okay?«

»Klar.« Mit einem knappen Nicken verabschiedete ich mich und bahnte mir anschließend einen Weg durch die feiernde Menge, raus dem Club.

Zwei Straßen weiter stieg ich in den Bus. Zurück zu Hause warf ich mich mit einem Buch, einer Flasche Cola und einer Packung gesalzener Erdnüsse aufs Sofa. Eine Runde gute High-Fantasy und die Realität konnte mich mal. Schon immer war Lesen mein Zaubermittel gewesen, um abzuschalten. Wenn ich als kleiner Junge am Bett meiner Geschwister gesessen, ihnen vorgelesen und ängstlich darauf gewartet hatte, dass Mom endlich nach Hause kam, hatten Bücher mich zum einen von meiner Sorge abgelenkt, zum anderen auch dabei geholfen, das Geschrei auf dem Flur und das Hämmern an der Tür auszublenden, wenn einer ihrer Kunden ihr bis nach Hause gefolgt war.

Es war fast vier Uhr, als der plötzliche Lärm vor der Wohnungstür mich aus dem Lesefluss riss.

»Pssscht!« Zara kicherte. »Keat schläft bestimmt schon.« Etwas polterte, dann kicherte sie wieder. »Oh Gott, ich werde einen Kater haben, oder?«

Ich ließ das Buch mit dem Text nach unten auf das Sofa gleiten und stand auf.

»Ich hab dich furchtbar vermisst«, schluchzte Zara gerade, als ich in der Tür zum Flur stehen blieb. Sie hatte die Arme um den Hals ihrer Schwester geschlungen. »Ich will nicht, dass du wieder weggehst.«

Kim sagte gar nichts, aber ich sah die Tränen in ihren Augen. Das hier war nicht nur für mich unerträglich.

»Wie wäre es, wenn wir dich erst mal ins Bett stecken, hm?« Ich löste Zaras Klammergriff um Kims Hals und wartete, bis sie gegen mich sackte.

»Ich wollte nicht weinen«, murmelte sie, während ich sie zu ihrem Zimmer bugsierte. »Aber ich will nicht, dass sie wieder geht. Ich will einfach nicht, dass sie geht, Keat.«

»Ich weiß.« Der Schmerz in ihrer Stimme brach mir das Herz. »Du solltest jetzt schlafen, Honey.«

Ich half Zara, sich aus dem Kleid zu schälen, damit

sie in Unterwäsche ins Bett kriechen konnte. Noch ehe die Bettdecke sie vollständig bedeckte, waren ihre Augen bereits zugefallen. Eine Weile sah ich sie an und fragte mich, wie sie es schaffen sollte, ihre kleine Schwester ein weiteres Mal gehen zu lassen, ohne dass etwas in ihr zerbrach. Sie kämpfte mit Kims Entscheidung, und das von Anfang an. Es war viel schwerer für sie, als irgendwer ahnte. Und es war furchtbar, dabei zuzusehen.

Mit einem leisen Seufzen löschte ich das Licht neben dem Bett und zog die Tür hinter mir zu.

Ich fand Kim in der Küche. Sie stand neben dem Kühlschrank und hielt ein halb volles Glas Wasser in der Hand.

»Sie schläft.«

»Okay.« Sie führte es an die Lippen, nahm einen Schluck und stellte es auf der Arbeitsfläche ab.

»Kim …« Ich machte einen Schritt auf sie zu, streckte die Hand aus und legte sie auf ihre Schulter.

»Mir geht's gut, Keat.« Sie drehte sich zu mir um und lächelte. Doch irgendetwas an diesem Lächeln war anders als früher. »Der Tag war schön, aber lang und Zara hat während der gesamten Fahrt in Jakes Wagen gejammert.«

Aus irgendeinem Grund glaubte ich ihr nicht, aber ich kam nicht dazu, nachzubohren, weil sie weiterredete.

»Weißt du, Ash ist echt nett. Und Jake mit ihr zu sehen statt mit Maya, war zwar seltsam, aber –«

»Hey …« Ich legte meinen Arm um sie, zog sie an mich heran, bis ihr Kopf an meiner Brust zum Ruhen kam.

»– sie passen gut zusammen.«

»Du darfst genauso traurig sein wie sie. Ich bin auch traurig.«

»Bist du das?« Sie sah zu mir auf und kaute auf ihrer Unterlippe, bemüht, sie am Zittern zu hindern. Doch es gelang ihr nicht.

»Natürlich.«

Ja, verflucht! Du fehlst hier. Du fehlst mir – siehst du das denn nicht?

»Keat, ich ...«

Ich streckte die Hand aus, glitt mit dem Daumen unter ihrem Augenlid entlang und fing eine Träne auf. »Ja?«

»Ich vermisse sie auch«, flüsterte sie und schmiegte sich seufzend an mich. Wie von selbst vergrub sich mein Gesicht in ihrem Haar, sog den Duft nach Vanille ein, der in ihrem Haar hing. Ich genoss ihre Nähe, das Gefühl ihres Körpers an meinem. »Euch beide.«

Fuck.

Ich wollte sie gegen die Küchentheke schieben und mit meiner Zunge in ihren Mund eintauchen, wie ich es schon einmal getan hatte.

Ich wollte ... *sie.*

Kim löste sich von mir, drückte einen Kuss auf meine Wange und duckte sich unter meinem Arm hindurch. Ich sah zu, wie sie sich auf Zehenspitzen stellte, um eine Packung Kräutertee aus dem oberen Regal zu holen. »Kannst du mir eine Tasse geben?«

»Klar.« Ich griff in den Schrank unter mir, holte eine blau gepunktete Teetasse heraus und stellte sie neben ihr ab, während sie den Wasserkocher einschaltete.

»Willst du dich vielleicht eine Weile zu mir ins Wohnzimmer setzen? Ich könnte ...«

Dich um den Verstand küssen, dir zeigen, was du mit mir machst.

»... dir vorlesen, so wie früher.«

Sie schüttelte den Kopf. »Nein, ich wollte nur noch eine Tasse Tee trinken und dann schlafen gehen. Der Tag war wirklich lang. Ich bin müde.«

»Klar.« Es kostete mich unendlich viel Selbstbeherrschung, mich von ihr abzuwenden und an die Tür zu treten. »Dann schlaf gut.«

»Du auch, Keat. Bis morgen.«

KIMBERLY

»Was meinst du, würde mir das stehen?« Mit einem blassroten Sommerkleid in der Hand drehte Zara sich zu mir um. Sie hielt es sich vor die Brust.

Ich griff in den Stoff. Er fühlte sich kühl und weich zwischen meinen Fingerspitzen an. Goldfäden waren rund um die Taille eingenäht, die das Gewebe je nach Lichteinfall schimmern ließen. »Natürlich. Es ist wunderschön.« Ich überlegte einen Moment. »Und die Kette, die wir vorhin gesehen haben, du weißt schon, in dem Schmuckladen unten – die würde perfekt dazu passen. Genauso wie diese Riemchensandalen im Schuhgeschäft gegenüber, die Schnallen sind nur eine Nuance dunkler.«

Lächelnd schüttelte sie den Kopf. »Keine Ahnung, wie ich die letzten Monate auch nur ein einziges Mal ohne dich shoppen gehen konnte«, erklärte sie. »Ich probier es sofort an!«

Kaum hatte sie es ausgesprochen, quetschte sich Zara auch schon durch einen schmalen Gang zwischen den Kleiderständern. Ich sah ihr nach, und während sie in einer der Umkleidekabinen verschwand, fiel mir wieder einmal auf, wie wunderschön sie war. Mit ihrer definierten Taille und ihrer Größe konnte sie einfach jede Art von Kleidung tragen. Ganz gleich, was sie anzog, es betonte ihre natürliche Ausstrahlung. Doch ich wusste, wie sehr dieser äußere Eindruck täuschte. Wusste, wie tief Zaras Selbstzweifel reichten, was sie selbst und ihren Körper anging. Wie stark sich ihr Äußeres von ihrem Inneren unterschied. Sie versteckte ihre wirklichen Gefühle. Spielte eine Rolle. Genau wie ich.

Wobei ... vielleicht war ich sogar eine noch größere Blenderin als sie.

Ich trat vor. Ließ meine Fingerspitzen über die unterschiedlichen Stoffe vor mir gleiten – und versuchte damit, die unbequeme Wahrheit abzuschütteln, an die ich nicht denken wollte. Seidig glatte Kleider – grau, blau und cremefarben –, deren Anblick ich nicht nur als schön empfand, sondern die ein erwartungsvolles Kribbeln in mir auslösten. Ein Kribbeln, das stärker wurde, als ich den kühlen Stoff eines türkisfarbenen Strandkleides betrachtete, dessen Träger aus violetten und weißen Perlen bestanden.

Ich könnte es kaufen. Nur dieses eine, was wäre schon dabei? Ich könnte ...

»Ich nehme es.« Mit dem blassroten Kleid im Arm schob Zara sich in mein Blickfeld. »Es sitzt wie angegossen.«

»Hab ich doch gesagt.«

»Ich weiß. Du weißt *immer*, was mir steht und was nicht. Du bist eben die perfekte angehende Modedesignerin.« Zaras Blick fiel auf das Kleid in meiner Hand. »Und das würde dir total gut stehen.«

»Ja, aber ich habe genug Zeug.« Ich zwang mich, das

Kleid loszulassen und das Kribbeln in meinen Fingerspitzen zu ignorieren.

»Seit wann hast du denn genug Klamotten?« Lachend schüttelte Zara den Kopf. »Los, probier es wenigstens an.«

»Quatsch, ich brauch es wirklich nicht.«

»Unsinn.« Sie holte ihre Geldbörse hervor, zog dreißig Dollar heraus und drückte sie mir in die Hand. Dann griff sie nach dem Kleid, kontrollierte die Größe und überreichte es mir. »Probier es an, und wenn es dir gefällt, kaufst du es. Ich laufe in der Zeit runter in den Schmuckladen, um die Kette zu sichern, und hole danach die Riemchensandalen im Schuhgeschäft.«

Sie setzte sich in Bewegung.

»Zara ...«

»Wir treffen uns vor dem *Coffee & Juice*«, rief sie und war verschwunden, ehe ich auch nur nicken konnte.

Ich starrte auf das Geld in meiner Hand, dann auf das Kleid, das sich mit einem Mal bleischwer anfühlte. Ich atmete einmal tief ein, straffte die Schultern und machte mich auf den Weg zu den Umkleidekabinen.

Als ich zehn Minuten später mit dem eingetüteten Kleid vor dem übervollen Café im ersten Stock zum Stehen kam, war von Zara noch nichts zu sehen. Ich beschloss, auf sie zu warten, und lehnte mich gerade gegen die Mauer, als eine vertraute Stimme über den Lärm hinweg meinen Namen rief.

Ich suchte die Menge ab und entdeckte Colin in einer Gruppe aus vier Leuten am Diner gegenüber. Er löste sich von den Leuten, schob sich an mehreren Passanten vorbei und kam auf mich zu. »Das gibt's ja nicht! Ich dachte, du bist am anderen Ende des Landes.«

Das Lächeln, das er mir schenkte, als er vor mir

stehen blieb, ließ augenblicklich ein warmes und vertrautes Gefühl in mir aufsteigen.

»Ich besuche Zara über die Frühlingsferien.«

»Verstehe.« Er vergrub die Hände in den Hosentaschen. »Und wie geht's dir so? Kommst du ... klar?«

»Mir geht es gut. Du musst dir keine Sorgen machen.«

Er wich einem Kerl mit Pappbecher aus. »Das ist gut, ich dachte, vielleicht –«

»Col ...«

»Klar.« Er nickte. »Du willst immer noch nicht darüber reden, ist angekommen.« Er zog die Hand aus der Hosentasche, strich sich das widerspenstige blonde Haar zurück.

»Erzähl lieber von dir«, wechselte ich das Thema, weil diese Sache wirklich das Letzte war, über die ich gerade nachdenken wollte. »Was machst du, wie ist das Studium?«

»Ich kann nicht klagen. Dustin und ich wohnen in der Nähe vom Campus und die Kurse sind genau mein Ding.«

»Das klingt toll.« Colin hatte sich genauso sehr auf die Uni gefreut wie ich. In dieser Sache hatten wir schon immer gleich getickt, hatten uns gegenseitig angetrieben und herausgefordert, um einen guten Abschluss zu machen.

»Ja.« Er sah mich an, und eine Weile verlor ich mich in seinen dunklen Augen und in dem sanften Blick, mit dem er mich betrachtete. Ein Blick, der mich an die Jahre erinnerte, die wir Seite an Seite verbracht hatten. Vielleicht war das normal, wenn man drei Jahre seines Lebens mit jemandem zusammen gewesen war, – oder bloß eine seltsame Art von Masochismus, durch den ich mich daran erinnern musste, was ich verloren hatte. »Und gibt es … jemand Neues in deinem Leben?«

»Nein«, antwortete ich wahrheitsgemäß, obwohl Keatons Gesicht vor mir auftauchte und mir zeigte, dass da durchaus jemand war, zu dem ich mich hingezogen fühlte. Aber das sagte ich nicht. Colin war nicht derjenige, dem ich von meinen verkorksten Gefühlen und der Anziehung berichten sollte – immerhin war Keaton der Grund, weshalb das mit uns nicht mehr funktioniert hatte.

»Und bei dir?«, stellte ich die Gegenfrage.

»Niemand Besonderen, nein. Ich war mit ein paar Frauen aus, aber … die Richtige war bisher nicht dabei.« Obwohl in seinen Worten keinerlei Vorwurf mitschwang, spürte ich einen Stich in meinem Inneren, weil ich einmal diese *Richtige* gewesen war. Die Frau an seiner Seite. Die, mit der er von einer Zukunft geträumt hatte.

Einen Moment sah er mich an, als versuche er, mitten in mich hineinzusehen, dann nahm er die rechte Hand aus der Hosentasche und deutete zu dem Diner gegenüber, vor dem seine Freunde grinsend in unsere Richtung starrten. »Ich schätze, ich muss mal zurück, wir wollten was essen.«

»Klar. Zara müsste auch gleich –«

»Schon da! Ich habe beides bekommen und dazu ein Armband, das zu deinem Kleid passt.« Sie streckte mir die Tüte entgegen. »Hey, Colin.«

»Hey, Zara. Leider muss ich los. Wir sehen uns in der Uni, okay?«

Als meine Schwester nickte, trat Colin auf mich zu, zog mich in eine kurze Umarmung, und der Geruch eines Aftershaves, das ich nie zuvor an ihm gerochen hatte, drang in meine Nase. »War schön, dich wiederzusehen, und falls du mal wieder in der Stadt bist, lass von dir hören. Vielleicht können wir uns ja mal treffen.«

Er hob die Hand zum Abschied und schloss zu der kleinen Gruppe vor dem Diner auf.

»Er sieht gut aus, oder?«, fragte Zara. »Irgendwie erwachsener.«

»Ja, stimmt.«

Sie sah mich an. »Bereust du es? Dass du dich von ihm getrennt hast?«

»Was? Nein. Quatsch, warum sollte ich?«

»Na ja«, sie pustete eine verirrte Haarsträhne aus ihrem Gesicht, »weil du irgendwie aussiehst, als ob.«

»Ich habe nur in Erinnerungen geschwelgt«, erklärte ich. »Wir waren einfach ewig lange zusammen.«

Und mit ihm war immer alles gut. Vielleicht wäre mein Leben niemals in eine Schieflage geraten, wenn ich mit ihm zusammengeblieben wäre.

Colin anzusehen erinnerte mich für einen kurzen Augenblick an eine Zeit, in der ich Träume und ein Leben gehabt hatte.

»Wollen wir dann?«, fragte Zara. »Ich brauch dringend einen Kaffee.«

»Klar.« Ich hakte mich bei ihr unter und ließ die alten Erinnerungen und das *Was-wäre-wenn* vor dem Café zurück. Schon in den vergangenen Monaten hatte es nichts besser gemacht, zurückzusehen. Und das würde es auch jetzt nicht tun.

KIMBERLY

12 Monate zuvor

»Was soll das heißen?« Colin starrte mich an. »Du machst Schluss?«

Ich sackte Halt suchend gegen die Wand in meinem Rücken.

»Es heißt, was es heißt, Col.« Ich schenkte ihm ein mitfühlendes Lächeln. »Meine Gefühle haben sich verändert. Es ... es funktioniert nicht mehr.«

»Wegen ihm, oder?«

»Tu das nicht, Col. Mach ...«

Doch er tat es.

»Du verlässt mich für ihn, richtig? Scheiße, das ist nicht dein Ernst. Das ganze letzte Jahr hast du mir immer wieder versichert, dass ihr nichts weiter als Freunde seid, und jetzt –«

»Weil wir nur Freunde sind. Zwischen Keat und mir ist nichts gelaufen.«

»Sicher ...« Er schnappte seinen Hoodie vom Bett und mar-

schierte auf die Tür zu. »Erzähl den Mist jemandem, den es interessiert. Du ... Scheiße, ich wollte mit dir zusammenziehen!«

»Ich weiß.« Ja, ich wusste, dass er das wollte. Und genau darum ging es. Nicht um Keaton. Nicht darum, dass ich wirklich mehr für ihn empfand, als ich es sollte. Colins Vorschlag, eine gemeinsame Wohnung zu suchen, sein Wunsch, Nägel mit Köpfen zu machen, hatte mir klargemacht, dass die Gefühle, die uns zusammengebracht hatten, nicht mehr dieselben waren. Ich liebte ihn nicht mehr. Nicht so, wie er es verdiente.

»Es tut mir leid«, rief ich ihm nach, als er in den Flur davonstürmte und ausgerechnet mit Keaton zusammenstieß.

Keat, der aus der Dusche kam und nichts weiter als ein Handtuch um die Hüfte geschlungen hatte. Die Tattoos auf seiner Haut zogen mich magisch an. Sie waren wunderschön. Zeichneten seine Konturen nach. Machten ihn männlicher, anziehender, perfekt.

Er sah zwischen Colin und mir hin und her. »Alles klar bei euch?«

Colin sammelte schnaubend seine heruntergefallenen Sachen zusammen.

»Es tut mir leid, Col. Wir können noch mal darüber reden, sobald –«

»Wird das deine Entscheidung in irgendeiner Weise ändern?«, fuhr er mich an.

»Nein.«

»Dann steck dir dein Gesäusel in den Arsch.«

Keaton setzte an, um etwas zu sagen, doch ich stoppte ihn. »Er ist wütend und verletzt. Lass ihn. Bitte.« Im nächsten Moment knallte die Tür ins Schloss.

»Kim?« Keaton berührte meine Schulter. Seine Hand war warm. Viel zu warm.

»Ich hab mit ihm Schluss gemacht«, sagte ich und schüt-

telte seine Hand ab. »Ich brauche … ich brauche einen Moment, okay?«

»Klar.« Er räusperte sich, während er seine Finger von meiner Schulter gleiten ließ. »Falls du reden willst … ich bin drüben.«

KIMBERLY

»Machst du etwa schon schlapp?« Ich hob den Fuß, um den Druck aus dem Gelenk zu massieren, und setzte ihn wieder zurück auf den Asphalt.

»Als ob!« Keaton schnaubte, setzte die Wasserflasche an die Lippen und nahm einen tiefen Schluck. Sein Shirt war schweißnass, klebte an seiner breiten Brust und ich ertappte mich dabei, wie ich mit meinen Augen die sichtbaren Muskelstränge darunter nachzog.

»Gefällt dir, was du siehst?« Seine Mundwinkel zuckten, als ich die Augen verdrehte, um darüber hinwegzutäuschen, wie goldrichtig er mit seiner Vermutung lag.

Keaton gefiel mir schon lange. Bereits in der Zeit, in der ich mit Colin zusammen gewesen war, war da diese Anziehung zwischen uns gewesen. Nicht, dass ich ihr jemals nachgegeben hätte. Es wäre mir niemals in den Sinn gekommen, ihm auf dieselbe Weise wehzutun wie Jake Maya – deshalb hatte ich Colin letzten Endes auch verlassen. Meine Gefühle für ihn waren nach und nach verschwunden, während die für Keat Stück für Stück gewachsen waren.

»Also?«, bohrte er nach. »Willst du mir nicht antworten?«

»Nein, das würde dein Ego nicht verkraften.« Ich joggte los, ohne auf ihn zu warten. »Wer zuerst da ist, zahlt die Getränke.«

Seit Monaten war ich nicht mehr richtig gelaufen. In Boston machte ich Workouts, joggte auf der Stelle – doch das war nichts im Vergleich zum Laufen im Park, wo der Wind mit meinem Haaren spielte, die salzige Luft in meine Lungen drang und ich die kalifornische Sonne auf meiner Haut spüren konnte.

Ich liebte es. Nahm alles in mich auf, fast so, als könnte ich es dadurch wirklich festhalten. Für die dunklen Stunden und Tage, die hierauf folgen würden wie die Finsternis auf das Licht.

Zwei Kilometer später saß ich erschöpft, aber glücklich in einem breiten Stuhl vor einem Café und schlürfte an meinem Frozen Joghurtshake, den Keat mir ausgegeben hatte.

»Ich habe das vermisst«, erklärte er in die Stille hinein.

Über den Rand meiner Sonnenbrille linste ich unauffällig zu ihm hinüber. Er saß neben mir, die Arme hinter seinem Kopf verschränkt, die Beine neben mir ausgestreckt. Seine Augen waren geschlossen.

»Geschlagen zu werden oder mir Drinks zu bezahlen, die du niemals trinken würdest?«, neckte ich ihn und steckte meine Sonnenbrille ins Haar.

»Nein. Mit dir zu laufen, so wie früher.« Er öffnete die Augen und drehte den Kopf in meine Richtung. »Ich schätze, es hat mir mehr gefehlt, als ich mir eingestehen wollte.«

Bei seinen Worten flatterte etwas in meiner Brust und verstärkte sich noch, als er lächelte.

Dieses verdammte Lächeln.

»Läufst du nicht wieder mit Jake?«, fragte ich, um das Thema in eine andere Richtung zu lenken. Weg von diesem Knistern zwischen uns, das viel zu laut in meinen Ohren klang, sich wie ein Feuerwerk in meiner Brust anfühlte.

»Schon.« Er drehte sich wieder in seinem Stuhl zurück, sah hinauf in den wolkenlosen Himmel. »Aber du kennst ihn ja, viel Zeit hat er zwischen Arbeit und Studium eh nie. Und seit er mit Ash zusammen ist, verbringt er natürlich jede freie Minute mit ihr. Aber nach dem ganzen Scheiß haben die beiden das auch absolut verdient.«

»Ja.« Nicht nur mein Leben war aus der Bahn geraten – das meiner Freunde war es ebenfalls. Und während ich über all das nachdachte, was Zara mir bereits am Telefon anvertraut hatte, piepte schließlich Keatons Handy.

»Jake fragt, ob wir Lust haben, heute Abend zu Ash und ihm in seine neue Wohnung zum Essen zu kommen. Er kocht und sie wollten Filme schauen.«

»Auf jeden Fall.« Jake war ein hervorragender Koch. Es faszinierte mich, mit wie viel Leidenschaft er am Herd stand – ganz anders als Keaton, der sich fast nur von Fertigpizzen und so etwas wie Spiegeleiern und Pfannkuchen ernährte. Aufwendige Gerichte waren nicht sein Ding, genauso wenig wie gesunde Ernährung. »Schreibt er zufällig, was er kochen will?«

Grinsend schüttelte er den Kopf. »Vermutlich irgendwas, das wir nicht kennen.« Er tippte auf das Display, dann sagte er: »Wir treffen uns um sieben, jetzt ist es fast vier. Vorher brauch ich auf alle Fälle noch was zu essen.«

Ich schlürfte die letzten Tropfen meines Shakes auf und streckte ihm den leeren Becher entgegen. »Du könntest einen davon trinken, das macht satt.«

»Mit diesem Zeug kannst du mich jagen, Sweetheart. Das weißt du.« Keaton schnaubte. »Nein, ich dachte eher an Burger und Fritten bei *Magaret's*.«

»Du willst dir nach der Joggingrunde *so was* reinziehen?«

Er hob die Schultern, setzte sich auf. »Warum nicht? Ich hab Hunger und das macht satt.«

»Und ist voller –«

Er machte einen Satz nach vorne und presste seine Hand auf meinen Mund. »Ich warne dich«, knurrte er. »Wehe, du zählst mir jetzt wieder die ganze Nährstoffzusammensetzung auf.«

»Dann was?«, nuschelte ich unter seiner Hand und kicherte, als er anfing, mich zu kitzeln. »*Keat*!«

Seine Hand verschwand von meinem Mund und sein Arm schlang sich stattdessen um meine Taille.

»Hör auf!«, keuchte ich, doch er dachte nicht daran, hielt mich umklammert, während er damit fortfuhr, mich zu kitzeln. »Ich werde nichts sagen, iss doch, was du willst.«

»Gut.« Er beendete seine Kitzelattacke. Erschöpft und lachend sackte ich gegen ihn.

»Du bist unmöglich.«

»Nein«, raunte er an meinem Ohr und sein warmer Atem vibrierte an meiner Haut. »Ich mag es nur nicht, wenn man mir das Essen verdirbt.«

Als er mich losließ und stattdessen meine Hand ergriff, um mich hochzuziehen, stolperte ich eine Weile desorientiert hinter ihm her. Nicht mehr fähig, das stetige Klopfen in meiner Brust zu ignorieren.

KEATON

Jakes neues Apartment lag nur zehn Minuten von unserer Wohnung entfernt am Rand des Campus. Obwohl er erst vor einer Woche umgezogen war, stand alles bereits an seinem Platz. Die Wohnung war kleiner und überschaubarer, doch auch um einiges günstiger. Und gemütlicher. Was – wie ich ganz sicher wusste – Ashleys und Zaras Werk war, nicht seins. Die letzten drei Wochen hatten die beiden ständig zusammengehangen und waren mit meinem Truck von einem Einrichtungsladen zum nächsten getingelt, um Dekoartikel zu besorgen.

»Was sagt Maya eigentlich dazu, dass ihr beide jetzt sozusagen hier zusammenwohnt?«, fragte ich, als ich mich neben Jake an die Küchenzeile lehnte. Offiziell wohnte Ashley zwar bei Trevor, aber die meiste Zeit verbrachte sie bei Jake. Was für Maya auf dasselbe herauskommen musste.

»Nicht viel.« Er löste die Schale einer Knoblauchzehe und legte sie neben sich auf das Holzbrett. »Sie redet ja immer noch nicht wieder mit mir. Aber von ihrer Mom durfte ich mir anhören, sie hofft, dass ich Ash nicht genauso das Herz breche wie ihrer Tochter.« Er nahm die nächste Zehe, drückte sie mit dem Messer leicht an und pulte die Schale ab. »Zumindest haben beide zugestimmt, dass Chase die ganzen Sommerferien bei mir verbringen kann.«

Dadurch, dass Maya nach ihrer Trennung Hals über Kopf mit ihrem gemeinsamen Sohn zu ihrer Mom nach New York gezogen war, war alles andere auch schwierig. Ein Flug von der West- an die Ostküste dauerte locker sechs Stunden. Nichts, was man mal eben jedes zweite Wochenende zurücklegen konnte.

»Ich muss nur sehen, wie ich das mit Cliff geregelt bekomme«, redete er weiter, als Ashley auftauchte und ihre Arme von hinten um seine Taille schlang. »Der ist natürlich nicht begeistert, dass ich im Sommer nur halbe Tage arbeiten will.« Er ließ das Messer sinken, drehte sich um und drückte Ash einen Kuss auf die Schläfe.

Es war nicht das erste Mal, dass mir auffiel, wie innig und liebevoll Jake Ashley immerzu betrachtete. Ganz gleich, wie idiotisch er sich ihr gegenüber aufgeführt hatte, er liebte sie. Und sie waren glücklich. Glücklicher hatte ich meinen Freund noch nie gesehen. Und auch Ash nicht.

»Er wird das schon verstehen«, sagte Ash und strich über seine Wange. »Und ansonsten sind wir auch noch da. Zara und ich.«

»Ganz genau«, erklärte Zara vom anderen Ende der offenen Wohnküche. Sie saß neben Kim auf dem Sofa, eine Modezeitschrift auf dem Schoß, genau wie ihre Schwester.

»Ja, ich weiß«, sagte Jake. »Meine Mom und Granny haben dasselbe gesagt, aber das ändert nichts daran, dass ich so viel Zeit mit ihm verbringen will, wie ich kann,

Baby.« Er löste sich von Ash, um sich wieder den Knoblauchzehen zu widmen. »Keine Ahnung, wie oft ich Chase überhaupt zu Gesicht bekomme, wenn Maya wirklich in New York bleibt.«

»Sie zieht das also wirklich durch?« Trevor lehnte sich mit einer Bierflasche gegen den Kühlschrank. »Ganz egal, was du davon hältst?«

»Sieht so aus.«

Wenn ich ehrlich war, konnte ich Maya verstehen. Hier in Savanna Springs gab es nur Jake, der zwar der Vater ihres Sohnes war, aber auch nicht mehr als das. Ihre Mom lebte jetzt in New York. Es war nur logisch, dass sie nach dem Bruch mit Jake dorthin geflüchtet war und vorhatte, dort zu bleiben. Immerhin hatte Lina Dawson sich von Anfang an um ihren Enkel gekümmert.

»Aber ich will jetzt nicht über Maya reden«, sprach Jake weiter. »Sondern einen tollen Abend mit meinen Freunden haben. Es ist nämlich ewig her, dass wir alle zusammen waren.« Er deutete in die Runde. »Und deshalb kümmere ich mich jetzt um das Essen.«

»Gut«, erklärte ich und grinste. »Ich habe nämlich Hunger.«

»Wie kannst du jetzt schon wieder an Essen denken?« Kim sah von ihrer Zeitschrift auf. »Du hattest ein XXL-Menü bei *Margret's,* und das ist nicht mal zwei Stunden her.«

Zara starrte mich an. »Nicht dein Ernst!«

»Ich war hungrig«, erklärte ich mit einem Schulterzucken.

»Wann bist du das mal nicht?« Trevor schlug mir auf die Schulter. »Schon früher hast du gegessen, was dir zwischen die Kiemen gekommen ist.«

»Stimmt.« Jake deutete mit dem Messer auf mich. »Erinnert ihr euch an die Torte bei unserem Sonntagsbrunch, als wir zehn waren? Er hat die halbe Torte allein gegessen und danach riesige Stücke von dem Braten und ein halbes Dutzend Klöße. Damals warst du mein Superheld, Keat. Niemand hat je mehr als zwei von diesen Dingern geschafft.«

»Sie waren lecker«, sagte ich, klärte sie aber nicht darüber auf, wie wenig ich tatsächlich gegessen hatte. Alles, was ging, hatte ich in die Servietten in meinem Schoß fallen lassen und in meinen Rucksack gestopft. Um es mit nach Hause zu nehmen und es Isabella, Mia und Tristan zu geben, weil unser Kühlschrank leer war. Für Trevor und Jake war Essen immer etwas Selbstverständliches gewesen. Sie waren nicht nur mit übervollen Kühlschränken und einem riesigen Vorratsraum aufgewachsen, sondern auch damit, Essen wegwerfen zu können. Doch bei uns gab es weder einen vollen Kühlschrank noch viel Vorrat. Im Gegenteil: Meine Mom vergaß so oft einzukaufen, dass eigentlich immer etwas fehlte. Und manchmal – meistens dann, wenn die Bank die Raten erhöhte oder andere Ausgaben dazukamen – aßen wir dreimal am Tag Tütensuppen mit altem Brot, weil das Geld für nichts anderes reichte.

Während Trevor und Jake abwechselnd weitere Tage aufzählten, an denen der immer hungrige Junge von damals ihren vornehmen Familien die Haare vom Kopf gefressen hatte, fiel mein Blick auf Kim. Sie saß da, die Zeitschrift auf dem Schoß und grinste mich herausfordernd an.

»Was?«, fragte ich und schlenderte auf sie zu.

»Och …« Sie blätterte unbeteiligt in der Zeitschrift. »Mir fällt nur gerade ein, dass du nicht nur im *Magret's* warst, sondern auch ein Eis hattest.«

Die Gespräche um uns herum erstarben.

»Verräterin«, knurrte ich und machte einen Satz auf sie zu. Die Zeitschrift fiel zu Boden, als sie im Affenzahn vom Sofa rutschte.

»Oh nein«, rief sie und ging rückwärts, die Arme schützend vor sich ausgestreckt. »Du wirst mich nicht noch mal kitzeln, Keat. Vergiss es.«

»Das könnte dir so passen.« Ich machte einen Satz auf sie zu, doch sie war schneller, sprang am Sessel vorbei und lief zurück auf die andere Seite. Dann griff sie ein Kissen und schleuderte es lachend in meine Richtung.

»Du ...«

Ein zweites Kissen flog in meine Richtung, das ich auffing und zurückschleuderte.

Kim lachte, griff das nächste, als ich auch schon bei ihr war und die Finger in ihre Seiten bohrte.

»Gnade!«, schrie sie und versuchte sich aus meinem Griff zu winden.

»Sag einfach, dass es dir leidtut.«

»Es tut mir leid. Es tut mir ... leid ... oh Gott ... nein, tut es mir nicht.«

Zara schlug mir eins der übrigen Sofakissen auf den Kopf und verhalf ihrer Schwester damit zur Flucht. In Windeseile rutschte sie unter mir weg, kämpfte sich auf die Beine, pustete sich eine Strähne aus dem Gesicht und deutete anklagend in meine Richtung. »Du spielst mit unfairen Mitteln!«

»Ich nutze nur meinen Vorteil«, erklärte ich und grinste, als sie mir die Zunge herausstreckte. Kim stand da, die Hände in die Hüften gestemmt, wie sie es schon unzählige Male getan hatte, doch diesmal war der Drang, auf sie zuzugehen und sie in meine Arme zu ziehen, übermächtig. Ich wollte ihr Lächeln mit meinen Lippen auffangen, spüren, wie es erstarb, kurz bevor meine Zunge in ihren Mund tauchte.

Reiß dich zusammen, Keat, verdammt.

»Wie wäre es ...«, mischte sich Trevor ein und legte die Hand auf meine Schulter, »... wenn wir schon mal den Tisch decken und die Mädels den Film aussuchen?«

»Gute Idee«, rief Kim. »Ich habe sowieso einen viel besseren Geschmack als ihr alle zusammen.« Sie schnappte sich die Fernbedienung vom Tisch, ließ sich wieder auf dem Sofa nieder und begann sich durch das Programm zu zappen.

»Wie gefällt dir Boston eigentlich?«, fragte Ash und setzte sich neben sie aufs Sofa. »Und das Studium? Du studierst echt Fashion Design?«

»Ja«, erklärte Kim, schaltete den Fernseher lautlos und drehte sich zu Ashley, um sie anzusehen. »Irgendwas mit Mode zu machen war schon immer mein großer Traum und die *Art and Design School* ist einfach perfekt. Tolle Dozenten, wahnsinnig inspirierende Kurse. Es ist genau mein Ding.«

Während ich mit Trevor den Tisch deckte, hörte ich Kim zu, wie sie über die Uni, das Studium, die Kurse, die Kommilitonen sprach und konnte nicht anders, als sie immer wieder anzusehen. Und ganz langsam machte sich ein Gedanke in mir breit. Denn ich wollte nicht, dass sie ging. Wollte nicht, dass sie erneut ans andere Ende des Landes verschwand und womöglich weitere zehn Monate vergingen, ehe ich sie wiedersah.

Sie gehörte hierher.

In diese Stadt.

Zu ihren Freunden.

Zu mir.

KIMBERLY

»Du weißt schon, dass wir da lang gemusst hätten?«, fragte ich, als Keatons Truck geradeaus über die freie Kreuzung preschte, statt auf der Abbiegespur zu bleiben.

»Jepp.«

»Wenn du es weißt, warum fahren wir dann hier lang? Ich dachte, du willst nach Hause?«

»Weil ...«, sagte er und warf mir einen schnellen Seitenblick zu, »... wir vorher noch was anderes vorhaben.« Er griff an das Armaturenbrett, und die Musik sprang an, laut genug, um meine nächste Frage zu übertönen.

Lächelnd ließ ich den Kopf gegen die Lehne sinken und genoss den Fahrtwind, der durch das offene Fenster drang. Es war nicht das erste Mal, dass das passierte. Die letzten Jahre waren wir so oft gemeinsam unterwegs gewesen, und jede Unternehmung hatte begonnen wie jetzt: aus einem spontanen Impuls heraus. Zum Beispiel vor zwei Jahren, als wir nach dem Unterricht Richtung Los Angeles aufgebrochen waren, um bei der Lesung eines seiner Lieblingsautoren dabei zu sein. Oder letzten Frühling, als wir zusammen mit Zara zu einem drei

Stunden entfernten Konzert gefahren waren, obwohl er am nächsten Morgen hatte arbeiten müssen.

»Warum grinst du so?«, fragte Keat über die Musik hinweg, griff an das Armaturenbrett und regelte die Lautstärke herunter.

»Ich habe nur gerade an unseren Konzertbesuch letztes Jahr gedacht.«

»Ach, das!« Er lachte auf und sein Lachen war dunkel, tief und vibrierte in meinem Bauch.

Wieso wusste man eigentlich erst, was man wirklich vermisste, wenn man es nicht mehr haben konnte?

»Das war die schrecklichste Musik, die ich je gehört habe. So ein quirliges Gequietsche!«

»Die Band war gut, du hast ihr nur keine Chance gegeben«, erklärte ich und erntete ein Schnauben, das ich beinahe noch lieber mochte als sein Lächeln. »Und außerdem musste ich danach in diesen furchtbaren Laden, wo es nur fettige, pappige Sachen zu essen gab. Ich finde, das war ein fairer Tausch.«

»Fair? Vier Stunden ohrenkrebserregende Musik von zwei Sängerinnen, die besser hinter der Bühne geblieben wären, gegen zwei mickrige Burger?«

»Ja.« Ich nickte entschieden. Wenn man bedachte, dass ich die halbe Nacht mit Magenschmerzen im Bett gelegen und kein Auge zubekommen hatte, war es das auf alle Fälle gewesen.

Wieder schnaubte er, und wir begannen darüber zu reden. Über diese Nacht letzten Frühling, die grauenvolle Musik und eine musikreiche Fahrt, die ich nie vergessen würde.

Schließlich stoppte der Wagen und ich sah mich um. Das Tattoostudio seines Stiefvaters lag dunkel und verlassen da, während der Motor erstarb.

»Keat, du hast nicht vor, was ich denke, oder? Du willst –«

»Dir jetzt das Tattoo stechen, das du schon letztes Jahr haben wolltest? Und ob ich das will.« Er zog den Schlüssel aus dem Zündschloss und rutschte vom Sitz.

Vor der Eingangstür blieb er stehen, drehte sich zu mir um und rief: »Würden Sie dann von allein mitkommen, Miss Graham, oder muss ich Sie tragen?«

»Du bist verrückt!« Ich löste den Gurt, sprang aus dem Wagen.

»Und wenn schon.« Keaton schloss den Laden auf und betätigte den Lichtschalter an der Wand.

Das Studio sah genauso aus, wie ich es in Erinnerung hatte. Ein schmaler Gang mit Stühlen für die Wartenden, ein Tresen und ein breiter Durchgang mit einem Vorhang, der in den hinteren Bereich führte. An den Wänden hingen gerahmte Fotos. Sogar einige Hollywoodstars waren dabei, die stolz ihre Tattoos in die Kamera hielten. Viele Fotos waren neu, eines atemberaubender als das andere. Die schwarz gerahmten waren von Gregory, die grauen von Keaton gestochen worden, das sah man sofort. Keatons Stil war anders als der seines Stiefvaters. Dazwischen hingen Bilder in roten Rahmen von Piercings, die sie beide gestochen hatten.

Ich folgte Keaton hinter den Tresen und trat durch den dunklen Vorhang in den gefliesten Raum, wo er mich bat, auf der rechten Liege Platz zu nehmen.

»Was genau hast du dir vorgestellt?«, fragte er und ließ sich auf dem Stuhl mit den Rollen vor mir nieder. »Zeig mal.«

Ich rutschte höher. Schob das Shirt bis zum Ansatz meines BHs hoch und entblößte meinen Bauch. Zum Vorschein kam ein großflächiges Tattoo. Der Sternenstaub, gemischt mit blau-violetten Schmetterlingen, erstreckte sich von meiner rechten Seite bis zur Schulter und vom unteren linken Rücken bis hoch zu meiner Taille. Ich umkreiste meinen Nabel. »Ich will, dass der Sternenstaub beide Tattoos miteinander verbindet, verstehst du?«

»Klar, und ich habe eine Idee.« Er wies auf meinen Bauch. »Darf ich?«

Als ich nickte, beugte er sich vor, um mit den Fingern meine Haut abzutasten. Seine Fingerspitzen waren warm und rau und lösten augenblicklich eine Gänsehaut aus.

»Ja, das würde funktionieren.« Er öffnete die Schublade des Tätowierwagens und holte einen Stift hervor. »Das kitzelt jetzt vermutlich ein bisschen«, warnte er mich. »Versuch, nicht zu lachen, ja?«

Die Spitze des Stifts kratzte über meine Haut und Keat verstärkte den Druck auf meine Taille, um mich am Zappeln zu hindern.

Zehn Minuten später zog er mich auf die Beine, schob mich vor den mannshohen Spiegel an der Wand. »Wie wäre es damit?«

Ich drehte mich zur Seite, begutachtete die Skizze, die er mit nichts weiter als einem feinen Stift auf meine Haut gezaubert hatte. »Es ist wundervoll, Keat. Genau so will ich es.«

Meine Worte wurden mir erst richtig bewusst, als Keaton in schallendes Gelächter ausbrach. »Bist du im Bett auch so direkt?«

»Kein Kommentar.«

»Schade.« Er deutete auf die Liege. »Dann leg dich hin und es kann losgehen.«

»Einfach so?«

»Einfach so«, stimmte er zu, griff ein Paar Einweghandschuhe und streifte sie sich über. »Am besten legst du dich auf den Rücken, dann arbeiten wir uns zur Taille hoch.«

Ich ließ mich auf die Liege sinken, während Keaton den Tattoowierwagen bestückte. Mit einem Rasiermesser fuhr er über meine Haut, entfernte jedes Härchen und fettete anschließend die zu tätowierende Stelle.

Als die Nadel zum Einsatz kam, drückte ich mich tiefer in die Liege und schloss die Augen. Es war eine Mischung aus Schmerz und Kribbeln, jedes Mal, wenn die Nadel in meine Haut eindrang. Zeit und Raum verloren ihre Bedeutung, und ehe ich mich versah, schaltete Keat die Maschine bereits wieder aus.

»Fertig.« Unsere Blicke trafen sich, während seine rechte Hand noch immer auf meinem Bauch ruhte. Seine Stirn runzelte sich. »Alles okay?«

»Ja. Das ging nur so schnell.«

Seine Mundwinkel zuckten. »Fünfundvierzig Minuten sind nicht wirklich schnell.«

So lange?

»Oh.«

Er löste die Latexhandschuhe von seinen Fingern, warf sie neben sich in den Mülleimer. »Komm, schau es dir an, bevor ich die Folie drüberklebe.«

Ich griff seine Hand, ließ mich von ihm hochziehen und starrte einen Augenblick später mit offenem Mund in den Spiegel.

»Es ist jetzt natürlich gerötet, und du musst es morgen früh unbedingt eincremen, sobald du die Folie löst, ja?«

»Natürlich.« Ich drehte mich, begutachtete den Sternenstaub, der sich jetzt perfekt in das vorherige Tattoo fügte. Es sah aus, als würden die Sterne genau daraus entspringen. Es war wunderschön. Einfach perfekt.

Mit Folie und Pflasterband bewaffnet ging er neben mir in die Hocke, deckte das Kunstwerk ab und fuhr sich anschließend durch das kurze Haar. »Das hätten wir.« Er lächelte. »Und jetzt lass uns nach Hause fahren, bevor Zara sich wundert, wo wir bleiben.«

KIMBERLY

Der Druck brach über mich hinein. Kam und legte sich auf meinen Brustkorb. Drückte mich in die Tiefe, bis die Luft aus meinen Lungen wich. Ich wollte atmen, doch alles, was in meine Lungen drang, war Sand und Dunkelheit. In der Finsternis rang ich nach Luft. Versuchte die Hand auszustrecken, nach dem Licht in der Ferne zu greifen – doch ich schaffte es nicht.

»Kim?«

Keaton stand in der Küchentür und setzte sich in Bewegung. Die Tasse in seiner Hand landete auf dem Tisch, als er neben dem Sofa in die Hocke ging und mein Knie berührte. Sorgenfalten bildeten sich auf seiner Stirn.

»Ich hab nur schlecht geträumt«, murmelte ich und rutschte vom Sofa. »Ich muss kurz –« Ich deutete in den Flur. »– ins Bad.«

Mit nackten Füßen huschte ich über den kühlen Laminatboden und verschwand im Badezimmer.

Ich verschloss die Tür, sackte auf den Wannenrand und atmete ein paarmal tief ein und aus, ehe ich einen

Blick in den Spiegel riskierte. Schreckgeweitete Augen starrten mir entgegen, schlimmer als erwartet.

Verflucht.

Ich stand auf, drehte den Wasserhahn auf und ließ kaltes Wasser über Hände und Arme laufen. Dann wusch ich mir das Gesicht, schüttelte die Finger aus. Atmete tief in den Bauch hinein, bis der verkrampfte Knoten darin sich langsam wieder löste.

Ein Klopfen an der Tür. »Ist wirklich alles okay?«

»Klar.«

Spot on, Kim, komm schon. Du schaffst das.

Ich bog meine Mundwinkel hoch, bis mein Gesicht nicht mehr panisch, sondern entspannt aussah. Dann öffnete ich die Tür. »War nur ein blöder Traum, das ist alles.«

»In dem du keine Luft kriegst?« Keats Augenbraue wanderte in die Höhe.

»Ja, gruselig, oder? Das Gefühl, dass man einfach erstickt?« Ich schüttelte mich. »Fast so krass wie die Träume, in denen man ertrinkt oder irgendwo runterfällt.« Ich wechselte das Thema. »Wie spät ist es?«

»Zehn nach vier.«

Natürlich.

Immer der gleiche Traum.

Immer die gleiche Uhrzeit.

»Ist wirklich alles gut?«

»Warum fragst du das ständig?« Ich versuchte mich an ihm vorbeizuschieben. »Ich hab doch schon längst Ja gesagt.«

Er hielt mich zurück. »Weil du nicht so aussiehst«, erklärte er leise und legte seine Hand an meine Wange, so warm und vertraut. Sein Daumen schob sich unter mein

Kinn, drückte es sanft nach oben, bis unsere Blicke sich trafen.

»Das bildest du dir ein.« Meine Stimme klang schwach, denn die Wärme seiner Hand und die Nähe seines tätowierten Körpers ließen meinen Herzschlag in die Höhe schnellen.

Meine Augen hafteten auf seinen Lippen, diesen vollen, unendlich weichen Lippen, von denen ich genau wusste, wie sie sich anfühlten. Wie es war, von Keaton Allert geküsst zu werden, von ihm gehalten, von ihm begehrt.

Ehe ich darüber nachdenken konnte, stellte ich mich auf Zehenspitzen und legte meine Stirn an seine. »Ich …«

»Ja?« Seine Hand verharrte in meinem Rücken, und ich spürte, wie langsam er den Atem ausstieß.

»Ich will, dass du mich noch mal genauso küsst wie damals, bevor ich weggegangen bin.«

»Kim … das ist …« Seine Lippen kamen näher, sein Brustkorb senkte sich, als er den Atem ausstieß.

»Ich weiß …«

»… es ist … keine gute Idee«, murmelte er an meinem Mund, bevor er den letzten Abstand überwand.

Wie von selbst öffneten sich meine Lippen, ließen seine warme Zunge in meinen Mund tauchen. Sie spielte mit meiner, und ich stöhnte, als seine Hand in meinen Nacken glitt und er den Kuss vertiefte.

Meine Finger fuhren über die Tattoos auf seiner nackten Haut. Kreisten und kratzten, bis sein Kuss endlich drängender, fordernder, tiefer wurde.

Als er seine Lippen von meinen löste, waren seine Pupillen dunkler als zuvor. Raue Fingerspitzen glitten über meine Wange, dann beugte er sich vor, hauchte einen Kuss auf meine Stirn und zog mich an sich.

Ich wollte mein Gesicht an seiner Brust vergraben, seinen Duft einsaugen. Es gab nichts, was ich mir in diesem Augenblick mehr wünschte, als dass Keaton mich für immer festhalten würde, mir das Gefühl zurückgeben würde, dass alles gut sein konnte. Doch das konnte er nicht. Er war nichts als ein winziger Funken aus Licht inmitten von Dunkelheit.

»Kim, ich –«, begann er, aber ich ließ ihn nicht aussprechen. Seine Worte anzuhören würde alles nur schwerer machen – für ihn, für mich, für uns beide.

»Ich muss ins Bett«, erklärte ich und wich seinem Blick aus, als ich mich von ihm löste. Wie erstarrt stand er da, während ich mich an ihm vorbei aus dem Badezimmer schob und wenig später von innen gegen meine Zimmertür sackte.

»Schlaf gut«, drang seine gedämpfte Stimme durch die Tür.

»Du auch.« Zögerlich verhallten seine Schritte im Flur, verstummten schließlich ganz, während meine Finger sich wie von selbst auf meine Lippen legten. Lippen, auf denen ich ihn noch immer spüren konnte. Das warme Gefühl in mir wuchs – bis ich die Augen öffnete und zurück in der Realität landete.

Ich löste mich von der Tür, trat an den Schreibtisch heran und begutachtete die halb fertigen Stoffbahnen von Zaras Kleid.

Langsam sank ich auf den Stuhl, fädelte neues Garn auf die Spule und kontrollierte den zusammengesteckten Stoff.

Schließlich begann ich zu nähen.

Der Stoff glitt durch meine Fingerspitzen, während mein Kopf leichter und mein Herz immer schwerer wurde.

Stunden später, als die ersten Sonnenstrahlen über die Häuser krochen und mein Zimmer in das Licht des beginnenden Morgens tauchten, kontrollierte ich ein letztes Mal die Nähte, ehe ich ein blaues Stoffband zurechtschnitt, es um das Kleid legte und es zu einem Geschenk zusammenband.

Ich brachte die Nähmaschine zurück in den Schrank und sammelte anschließend mein Zeug zusammen, um es in meiner Tasche zu verstauen.

Es war kurz nach sieben Uhr, als ich den Zettel neben das genähte Kleid auf mein gemachtes Bett legte, die Reisetasche schulterte und das Apartment verließ. Um zurückzukehren. Zurück in jenen Teil meines Lebens, in den ich weder Keaton noch meine Schwester jemals mitnehmen konnte.

KEATON

11 Monate zuvor

»Komm schon.« Kim streckte die Hand nach den Chiasamen aus, die ich für sie unerreichbar in die Höhe reckte. »Ich will das mit in den Shaker tun.«

»Nein.« Ich grinste, als sie hochsprang, danach griff und die Packung knapp verfehlte. »Das Zeug schmeckt ekelhaft.«

»Du hast es ja nicht mal probiert«, protestierte sie und krallte ihre Finger in mein Shirt. Ich spürte ihre warmen Finger auf meiner Brust und hielt den Atem an.

Verdammt.

»Muss ich auch nicht«, erklärte ich. »Lass die Dinger einfach weg oder hol sie dir.«

»Okay, du hast es so gewollt.« Ihre Hände glitten höher, legten sich nacheinander auf meine Schulterblätter, ehe sie sich hochhievte und die Beine um meine Hüften schlang.

»Kim …«, knurrte ich leise, als ihre Hand an meinem tätowierten Arm entlangfuhr und sie sich die Packung schnappte.

»Ha!« Sie stellte die Chiasamen ab und rutschte tiefer,

doch ehe sie auf dem Boden aufkam, legten sich meine Arme wie von selbst um ihre Taille. Hielten sie fest an mich gepresst an Ort und Stelle. Meine Augen verharrten auf ihren Lippen, während ich mir ihres Körpers an meinem nur allzu bewusst war.

Mein Herz pochte wie verrückt – genau wie ihres. Ich spürte die Schläge an meiner Brust, ihren Atem an meiner Haut.

Ihre Finger fuhren meinen Hals hinauf, verschränkten sich in meinem Nacken. Ihre Lippen öffneten sich leicht, und ohne darüber nachzudenken, lagen meine Lippen plötzlich auf ihren.

Sie stöhnte, als meine Zunge ihre Lippen teilte und ich in ihren Mund glitt.

Fuck.

Ich verstärkte den Griff um ihre Taille, während ich sie rückwärts auf die Arbeitsplatte sinken ließ. Die Schale mit den gefrorenen Früchten neben uns fiel zu Boden, als ich meine Hände seitlich unter ihr Tanktop schob. Ihre Haut war warm, viel wärmer, als ich es mir in den letzten Jahren ausgemalt hatte.

Ihre Finger glitten über meine Haut, während ich jeden Winkel ihres perfekten Mundes erkundete. Seit drei Jahren fragte ich mich, wie es sein würde, sie zu küssen, sie endlich unter mir zu spüren, in ihr zu sein.

Ihre Finger streichelten über meinen Bartschatten, und ich ließ meine Hand in ihren Nacken gleiten, um den Kuss zu vertiefen. Ich wollte, dass dieser Kuss niemals endete. Wollte sie weiter schmecken und berühren. Mich in ihr verlieren.

»Ich bin wieder da«, drang plötzlich Zaras Stimme aus dem Flur zu uns, und ich unterdrückte einen Fluch, als Kim sich schlagartig von mir löste.

Sie rutschte vor mir von der Arbeitsplatte, strich sich über die leicht geschwollenen Lippen und ging in die Hocke, um die Früchte aufzusammeln.

KEATON

Ich starrte auf den Standmixer vor mir auf der Arbeitsfläche, dann in das Regal. Unzählige Einmachgläser voller Zeug standen dort. Grunpowder, Chiasamen, Flohsamenschalen, Cashewnüsse, natives Kokosfett, roher Kakao, Kokosblütenzucker. Der Anblick des Krams, der mich früher jedes Mal in den Wahnsinn getrieben hatte, weil er mir und meinem Kaffee im Weg stand, ließ das Loch in meiner Brust jetzt nur umso größer erscheinen.

»Hat sie was gesagt? Gestern, meine ich?«, erklang Zaras Stimme hinter mir, den Blick weiter auf den Zettel mit Kims Worten gerichtet.

Mein Flug ging früher, ich wollte euch nicht wecken. Ich hoffe, dir gefällt das Kleid. Kussi, Kim

»Nein.« Ich nahm zwei Gläser und stellte sie in das unterste Fach des Küchenschranks. Zara hatte diese ganzen Sachen extra für Kim gekauft, und ich wollte, dass sie verschwanden. »Zumindest nichts davon, dass ihr Flug schon heute Vormittag geht.«

Sie schnäuzte sich die Nase, und als ich zu ihr aufsah, waren ihre Augen geröteter als zuvor.

Zara holte Luft und schniefte, als Tränen in ihre Augen traten. Ich stand auf, drückte die Schranktür mit dem Fuß zu und legte den Arm um sie. Zog sie an mich.

»Ich versteh das nicht. Sie wollte doch –«

»Ich weiß.« Aufzuwachen und durch einen Zettel festzustellen, dass Kim bereits abgereist war, fühlte sich selbst jetzt – eine Stunde nach dem wir ihre Nachricht gefunden hatten – noch wie ein Schlag in die Magengrube an. »Vielleicht wollte sie dir das Abschiednehmen ersparen.«

Oder vor der Sache mit dem Kuss flüchten.

Obwohl sie fort war, konnte ich sie überall riechen. Der süßliche Hauch ihres Vanillepafüms hing in der gesamten Wohnung und verschwand einfach nicht aus meiner Nase. Monatelang hatte ich mich danach gesehnt, ihr noch mal nahe zu kommen, dann versucht, sie mir aus dem Kopf zu schlagen, doch jetzt ... machte dieser Kuss alles schlimmer. Plötzlich genügte es mir nicht mehr, nur mit ihr befreundet zu sein. Nicht, dass es das früher zu irgendeinem Zeitpunkt getan hätte – aber damals war sie eben mit Colin zusammen gewesen. Jetzt nicht mehr. Jetzt war sie bloß am anderen Ende des Landes.

Und sie hat mich, verdammt noch mal, gebeten, sie zu küssen.

»Zara«, durchbrach ich die Stille. »Es könnte sein, dass es meine Schuld ist, dass Kim früher geflogen ist.«

»Warum sollte das denn deine Schuld sein?« Langsam

hob sie den Kopf von meiner Brust und wischte sich über die Augen.

»Weil ... weil wir uns heute Nacht geküsst haben.«

Ihre Miene verriet nichts, weder Erstaunen noch Schrecken, als sie sagte: »Das wurde aber auch Zeit.«

»*Was?*«

»Na, dass ihr euch küsst.« Zara lächelte mich an. »Was denn? Glaubst du, ich weiß nicht, wie lange du schon auf meine kleine Schwester stehst? Sie hat sich doch sogar wegen dir von Colin getrennt. Ich bin nicht blind, Keat.«

»Hat sie das so gesagt? Dass sie sich wegen mir von ihm getrennt hat?«

»Nicht direkt. Aber dass es was mit dir zu tun hatte, war offensichtlich. Deshalb habe ich ja auch nicht verstanden, dass sie auf einmal unbedingt mit Brina nach Boston gehen wollte.« Seufzend lehnte sie sich wieder an mich. »Ich wünschte, sie wäre diesmal einfach hiergeblieben.«

»Ich auch.« Gestern Abend, als ich ins Bett gegangen war, hatte ich mir genau das vorgestellt. Wie es sein könnte. Wie es wäre, Kim von jetzt an jede Nacht im Arm zu halten; ihr vorzulesen, bis sie schlafen würde; sie anzusehen, ihre weichen Züge, die leicht geöffneten Lippen, die Lider, die unter ihren Träumen zuckten. Im Schlaf wirkte Kim nicht nur wunderschön und ernst, sondern auf eine Art verletzlich, die in mir das Bedürfnis weckte, sie für immer zu beschützen. »Ich auch, Honey.«

»Keat?« Meine Mom musterte mich über ihre Kaffeetasse hinweg und ließ sie schließlich sinken. Es war nicht das erste Mal, dass mir auffiel, wie wunderschön sie war. Früher, als wir Kinder gewesen waren, hatte sie fast immer übermüdet und abgehetzt gewirkt, doch heute war das anders. Zwar sah man ihr an, dass sie älter geworden war, aber sonst war ihr Anblick nicht mit damals zu vergleichen. Früher hatte sie die Müdigkeit unter ihren Augen mit einer großzügigen Menge Make-up kaschiert, heute war das nicht mehr nötig. Ihr kastanienbraunes Haar glänzte, ihre Haut war gebräunt und sie strahlte von innen. »Ist alles in Ordnung mit dir? Du wirkst so weit weg.«

Meine neunjährige Halbschwester Cindy kicherte. »Er ist verliebt, Ma.« Ich drehte den Kopf in ihre Richtung, und ihr Kichern ging in ein Lachen über, das sie hinter ihrer Hand versteckte, damit man die Zahnspange nicht sah. »Siehst du?«

»Iss deine Torte«, knurrte ich.

»Ich habe recht.« Sie klang stolz, fast schon zu stolz. Wo, verdammt, war meine kleine, niedliche Schwester hin, die sich Bonbonpapier in die Haare gebunden hatte, um eine Fee zu werden?

»Klar hast du das«, mischte sich jetzt Mia ein, »weißt du nicht mehr, Mom, wie er immer geguckt hat, wenn er von seinen Freunden nach Hause kam? Genau so!«

Zara bedachte mich mit einem mitfühlenden Blick, während Mia mit ihren langen Fingernägeln auf mich zeigte.

»Lasst euren Bruder in Ruhe.« Meine Mutter deutete mit ihrer Gabel zwischen meinen Schwestern hin und her, ehe sie sich im nächsten Moment an mich wandte. »Stimmt es?«

Cindy kicherte wieder.

»Ma …«

»Was denn?« Entwaffnend hob sie die Hände. »Du

bist mein ältester Sohn, und wenn es da endlich ein hübsches Mädchen in deinem Leben gibt, dann –«

»Dann lasse ich es dich wissen, versprochen.« Im Moment war das, was Kim und mich verband, nicht mehr als ein Kuss. Nichts, worüber ich ausgerechnet hier, ausgerechnet jetzt sprechen wollte. Besonders nicht vor der ganzen Schar, die sich meine Familie nannte.

Meine Mom seufzte enttäuscht auf und wandte sich an Zara. »Schade, dass deine Schwester keine Zeit hatte, ich hätte sie sehr gerne wiedergesehen. Geht es ihr denn gut? Gefällt ihr Boston?«

»Es geht ihr gut«, erklärte Zara, und ich sah, wie ihr Körper sich ganz leicht versteifte. »Sie mag ihr Studium und ist dort sehr glücklich …«

»Also ich könnte nie an der Ostküste wohnen«, warf die siebzehnjährige Mia ein und spießte ein Stück Kuchen auf ihre Gabel, während sie mit der anderen Hand an einem der geringelten Ohrringe an ihrem Ohrläppchen spielte. »Darren aus meinem Geografiekurs sagt, da ist es viel zu kalt.«

»Aber da gibt es Schnee.« Cindys Augen leuchteten.

»Darren ist ein Idiot«, entgegnete mein sechzehnjähriger Bruder Tristan, der bis zu diesem Moment den Kopf in seinem Smartphone vergraben und alles um ihn herum erfolgreich ignoriert hatte.

»Darren ist kein Idiot, er ist mein Freund«, entgegnete Mia und verengte die Augen. »Du bist einer.«

»Und du hast komische Freunde.« Er hob die Schultern und verschränkte die Arme vor der Brust. Nicht mehr lange, und sie würde genauso breit sein wie meine eigene.

»Besser, als gar keine Freunde zu haben«, konterte sie.

»Besser keine als bescheuerte.«

»Kinder …«, mischte sich Gregory ein. »Wir haben Besuch.«

»Keat kennt das doch«, erklärte Tristan schulterzuckend. »Was glaubst du, warum er nur noch so selten herkommt?« Er deutete auf Mia, die ihm die Zunge rausstreckte. »Weil die da fast genauso verrückt wie Izzy ist.«

»Tristan. Es reicht.« Mom warf meinem Bruder einen tadelnden Blick zu, den er gar nicht registrierte, weil er sein Smartphone wieder erfolgreich vor seinem Gesicht platziert hatte.

KEATON

»Apropos Izzy, wo steckt Isabella eigentlich?«, fragte Zara in die entstandene Stille hinein.

»Eigentlich müsste sie jeden Moment hier sein.« Meine Mom sah auf ihre Armbanduhr. »Das Cheerleader-Training ist längst vorbei.«

Zehn Minuten später wurde die Haustür aufgeschlossen.

»Isabella, Schatz«, rief meine Mom. »Dein Bruder ist hier.«

Schritte polterten über den Flur, dicht gefolgt von einem Knall und lauter Musik.

»Was war denn das?« Zara runzelte die Stirn.

»Izzy spinnt gerade«, erklärte Mia und drückte die letzten Kuchenkrümel auf ihrem Teller mit ihrem Zeigefinger zusammen.

»Gerade?« Ohne von seinem Handy aufzusehen, schnaubte Tristan. »Die spinnt doch die ganze Zeit.«

»Sie sagt, die Schule ist doof«, erklärte Cindy. »Aber ist Schule das nicht immer?«

Ich sah zu meiner Mom, die nur hilflos die Arme hob.

»Ich weiß es nicht, Keat. Wenn ich sie darauf anspreche, meint sie nur, alles ist okay.«

»Es ist die Pubertät«, warf Gregory ein. »Mädchen sind einfach viel schwieriger als Jungs.«

»Wie kommst du darauf, Liebling?«, fragte meine Mom.

»Na, diese ganzen Hormonumstellungen. Dass sie zur Frau werden, die Periode, das –«

»Boah, Dad«, stieß mein Bruder empört aus. »Sag doch so was Ekliges wie Periode nicht!«

Cindy kicherte.

Mia verdrehte die Augen. »Gott, wie willst du jemals Sex haben, wenn du so was Normales schon eklig findest?«

Tristan zeigte ihr den Mittelfinger. »Woher willst du wissen, dass ich keinen habe?«

»Weil du dich wie ein Baby benimmst!« Mia streckte ihm die Zunge raus.

»Kinder, bitte!« Meine Mom strich sich kopfschüttelnd die Haare hinters Ohr. »Es reicht.«

»Ich werde mal nach ihr sehen«, erklärte ich, während Zara sich neben mir das Lachen verkniff.

»Pass auf, dass sie dir nichts an den Kopf wirft«, warnte mich Tristan, während er in Schallgeschwindigkeit auf dem Display seines Handys herumtippte. »Vorgestern kam ein Buch geflogen, als ich in ihr Zimmer gegangen bin, weil ihre Musik mir auf den Zeiger ging.«

Das klang nicht gut. Ich erhob mich und verließ die Küche, um über den Flur zu Isabellas Zimmer zu gehen.

Es war das vorletzte, direkt neben dem Badezimmer. Die Tür war verschlossen und Musik drang aus dem Inneren. Obwohl ich wusste, dass sie es nicht hören würde, klopfte ich und wartete einen Augenblick, bis ich schließlich eintrat.

Meine Schwester lag seitlich auf dem Bett, die Knie angewinkelt, die Augen geschlossen.

In dem Moment, in dem ich mich neben sie auf die Bettkante sinken ließ, öffnete sie die Augen. Sie waren geschwollen, rot geädert, und einzelne Tränen glänzten darin, die sie voller Hast aus ihrem Gesicht wischte.

Ich griff die Fernbedienung, um die Musik leiser zu machen. *Remember when* von *Avril Lavigne*. »Willst du darüber reden?«

»Worüber?« Sie zog die Nase hoch, wich meinem Blick aus.

»Na, über das, was dich so traurig macht.«

Sie lachte leise auf. »Ich bin nicht traurig, ich bin wütend. Die Leute in der Schule, die sind so ...«, sie ballte ihre Hände zu Fäusten, »sie sind Idioten, Keat. Sie sind einfach nur dumme Idioten.«

»Was ist passiert?«

»Egal.«

»Izzy ...«

»Sie sprechen über Mom!«, platzte es aus ihr heraus und sie schlug sich die Hand vor den Mund. »Sie wissen es«, redete sie mit gesenkter Stimme weiter. »Sie wissen, was Mom getan hat ... Dass sie früher eine *Hure* war.«

»Izzy ...«

»Was denn?«, funkelte sie mich an. »Es stimmt doch. Sie hat sich für fremde Männer ausgezogen und für Geld mit ihnen geschlafen!«

Sie hatte recht. Es war die Wahrheit. Eine Wahrheit, die ich hasste, weil meine wunderschöne, kluge Mutter keinen anderen Weg gewusst hatte, um uns trotz des Schuldenbergs unseres Dads über Wasser zu halten.

»Sie wissen es. Jeder redet darüber und sie sagen ...«

»Was sagen sie?«

»Dass Brandon mich auch dafür bezahlen sollte.« Sie warf sich zurück aufs Bett und drückte das Gesicht ins Kissen.

Es ging also um einen Jungen.

Ich legte die Hand auf ihren Hinterkopf, streichelte über ihr kurzes Haar, wie ich es schon früher oft getan hatte, als sie klein gewesen war. Damals, wenn sie oder Mia oder Tristan aus einem Albtraum aufgewacht waren und niemand anders da war, um sie zu trösten.

Ich rutschte ein Stück weiter aufs Bett und klopfte neben mich auf die Matratze. »Setz dich mal zu mir«, bat ich sie.

»Warum?«

»Zeit für eine Großer-Bruder-Weisheit«, erklärte ich.

»Dafür bin ich zu alt.«

»Dafür ist man nie zu alt.« Ich klopfte noch mal. »Los, komm, sei nicht so.«

Widerwillig setzte Isabella sich auf, rutschte neben mich und lehnte sich an die Wand.

»Weißt du, am Anfang habe ich meine Mitschüler verachtet«, begann ich zu erzählen. »Nicht nur, weil sie mehr Geld hatten, als sie ausgeben konnten, sondern weil wir es nicht hatten. Und später dann habe ich es getan, weil es immer nur um den ganzen materiellen Scheiß ging. Ich dachte, sie haben keine Ahnung vom Leben, weil sie überhaupt nicht wissen, wie es sich anfühlt, zu leiden. Ihr einziges Problem ist, dass Daddy ihnen nicht das neuste Smartphone kauft. Aber weißt du, Geld ist nicht nur Sicherheit, es ist auch Zwang. Es bedeutet, dass du etwas sein musst, das du vielleicht gar nicht bist und das dich kaputtmacht. Manche Menschen macht so was gemein und gehässig, aber tief in ihnen drin sind sie alle unsicher und verletzlich. Vergiss das nicht.«

»Du meinst, ich darf nicht wütend sein?«

»Zur Hölle, natürlich darfst du wütend sein! Du *sollst* es sogar! Aber mach nicht den Fehler, dich genauso fies und furchtbar zu verhalten wie sie.«

»Tu ich nicht.«

Ich tätschelte ihr Knie. »Das hatte ich auch nicht erwartet.«

»Du meinst, sie leiden genauso? Wieso machen sie es dann? Ich versteh das nicht.«

»Weil manche sich erst dann besser fühlen, wenn sie jemand anderes erniedrigen können«, erklärte ich und suchte ihren Blick. »Aber das bedeutet nicht, dass man sich auf ihre Stufe begeben muss.«

»Was soll ich sonst tun?«

»Dir nicht vorschreiben lassen, wen du magst und wofür dein Herz schlägt. Wenn dieser Brandon nett ist, ist es egal, was andere sagen. Und wenn er dich mag, wird ihm egal sein, was die Leute über dich denken.« Ich legte eine Hand auf meine Brust. Auf die Stelle, wo mein Herz schlug. »Was hier drinnen ist, darauf kommt es an. Das ist es, was dir niemand nehmen kann. Niemals.«

Ich wuschelte ihr durchs Haar, doch anders als die letzten Male, als ich es getan hatte, protestierte sie diesmal nicht. »Manche Menschen sind verdammte Idioten. Du kannst nichts daran ändern, was die Leute über dich denken. Du kannst nur lernen, ihre Worte abprallen zu lassen. Ich sage nicht, dass das besonders leicht ist.«

Sie drehte den Kopf, linste durch ihre dunklen Haare zu mir hoch. »Wie hast du geschafft, dass es dir egal ist?«

»Es gab einfach schlimmere Sachen als dieses blöde Gerede«, beantwortete ich ihre Frage. »Wir waren arm und das Leben war hart. Außerdem hat Mom nur getan, was sie musste, weil Dad uns alleingelassen hat. Sie hat alles versucht, damit wir es gut hatten, und das sollten wir niemals vergessen.«

»Ich weiß.« Sie drehte sich noch ein Stück, strich über ein Loch in ihren Jeans. »Aber die anderen in der Schule verstehen es nicht. Die haben alle so viel Geld, dass es ihnen aus den Ohren rausquillt, und reden den ganzen Tag nur Unsinn.«

Ich wusste, wovon sie sprach. Ich kannte es. Die Gespräche, die lachhaften, sinnentleerten Themen derer, die in Wohlstand und Luxus aufgewachsen waren und keinen Schimmer davon hatten, wie es auf der anderen Seite aussah. Die nicht verstanden, dass man manchmal Dinge tun musste, um zu überleben.

»Erzähl es Mom.«

»Aber –«

»Erzähl es ihr, Izzy. Wir wissen beide, dass es ihr wehtun wird, aber es wird sie noch viel mehr verletzen, wenn du dich deshalb vor ihr zurückziehst.«

»Okay«, murmelte sie schließlich, als ich mich erhob.

Ich trat auf die Tür zu und drehte mich, die Klinke bereits in der Hand, noch mal zu ihr um. »Mom freut sich bestimmt, wenn du dich zu uns setzt.«

»Später.« Sie zog wieder die Beine an und drehte den Kopf. »Ich komm später dazu.«

»Wie du meinst.«

Es fiel mir schwer, meine Schwester in dieser selbst gewählten Einsamkeit zurückzulassen, doch gleichzeitig würde Druck es nicht besser machen.

Ich dachte an meine Schulzeit. An die Monate und Jahre, in denen Mitschüler mit den Fingern auf uns gezeigt hatten und gemeine, grausame Dinge über unsere

Familie sagten. Weil wir abgetragene Kleidung trugen statt die neusten Designerfummel. Weil wir alte Handys besaßen statt teure Smartphones. Weil wir nicht ununterbrochen ins Kino oder in den Diner an der Ecke gingen, sondern uns Filme auf dem Fernseher ansahen und unser Essen selbst mitbrachten.

Ich war gerade mal sechs Jahre alt gewesen, als Dad uns verließ, und zwölf, als wir bei Gregory einzogen. Izzy war ein Jahr, als er ging, und sieben, als alles besser wurde. Jetzt war sie fünfzehn, und insgeheim hatte ich gehofft, dass es ihr, Mia und Tristan leichter fallen würde, die Marylane Avenue und alles, was mit diesem dunklen Kapitel unseres Lebens zu tun hatte, hinter sich zu lassen. Aber ich hatte mich geirrt. Manche Dinge änderten sich nie.

»Warum nimmst du eigentlich nie den anderen Weg und umfährst die Gegend einfach?«, fragte Zara, als wir in das Viertel bogen, in dem ich aufgewachsen war.

»Weil wir niemals vergessen sollten, dass Veränderungen nicht selbstverständlich sind.«

Es war die Wahrheit. So sehr ich es auch hasste, ich hielt nichts davon, diese Wirklichkeit nicht mehr anzusehen. Zu verdrängen half nicht, denn das, was man nicht ansah, wurde zu einem Schatten, der nur mächtiger und immer größer wurde. Zu etwas, das einen schließlich am Leben hinderte.

»Du denkst an Izzy, oder?«

»Ja.« Ich stoppte den Wagen vor einer roten Ampel, starrte auf die Geschäfte, die auch nach acht Jahren noch genauso schäbig aussahen wie damals.

»Hat sie dir erzählt, was los ist?«

»Es gibt einen Jungen, den sie mag, und es gibt dummes Gerede über unsere Mutter.«

»Scheiße.« Einen Moment wirkte Zara weit weg. Zu weit für meinen Geschmack. Schließlich fragte sie: »Was willst du tun?«

»Ich hab ihr gesagt, dass es egal ist, was die anderen denken und dass es keinen Unterschied macht, weil die Menschen, die sie mögen, sie trotzdem lieben und zu ihr halten werden.«

»Du bist ein kluger großer Bruder, Keat.«

»Aber zu selten zu Hause«, warf ich zähneknirschend ein. In den letzten Monaten, während der Sache mit Trevor, der mit Ash und Jake und schließlich mit Ian, hatte ich meine Mom und meine Geschwister weitaus seltener besucht als früher. Ich hatte nicht mitbekommen, wie sich die Situation für Isabella verändert hatte. »Das muss ich ändern.«

»Sie wird zu dir kommen, wenn sie dich braucht.« Zaras Hand legte sich auf mein Knie. »Ehrlich, Keat, ich weiß das. Mit dir kann man reden wie mit niemandem sonst.«

»Manchmal wünschte ich, man könnte diesen ganzen Kindern die Augen öffnen. Jede Generation macht dasselbe durch. Immer wieder. Und es ändert sich doch nichts.« Während ich es aussprach, merkte ich, wie wütend es mich tatsächlich machte. Dass die Schule für manche der schlimmste Ort der Welt sein konnte und das anscheinend für alle normal war. Ich hatte es gehasst, zwischen den überprivilegierten Kids zu sitzen, deren Probleme damals völlig überzogen wirkten und weit entfernt von meiner Realität. Doch dann war ich Trevor und Jake begegnet und hatte begriffen, dass es ihnen nicht besser ging als mir. Dass sie tief in sich drin genauso unsicher, verletzlich und auf der Suche gewesen waren wie ich selbst. Vielleicht war es für sie sogar schlimmer gewesen. Denn in meinem Leben hatte es zumindest keine unausgesprochenen Erwartungen gegeben, denen ich entsprechen musste. Ich war bloß der Junge aus dem Ghetto gewesen, deshalb hatte ich auch niemals mehr sein müssen als das.

KEATON

12 Jahre zuvor

Die Hand meiner Mutter legte sich auf meinen Scheitel. »Ich muss jetzt los, mein Schatz. Wenn Izzy wieder weint, gib ihr einen Kuss von mir. Und denk daran –« Der Duft des aufdringlichen Parfüms drang in meine Nase, als sie sich zu mir hinunterbeugte. »– ich habe euch alle sehr, sehr, sehr lieb.« Ihre geschminkten Lippen drückten sich auf meine Stirn, während eine Träne sich aus ihren dick getuschten Wimpern löste und auf meinen Arm tropfte.

»Ich habe dich auch lieb.«

Sie zerzauste mein Haar. »Morgen früh mache ich euch Pancakes. Versprochen«, erklärte sie, und ich nickte, obwohl sie das sowieso nicht machen würde. Wir hatten gar kein Mehl und die Eier waren auch alle, und überhaupt würde sie viel zu müde sein, um irgendetwas zu machen. So war es immer.

Die Tür klickte leise, als ich sie hinter ihr zudrückte. Ich legte meinen Kopf an das marode Holz, horchte, wie ihre Schritte im Hausflur verklangen, und schob schließlich die Schlüsselkette vor, so wie ich es ihr versprochen hatte.

»Mommy?«, erklang Izzys Stimme hinter mir. Barfüßig und in ihrem löchrigen Schlafanzug, der ihr an den Beinen viel zu kurz war, stand sie in der Tür zum Schlafzimmer und drückte Mister Hoppel fest gegen ihre Brust. Ihre Unterlippe zitterte.

»Mommy muss arbeiten«, sagte ich und streckte die Hand nach ihr aus. »Komm, ich bring dich wieder ins Bett.«

Das verwaschene Kuscheltier fiel zu Boden, als sie zur Tür stürmte. »Mommy. Mommy ...« Ihre kleinen Hände zerrten an dem Türgriff, doch als sie ihn nicht aufbekam, hämmerten sie gegen das Holz. »Mommy«, schluchzte sie. »Wieder kommen, Mommy, Bett bringen. Mommy. Mommy, Mommy.«

»Izzy ...« Ich strich über ihr Haar, so wie Mom es bei mir tat. Ließ zu, dass ihre Arme sich um meinen Bauch schlangen. Ihr tränennasses Gesicht presste sich gegen mich.

»Mommy ist morgen früh zurück«, versprach ich, obwohl ich selbst Angst hatte, dass sie nicht wiederkommen würde, so wie Daddy, der auch nicht zurückgekommen war. Dass wir dann allein wären. Für immer.

»Komm«, brachte ich hervor und hob ihr Kuscheltier vom Boden auf. »Ich erzähl dir und Mister Hoppel eine Geschichte und dann ist es ganz schnell morgen.«

Izzys Finger umschlossen meine. Nebeneinander krabbelten wir ins Bett, in dem auch Mia und Tristan schliefen. Ich griff das Buch vom kleinen Hasen und erzählte ihr die Geschichte, die ich auswendig konnte.

Nicht lange und ihre feuchten Augen fielen zu, während sie an ihrem Daumen saugte. Ich schob mich näher an sie heran, bis ich ihre Hand in meine nehmen konnte, und starrte weiter auf das Buch. Ich las die Buchstaben, bis meine Lider schwer wurden und immer wieder zufielen. So lange, bis sie vor meinen Augen verschwammen und die Angst mitnahmen.

KIMBERLY

Meine Arme fühlten sich wie Gummi an, als ich meinen Koffer auf dem vorletzten Treppenabsatz abstellte und mir den Schweiß von der Stirn wischte.

Fast geschafft.

Ich atmete zweimal tief ein und zwang mich, den Koffer ein weiteres Mal hochzuhieven, um ihn über die letzten Stufen zu schleppen.

Im sechsten Stock angekommen, drückte ich die Tür zu dem unbeleuchteten Flur auf und lief an den verschlossenen Apartments vorbei bis zu der zerkratzten Holztür am Ende des Gangs. Ich unterdrückte einen Fluch, als Geräusche von innen das Laufen des Fernsehers verkündeten.

»Willkommen zu Hause, Herzchen.« Wyatt, der mit einer Bierflasche auf der Couch lümmelte, warf mir einen lüsternen Blick zu. Mit seinem schmierigen Glatzkopf und dem löchrigen Shirt war er nicht nur das Gegenteil von gepflegt. Er roch auch so.

»Was machst du hier?« Ich schob meinen Koffer auf

die Garderobe zu und drückte mit dem Fuß die Tür ins Schloss.

»Mein Bier war alle.« Er tätschelte den Hals seiner Flasche.

»Und da konntest du dir nicht einfach eins nehmen und damit wieder in deiner Wohnung verschwinden?« Ich hasste es, wenn Wyatt sich hier breitmachte, während Macy arbeitete. Denn dann trank er wie ein Loch und benahm sich mit steigendem Pegel immer widerlicher.

»Entspann dich«, nuschelte er. »Ich lass schon die Hände von deinem Arsch.« Er ließ seine Augen über meinen Körper gleiten und verharrte auf meinem Ausschnitt. »Oder deinen Titten.«

Und das war mein Stichwort.

»Mach nicht wieder den Kühlschrank leer«, bat ich ihn, umfasste den Griff meines Koffers und zerrte ihn hinter mir her durch die Wohnküche bis zu meinem Zimmer, das zwischen Badezimmer und Macys Schlafzimmer lag.

In meinem Reich angekommen, betätigte ich den Lichtschalter. Nur langsam erwachte das flackernde Neonlicht zum Leben, erhellte den Raum, der mit seinen acht Quadratmetern eher eine zu große Abstellkammer als ein Zimmer repräsentierte.

Willkommen zu Hause, Kim.

Obwohl ich seit über vier Monaten bei Macy lebte, war es mir noch immer nicht gelungen, den schäbigen Look zu beseitigen. Es war egal, dass ich die offen verlegten Rohre mit Tüchern verhängt und die Löcher in den Wänden mit Fotos beklebt hatte. Es machte keinen Unterschied, dass vor dem einzigen schmalen Fenster, welches das Zimmer besaß, selbst genähte Vorhänge hingen oder dass die alten Möbel, die bereits vor meinem

Einzug hier standen, mittlerweile mit Stoffen beklebt und mit Krimskrams dekoriert waren. Es änderte nichts, weil dieses Zimmer blieb, was es war: ein Zeichen dafür, wie sehr ich die Kontrolle über mein Leben verloren hatte.

Ich schob den Koffer über den rissigen Linoleumboden bis zum Schlafsofa neben dem Fenster.

Kühle Luft mischte sich mit dem Lärm der Kreuzung unter mir, als ich die Vorhänge zur Seite schob und das Fenster öffnete. Eine Weile sah ich nach unten, beobachtete das rastlose Hin und Her, dann ließ ich mich langsam auf der Kante des Bettes nieder, hob die Handtasche auf den Schoß und kramte mein Handy hervor.

Ich wischte über das Display und öffnete ein weiteres Mal die Nachricht, die kurz vor meinem Abflug eingetroffen war.

KEATON: *Bist du wegen dem Kuss früher gefahren?*

Meine Finger schwebten über dem Antwortbutton, verharrten regungslos darüber, während ich immer wieder auf Keatons Frage starrte.

Bist du wegen dem Kuss früher gefahren?

Was sollte ich ihm schreiben? Dass ich von Anfang an gelogen hatte, was die Zeit meines Rückfluges anging, damit ich mich nicht verabschieden musste? Dass es einfacher war, zu gehen, als zu bleiben? Dass ich wünschte, er würde mich noch einmal küssen und nie wieder damit aufhören?

Mit dem Handy gegen die Brust gepresst, ließ ich mich rücklings aufs Bett fallen. Starrte auf den abgeblätterten Putz an der Decke, unfähig, die Erinnerungen an den Kuss, seine Nähe, dieses *Wir*, das es niemals geben würde, irgendwo in mir zu vergraben.

Immer wieder tauchte sein Gesicht vor mir auf, katapultierte mich zurück nach Savanna Springs, zurück an seine Seite, und als ich die Augen schloss, glaubte ich sogar, den Geschmack seiner Lippen auf meinen wahrnehmen zu können.

Genug!

Ich stand abrupt auf und ließ das Handy achtlos auf das Bett fallen. Vor dem Spiegel an der Wand blieb ich stehen. Sah mir selbst in die Augen.

Du musst damit aufhören, hörst du? Entschlossen strich ich mein Shirt glatt, marschierte zurück zum Bett und griff nach meiner Handtasche.

Ich ignorierte Wyatt, der weiterhin auf dem Sofa vor dem Fernseher lungerte, und verließ das Apartment. Lief über den Flur bis zum Ende des Gangs und trat in das stinkende Treppenhaus.

Sechs Stockwerke später verließ ich den Apartmentkomplex, bog nach rechts und folgte der Kreuzung, bis ich zwanzig Minuten später das Einkaufszentrum erreichte.

Sobald sich die Schiebetüren im Inneren der Mall hinter mir schlossen und ich in das Gewirr aus Shops und Menschen eintauchte, fiel die Anspannung von mir ab. Ich schlenderte durch die breiten Passagen, saugte die Angebote in den Schaufenstern auf, bis ein Shirt meine Aufmerksamkeit auf sich zog. Es war tailliert, mit blauem Spitzenbesatz, aus fließendem Stoff.

Ich trat durch die Glastüren, schob mich durch die schmalen Gänge und zerrte das Shirt von einem der Kleiderständer. Zehn Dollar stand auf dem Preisschild.

Zufrieden warf ich es mir über die Schulter, entdeckte das gleiche Shirt in einem blassen Grau und daneben sogar zwei passende Röcke.

Meine Finger kribbelten, als ich mit meinem Fund auf die Kasse zuschritt und während des Wartens noch eine Kette fand, die man sowohl zu dem blauen als auch zu dem grauen Shirt tragen konnte. Ich nahm sie ab und legte sie zusammen mit den Klamotten auf den Tresen.

»Das macht fünfundsiebzig Dollar.«

Ich zog das Portemonnaie aus der Tasche, hielt dem Verkäufer meine Karte hin und sah gespannt zu, wie er sie durch den Spalt im Lesegerät zog.

Einen Moment später verließ ich mit meinem Einkauf den Laden, bog nach links und ließ mich in den Sessel der Saftbar sinken, um einen frisch gepressten Orangensaft zu bestellen.

KEATON

»Und Kim ist echt allein weg?« Jake löste den Rucksack von seinem Rücken und setzte sich zwischen Trevor und mich auf das moosbewachsene Kiesdach.

»Ja.« Ich griff in meine Hosentasche, holte die Tüte mit gesalzenen Erdnüssen heraus und warf mir eine Handvoll in den Mund. Dann lehnte ich mich zurück. Sah hinauf in den wolkenlosen, dunklen Himmel, an dem bereits die ersten Sterne glitzerten.

»Und?« Er öffnete den Rucksack, hielt mir eine Flasche Cola entgegen. »Hat sie gesagt, warum?«

»Auf dem Zettel stand, ihr Flug würde früher gehen und sie wollte uns nicht wecken.« Ich nahm die Flasche an, schraubte den Deckel auf und fluchte, als der Limonadenschaum sich über meinen Handrücken ergoss. »Keine Ahnung, ob das stimmt.«

»Wieso, was ist deine Theorie?«, fragte Trevor.

Ich wischte mir die Hand an meiner Jeans ab und überlegte kurz, ob ich mit den beiden darüber reden wollte, und entschied mich dafür. Trevor und Jake waren nicht nur meine besten Freunde, sondern wussten auch, was ich für Kim empfand. Wenn ich eins in diesem Moment gebrauchen konnte, dann ihren Rat.

»Ich glaube, dass es damit zu tun hat, dass wir uns in der Nacht davor geküsst haben.« Ich setzte die Cola an, legte den Kopf in den Nacken und trank einen tiefen Schluck, ehe ich über die Weite des alten Flugfeldes starrte, das Stück für Stück in der Dunkelheit versank. Das Ganze war jetzt vier Tage her, und seitdem hatte sie weder auf meine Nachrichten reagiert noch Zara zurückgerufen. Alles, was von ihr gekommen war, war eine kurze Nachricht, mit der sie uns mitgeteilt hatte, dass sie gut in Boston angekommen war. Sie ignorierte mich, ging es noch eindeutiger?

»Ihr habt euch geküsst? Verdammt, wieso erfahren wir das erst jetzt?« Jake grinste in sich hinein. »Das ist doch gut. Also, nicht dass sie gefahren ist, sondern dass ihr euch geküsst habt. Es bedeutet, sie empfindet auch etwas für dich.«

»Und was habe ich davon? Sie hockt am anderen Ende des Landes, während ich hier bin. Außerdem hatten wir das alles schon mal.« Ich löste einen Kiesel vom Dach und warf ihn über die Kante in die Tiefe. »Es ist ja nicht so, als ob es das erste Mal wäre, dass wir uns geküsst haben.«

Jakes Kopf schoss zu mir herum. »Warte mal, *was*?«

»Kurz bevor Kim nach Boston gezogen ist«, sagte Trevor, ehe ich es tun konnte. Ihm hatte ich es im Gegensatz zu Jake damals erzählt. »Das war gerade, als …« Trevor redete nicht weiter, aber auch ohne dass er es aussprach, wussten wir, welche Zeit er meinte. Damals, als er erfahren hatte, dass er ein Adoptivkind war und kurz darauf seine Mom gestorben war. Eine Zeit, an die keiner von uns gerne zurückdachte.

»Du warst gerade mit Maya und Chase in San Francisco«, nahm ich das Gespräch wieder auf. »Danach kam der ganze andere Scheiß, und ich wollte es einfach nur vergessen, deshalb habe ich es dir nie erzählt. Tut mir leid.«

»Schon gut, ist ja nicht so, als hätte ich euch immer alles gesagt.« Er nahm einen Schluck von seiner Cola und dachte ganz offensichtlich daran, wie er Maya mit Ash betrogen und beiden damit das Herz gebrochen hatte. »Aber das bedeutet, dass der Kuss auf alle Fälle eine Bedeutung hat«, fuhr er fort. »Kim ist doch gar nicht der Typ, der jemanden küsst, für den sie nichts empfindet. Schon gar nicht zweimal.«

Aber nicht genug, um in Savanna Springs zu bleiben und uns eine Chance zu geben.

In dem Moment, in dem die Worte in meinem Kopf auftauchten, hasste ich mich für diesen Gedanken. Es war egoistisch. Schließlich war das, was ich an Kim stets am meisten bewundert hatte, ihre Unabhängigkeit und ihr Selbstbewusstsein, niemals das zu tun, was andere für richtig hielten, sondern nur das, was sich richtig anfühlte. Und trotzdem ... *tat es weh.*

»Schätze, sie weiß selbst nicht, wie sie damit umgehen soll, und meldet sich deshalb nicht«, meinte Trevor, und vermutlich stimmte das sogar.

»Frag doch Zara, ob sie Kim darauf anspricht, wenn sie telefonieren?«, schlug Jake vor. »Die beiden reden doch sonst auch über alles. Oder ich ruf sie mal an und taste mich ran, wenn du willst.«

»Nein.« Ich schüttelte den Kopf. »Das ist eine Sache zwischen ihr und mir, ich will nicht, dass jemand anderes sich da einmischt.« Ich würde sie heute Abend einfach noch mal anrufen. Und morgen. Immer wieder, wenn es sein musste. Irgendwann musste sie ja mit mir reden.

»Okay. Aber falls du es dir anders überlegst, sag einfach Bescheid.« Er leerte seine Cola und deutete auf den Rand des Gebäudes. »Bereit für den Abstieg?«

Ich schüttete die restlichen Erdnüsse in meine Hand, reichte Jake die leere Tüte und nickte. Ich spülte sie mit einem Schluck Cola hinunter, und nachdem Jake unseren Müll in seinem Rucksack verstaut hatte, kletterten wir los.

Ich liebte das Gefühl hinabzusteigen fast mehr als das, nach oben zu klettern. Strebe um Strebe zu greifen, sich langsam hinunterzulassen, bis man die nächste unter seinen Schuhen spürte, fühlte sich für einen kurzen Augenblick wie Schweben an.

Ich war schon immer gerne geklettert. Hatte Spielgeräte und Dachvorsätze erklommen, um alles zu beobachten. Die Welt, wie sie wirklich war. Und verrückterweise war ich Trevor und Jake genau so begegnet: Ich beobachtete sie vom Dach eines der Spieltürme. Sah zu, wie sie zwischen ihnen herumrannten und mit ihren Pistolen Krieg spielten. An diesem Tag wollte ich nichts lieber, als hinabzusteigen und mit ihnen zu spielen – doch erst Monate später fand ich den Mut dazu. Es war ein Tag, den ich nie vergessen würde. Zu gut erinnerte ich mich an das leise Schluchzen hinter der Badezimmertür und an die blauen Flecken auf Moms Haut, die ich sah, als ich hineinging, um sie zu trösten. Ich würde beides niemals vergessen, genauso wenig wie die Wut, die in mir brodelte. Wut auf sie, diese Leute, für die sie arbeitete, die verdammte Welt. Und als ich an diesem Tag auf den Spielplatz gekommen war und das Gefühl und die Ohnmacht nicht wie sonst vertreiben konnte, hatte ich Trevor angestachelt, mit mir um die Wette zu klettern – und gewonnen.

Als ich meine Füße auf dem kahlen, trockenen Boden vor dem Gebäude aufsetzte, dachte ich daran, dass Trevor und Jake von Anfang an egal gewesen war, woher ich kam. Es hatte sie nie interessiert. Weder wie ich lebte, noch aus welcher Welt ich stammte. Wir waren Freunde geworden – über dieses Viertel hinaus, das sonst nichts anderes tat, als Menschen zu trennen. Und ich war verdammt froh darüber.

KIMBERLY

Der Kloß in meinem Hals schwoll an, als das erste Gebäude auf dem Campus des *College of Art and Design* vor mir auftauchte. Der Mix aus alten Gemäuern und stilistisch fragwürdigen Neubauten bildete einen eigenen kleinen Stadtteil am Rand von Boston.

Ich straffte die Schultern und marschierte los, froh, dass die meisten Studenten mir keinerlei Beachtung schenkten.

Während des Laufens konzentrierte ich mich auf das Gefühl des Kiesbettes unter meinen Schuhen, das frühlingsgrüne Gras an den Wegesrändern und zählte die Bänke, an denen ich vorbeilief.

Zwanzig Stück ließ ich hinter mir, bis ich an einer der Kreuzungen nach links bog und das erste Wohnheim vor mir aufragte.

Mc Adams war das fünfte in einer langen Reihe identisch aussehender Häuser, die in dem altertümlichen Universitätsgelände völlig deplatziert wirkten.

Zwei Studentinnen steckten die Köpfe zusammen, sobald ich an ihnen vorbei die Treppenstufen hinaufeilte.

»Hey, Graham«, rief ein Kerl, den ich nicht kannte, aus dem offenen Gemeinschaftsraum »Traust dich mal wieder unter das normale Fußvolk, ja?«

Umstehende Studenten kicherten über seinen Spruch, einer der anderen Kerle schlug ihm anerkennend auf den Rücken.

Ich zeigte ihm den Mittelfinger, bemüht, seine Worte an mir abprallen zu lassen. Das, was sie dachten, war nicht wichtig. Ich wusste das. Irgendwo in mir wusste ich das.

Und trotzdem tat es weh.

Ich straffte meine Schultern und lief durch den Flur, den Blick starr geradeaus gerichtet, bis ich endlich Brinas Tür erreichte.

Ich klopfte.

Drei. Vier. Fünf.

Eine Bewegung hinter der Tür.

Sechs. Sieben.

Die Tür öffnete sich.

»Kim, hey.« In einem Longpulli und dunklen Jeans trat Brina zur Seite, damit ich eintreten konnte, und ich war froh, als die Tür sich hinter mir schloss und damit die Blicke sowie das Getuschel aussperrte.

Ich drehte mich zur Seite, musterte das kleine Zimmer, das ich mir bis vor sieben Monaten mit ihr geteilt hatte. Meine Seite war noch immer leer.

»Wie geht es dir?«

»Gut, danke«, antwortete ich mit einem angestrengten Lächeln. »Ich wollte nur die Post abholen, von der du mir geschrieben hast.«

Ich sah, wie ihr Gesicht für einen kurzen Moment in sich zusammenfiel, wie Traurigkeit und Frustration darin ihren gewohnten Platz fanden, doch sie fing sich schnell. Das tat sie immer.

»Klar.« Aus einer der Schreibtischschubladen zog sie einen Stapel Briefe hervor. »Das ist von der letzten Woche.«

»Danke.« Ohne den Briefen nähere Beachtung zu schenken, verstaute ich sie in meiner Handtasche und drehte mich Richtung Tür. Ich konnte und wollte nicht länger als nötig an diesem Ort bleiben. Hier zu sein erdrückte mich.

»Das ist doch Scheiße.« Brina schob sich vor die Tür, noch ehe ich sie erreichte. »Wie lange soll das noch so weitergehen? Wir sind zusammen hergekommen, wir wollten studieren und –«

»Und jetzt studiere ich nicht mehr, ja.«

»Was total bescheuert ist.«

»War klar, dass du nach wie vor so denkst«, murmelte ich.

»Süße, so meinte ich das nicht.« Seufzend legte sie ihre Hand an meine Schulter, suchte meinen Blick. »Ich kapier nur nicht, dass du dir durch diesen Mist deine Träume kaputtmachen lässt. Wir hatten diese ganzen Pläne. Du das Designstudium, ich die Fotografenausbildung, und danach …«

Wollten wir durchstarten. Stumm führte ich ihren Satz zu Ende. Mode und Fotografie auf eine neuartige Weise verbinden. Natürlich erinnerte ich mich daran. An diesen Traum genauso sehr wie an alle anderen.

Einen Moment spielte ich mit dem Gedanken, ihr tatsächlich die Wahrheit an den Kopf zu knallen. Ihr zu sagen, dass meine Träume schon viel früher in den Abgrund gestürzt waren und ich doch versucht hatte, daran festzuhalten. Dass ich alles dafür getan hatte, um sie nicht zu verlieren. Doch ich schwieg, weil ich ihr dann auch den Rest hätte erzählen müssen, und das kam einfach nicht infrage.

Ich griff an ihr vorbei nach der Klinke.

»Kim, komm schon …« Mit einem flehenden Blick sah sie mich an. »Du kannst mit mir reden. Ich bin deine Freundin. Das war ich die ganze Zeit.«

»Danke, dass du dich um meine Post kümmerst.« Ich drückte die Klinke herunter und schob mich an ihr vorbei, zurück auf den Wohnheimflur. »Mach's gut.«

»Meld dich …«, rief sie mir nach, doch wir wussten beide, dass ich es nicht tun würde. Vielleicht waren wir früher Freundinnen gewesen, hatten gemeinsam gelacht und geträumt – doch heute war nichts mehr davon übrig.

Es ging einfach nicht mehr.

Als der Bus an der Mall hielt, sprang ich auf und stieg aus. Ich trat in das Gewirr aus Geschäften, stöberte eine Weile in den Dekoläden im Untergeschoss und landete wie jedes Mal in den Klamottenläden im oberen Stockwerk. Ich kaufte ein Notizbuch für meine Skizzen, neuen Stoff zum Nähen und ein Paar Stilettos aus braunem Echtleder, die zu einem Kleid passten, das ich ebenfalls mitnahm, obwohl es gar nicht im Angebot war.

»Hey, Süße«, begrüßte mich Macys warme Stimme, sobald ich drei Stunden später durch die Wohnungstür trat.

»Hey.« Ich hängte den Schlüssel an das Schlüsselboard und stellte erleichtert fest, dass von Wyatt weit und breit nichts zu sehen war.

Macy stand in ihrem kleinen Schwarzen, das gerade so ihren Hintern bedeckte, an der schmalen Küchenzeile. Sie nahm einen Schluck aus der Tasse in ihrer Hand und musterte mit hochgezogener Augenbraue die Tüten, die ich vor mir auf den Boden gestellt hatte. »Ist es nicht gut gelaufen in der Uni?«

»Nicht anders als sonst.« Ich streifte die Schuhe ab, um sie ins Regal an der Wand zu stellen, und hob dann die Einkaufstüten wieder hoch.

Macy platzierte ihre Tasse in der Spüle und griff nach der winzigen Handtasche neben sich, um auf das Handy darin zu sehen. Beides war voller billiger Strasssteinchen. »Leider muss ich jetzt los«, sagte sie, blieb neben mir stehen und schlüpfte in ihre schwarzen High Heels. »Aber falls was ist, ruf mich an, dann versuch ich, ein bisschen Zeit zu freizuschaffen.«

»Mach ich.«

»Super.« Der blumige Duft ihres Parfüms drang in meine Nase, als sie mich in eine schnelle Umarmung zog und mir einen Kuss auf die Wange drückte. »Und schließ ab, wenn du gehst, ja? Ich habe Wyatt den Schlüssel abgenommen, damit er nicht noch eine seine Bierlachen auf dem Sofa verteilt.«

Sie drückte ihre Finger auf die rot angemalten Lippen und warf mir zum Abschied eine Kusshand zu. Ich wartete, bis ihre Schritte am Ende des Gangs verhallt waren, ehe ich die Kette vorlegte und die Einkaufstüten in mein Zimmer trug.

Ich steuerte den Kleiderschrank in der Ecke an und stellte die Tüten, ohne sie auszupacken, in das unterste Fach. Danach nahm ich die Briefe aus meiner Handtasche und öffnete gerade die Schublade meines Nachttischschrankes, um sie hineinzulegen, als mein Handy klingelte.

Ich kramte in der Handtasche, bis ich es fand, und seufzte, als ich Keatons Foto auf dem Display sah.

Ein paar Sekunden lang starrte ich darauf, wie ich es die letzten Tage jedes Mal getan hatte, wenn er angerufen hatte. Doch diesmal strich ich über das Display, um den Anruf anzunehmen. Ich schob dieses Gespräch schon viel zu lang vor mir her.

»Hey«, begrüßte ich ihn und ließ mich auf die Kante des ausgeklappten Schlafsofas sinken.

»Ich hätte nicht gedacht, dass du diesmal drangehst.« Kein Vorwurf schwang in seiner Stimme mit, im Gegenteil. Sie war sanft und behutsam wie immer.

»Tut mir leid, dass ich mich nicht früher gemeldet habe. Ich ... hatte viel zu tun. Die Kurse nach den Ferien sind immer besonders schwer und –«

»Ich habe dich mit meiner Frage unter Druck gesetzt, richtig?« Er seufzte. »Hör mal, du musst mir nicht antworten, wenn du nicht willst. Ich dachte nur–«

»Ich bin nicht wegen dem Kuss gefahren, Keat.« *Nicht nur.* »Es ist wie mit einem Pflaster. Du weißt schon, schnell ab und fertig. Zara hätte bloß geweint und ich hätte geweint und das wollte ich nicht.« Wir wussten beide, dass es für Zara keinen Unterschied machte, den machte es nur für mich. »War es sehr schlimm für sie?«

Eine Weile schwieg er, dann sagte er: »Sie ist traurig und sie vermisst dich, aber sie wird das hinkriegen. Mach dir keine Sorgen, sie packt das schon.«

Ich vermisse euch auch.

»Bist du gut zurück im Wohnheim angekommen?«

»Klar.« Ich drehte den Kopf, starrte auf die mit Stoff umwickelten Heizungsrohre.

Ich war so eine verdammte Lügnerin.

»Keat?«

»Hmm?«

Ich holte Luft. »Ich bereue den Kuss nicht, und ich will auch nicht, dass du das denkst.«

»Aber?«

Es tut weh.

Es tut einfach nur schrecklich weh, und ich wünschte, du würdest mir nicht so fehlen.

»Nichts aber«, presste ich mit erstickter Stimme hervor. Ich schloss die Augen, versuchte die Tränen zurückzudrängen, die sich heiß hinter meinen Lidern sammelten, sobald Keatons Gesicht vor meinem inneren Auge auftauchte. Mit einem Mal kam es mir vor, als wäre ich noch immer in Savanna Springs, wo wir, seine Lippen fest auf meine gepresst, mitten im Flur unserer Wohnung standen und ich wusste, dass ich ihn loslassen musste.

»Weinst du?«

»Vielleicht ein bisschen ...«

»Sweetheart ...«

»Es ist alles gut.« Ich schniefte, zwang mich, die Tränen fortzuwischen. Sie machten nichts besser, das hatten sie die letzten Monate nicht getan und das taten sie auch jetzt nicht. »Ich muss mich bloß daran gewöhnen, wieder ohne euch zu sein, das ist alles.«

»Ich muss dich das jetzt fragen«, sagte er, und ich wappnete mich innerlich für die unweigerliche Frage, die er stellen würde. »Warum kommst du nicht wieder nach Hause?«

Ich kann nicht.

»Warum hältst du an Boston fest, wenn es dich so traurig macht? Auch hier gibt es eine tolle Uni, und hier müsstest du dich nicht daran gewöhnen, ohne uns zu sein.«

Früher hätten seine Worte mich in die richtige Richtung getrieben, mir neue Kraft und Zuversicht geschenkt, doch heute taten sie das nicht mehr. Sie konnten es nicht, weil sie mich bloß daran erinnerten, wie weit entfernt ich von dem war, was mich einmal ausgemacht hatte.

»Ich habe mich dafür entschieden, an dieser Uni zu studieren.« Meine Stimme klang brüchiger und trauriger, als ich es wollte. Es war, als hätte die kurze Zeit in Savanna Springs genügt, um die Schutzmauern, die ich in den letzten Monaten mühsam um mich aufgeschichtet hatte, Stück für Stück einzureißen. Die Steine rollten und das war das Letzte, was ich gebrauchen konnte. Denn hier, in jenem Teil Bostons, in dem jetzt mein Leben stattfand, waren ehrliche Gefühle und Schwäche fehl am Platz. Sie hatten hier nichts zu suchen. Ich musste stark sein. So stark, wie ich nur konnte. »Und irgendwann werde ich nach Hause kommen, aber, Keat, das ist eben noch nicht jetzt.« Ich zwang mich, meine Stimme ruhig zu halten, die Tränen, die Traurigkeit, einfach alles zurückzudrängen und die Worte auszusprechen, die ihn wieder von mir stoßen würden. »Und wenn du glaubst, dass der Kuss etwas an meiner Entscheidung ändert, dann täuschst du dich. Das hat er beim letzten Mal schon nicht getan.«

Durch den Hörer hörte ich, wie scharf er die Luft einsog, und wusste, dass ich ihn verletzte. Aber es war besser so. Er durfte sich keine Hoffnungen machen, keiner von uns beiden durfte das.

»Kim …«

»Ich muss jetzt Schluss machen«, presste ich hervor. »Mach's gut, und sag Zara, dass ich sie lieb habe.«

Ich beendete den Anruf und schaltete das Handy aus, ehe ich mich auf dem ungemachten Bett zusammenrollte. Ich drückte das Handy gegen meine Brust und kämpfte gegen den Schmerz darin. Denn ganz gleich, was ich Keat erzählte, was ich Brina erzählte, was ich irgendwem erzählte: Nichts war in Ordnung. Überhaupt nichts.

KIMBERLY

Mai, 5 Wochen später

ZARA: *Keat ist ein so miserabler Ersatz für dich, Sis. Siehst du, was er macht? Wie kann man bitte bei einer Folge* Game of Thrones *lesen? Ich wünschte, du wärst hier und wir könnten zusammen Jon Snow anhimmeln. Er schnaubt nur ständig, weil die Serie anders ist als die Bücher. Aber wen interessiert das bei den heißen Darstellern?*

Ich vermiss dich, Süße. Du fehlst mir jeden Tag. Kussi!

Meine Augen glitten über das Foto. Von Keatons unrasiertem Kinn über das Grübchen, das immer dann auf seiner Wange auftauchte, wenn er lächelte, weiter zu meiner Schwester, die mit gekünsteltem Schmollmund auf das Buch in Keatons Händen deutete. In ihrem Haar trug sie das Bandana, das ich ihr zu Weihnachten geschenkt hatte. Einen kurzen Moment spürte ich den vertrauten Schmerz in meinem Inneren. Spürte, wie verräterisch er hinter meinen Lidern brannte und darauf drängte, ihm endlich nachzugeben. Aber das würde ich nicht tun. Mich in Erinnerungen zu verlieren, die Zara durch ihre Worte heraufbeschwor, in ihnen zu schwelgen, und mir zu wünschen, ich wäre noch immer die Kim von vor einem Jahr, machte alles nur schlimmer. Ich war nicht mehr dieselbe. Ich würde es nie wieder sein. Ganz egal, wie sehr ich es mir auch wünschte.

Schließlich katapultierte mich das Fingerschnippen des Gastes zurück in die Realität. Erinnerte mich daran, dass es keinen Platz für Sentimentalität gab.

Ich kleisterte das Lächeln zurück auf mein Gesicht, verstaute das Handy in der Seitentasche meines blauen Kleides und drehte mich zu dem dunkelhaarigen Mann um, der in einem teuren Anzug am Tresen lehnte. »Kann ich dir was bringen?«

»Noch einen Whiskey auf Eis«, gab der Anzugsträger seine Bestellung mit einem Blick in meinen Ausschnitt bekannt. »Doppelt.«

Ich griff ein Glas und füllte es mit zerstoßenem Eis, während er sich lässig gegen den Tresen lehnte und seine Augen langsam über den Rest meines Körpers gleiten ließ. Vermutlich sollte ich mich längst daran gewöhnt haben, wie diese Männer mich ansahen, doch das hatte ich nicht. Ich hasste es, auf diese Weise betrachtet zu werden. Wie ein Stück Vieh. Wie etwas, das nur zu ihrem Vergnügen da war, was man kaufen und benutzen konnte, wann immer man es wollte.

Als ich den Drink vor ihm abstellte, strichen seine Finger wie zufällig über meinen Handrücken. »Hast du bald Feierabend?«

»Nein.« Ich löste mich aus der ungewollten Berührung und schüttelte den Kopf. »Aber wenn, dann gehe ich allein nach Hause.«

»Keine Ausnahmen?«

»Nein.« Ich schenkte ihm ein entschuldigendes Lächeln.

»Bedauerlich.« Er kramte in seiner Anzugsjacke, beförderte fünf Dollar hervor, zusammen mit einer goldumrandeten Visitenkarte. »Falls du es dir anders überlegst, Darling, ruf mich an.« Er schob mir Geld und Karte zu. »Der Rest ist für dich.«

Mit einem letzten Blick in meinen Ausschnitt griff er den Drink vom Tresen und schlenderte gemächlich Richtung Bühne, um sich den knapp bekleideten Frauen zu widmen, die sich dort rekelten. Die Bühne, das Herzstück des *Woody's*, war der Grund, warum die Bar jeden Abend gut besucht war.

»Der war echt verdammt süß«, erklang Jennys Stimme neben mir. Seufzend schob sie sich ihre widerspenstigen roten Locken hinters Ohr.

Ich beförderte die Visitenkarte in den Mülleimer unter dem Tresen. Für mich war dieser Kerl genauso abscheulich wie die restlichen neunundneunzig Prozent der Männer, die diesen Club besuchten. Wobei, vielleicht machte der Umstand, dass er einen Anzug trug, ihn sogar noch widerlicher.

»Der hätte bestimmt 'ne Menge Kohle rüberwachsen lassen für ein bisschen exklusive Aufmerksamkeit von dir.«

Ich warf ihr einen Seitenblick zu. »Ja, um seine kranken Sehnsüchte an mir auszuleben.« Es war kein Geheimnis, was für eine Art von Etablissement das *Woody's* war. Ich war überzeugt, dass manche dieser Männer mehr waren als gaffende Arschlöcher mit zu viel Kohle, auf der Suche nach bezahlbaren Frauen. Sie waren gefährlich.

Ich schielte zu dem Tisch vor der Bühne, wo unser Chef Ed mit zwei solcher zwielichtiger Gestalten an einem Tisch saß. Nein. Niemand hier verfolgte ehrenwerte Absichten, nicht in diesem Club, nicht in diesem Teil der Stadt.

»Du bist manchmal echt paranoid.« Jenny verdrehte die Augen. »Im Ernst, Kim, du solltest nicht alles glauben, was Macy erzählt. Hanna meint, die Hälfte ist sowieso bloß gelogen.«

Macy brauchte mir gar nichts zu erzählen, aber Jenny würde mir sowieso nicht glauben. In ihren Augen war Macy nämlich nichts weiter als eine Prostituierte, die Ed bei Laune hielt. Doch für mich war sie weit mehr als das. In den letzten Monaten war sie meine einzige Vertraute geworden.

»Was meine ich?« Hanna ließ sich auf den Barhocker in der Ecke fallen und zerrte die schwarzen Stilettos von ihren Füßen.

»Dass Macy gerne Geschichten erzählt.«

»Oh ja, das macht sie«, stimmte Hanna zu. Sie massierte ihre lackierten Zehen. »Wenn ihr mich fragt, versucht sie bloß, sich wichtigzumachen. Ihr wisst schon, weil sie alt ist und Männer bald nicht mehr dafür zahlen, sie flachzulegen.«

»Im Ernst jetzt?« Ich starrte Hanna an. »Sie ist fünfunddreizig.«

»Dreißig ist das neue Fünfzig«, erklärte Jenny und verdrehte die Augen, als wäre ich nur zu beschränkt oder zu dämlich, diese Tatsache zu begreifen.

»Ganz genau.« Hanna streifte die Stilettos wieder

über ihre Füße. »Niemand will wabbelnde Haut und Falten.«

»Oder Cellulitis.«

»Oder Fett.« Hanna schüttelte sich und griff nach dem Glas Wasser, das Jenny ihr entgegenhielt.

»Schön, dass so was anscheinend euer einziges Problem ist«, sagte ich und verbiss mir den Kommentar darüber, wie oberflächlich und verletzend ihre Worte waren. Für Mädchen wie Jenny oder Hanna waren Schönheit und Makellosigkeit alles. Es bedeutete ihr finanzielles Überleben. Und trotzdem ... Ich dachte an Zara, die wegen genau solchen Mädchen jahrelang geglaubt hatte, sie wäre weder hübsch noch irgendwie besonders. Dabei war sie der wundervollste Mensch, den ich kannte.

Hanna öffnete den Mund, schloss ihn jedoch wieder und nahm stattdessen einen großen Schluck aus ihrem Glas. »Ich geh dann wohl mal wieder.« Sie stand auf, um das durchsichtige Stück Stoff an ihrem Körper glatt zu streichen. »Viel Spaß noch«, wünschte sie Jenny und warf mir einen abfälligen Seitenblick zu, ehe sie mit wippenden Hüften zurück Richtung Bühne stolzierte.

KEATON

»Das ist echt peinlich«, sagte Tina, nippte an dem Glas Cola in ihrer Hand und lehnte sich zurück an die geflieste Wand hinter der Liege. Ihr Gesicht war blass, gewann aber bereits wieder an Farbe, genau wie ich es erwartet hatte.

»Unsinn.« Auf meinem Stuhl rollte ich ein Stück vor, angelte die angebrochene Colaflasche vom Boden und trank selbst einen Schluck. »Das passiert öfter, als du ahnst. Mach dir keine Gedanken.«

»Die Frauen fallen dir also reihenweise zu Füßen, nachdem du ihnen ein Piercing gestochen hast?«

»Muss an meinem Charme liegen.« Ich zwinkerte und fügte hinzu: »Nein, jetzt mal ehrlich: Es liegt am Adrenalin. Die meisten sind aufgeregt, wenn sie herkommen, und sobald das Ding gestochen ist, macht der Kreislauf einen Moment schlapp. Ist sogar mir passiert.«

»Dir? Niemals.« Ungläubig schüttelte sie den Kopf. »Das sagst du jetzt bestimmt nur, damit ich mich besser fühle.«

»Doch.« Ich nickte. »Gregory hat mir die rechte Brustwarze gepierct und danach –«, ich deutete zum Boden, »–

bäm, lag ich da.« Ich legte den Zeigefinger an den Mund. »Aber verrat es nicht weiter.«

Sie fuhr sich mit dem Finger über die geschlossenen Lippen, als würde sie einen Reißverschluss zuziehen. »Meine Lippen sind versiegelt.«

Ich sah zu, wie sie das Colaglas erneut ansetzte. Während sie trank, begutachtete ich ihren Körper. Ihre vollen Lippen, den schlanken Körperbau, das schulterlange mokkafarbene Haar. Schon als sie letzte Woche den Termin gemacht hatte, war mir aufgefallen, wie attraktiv sie war. Und beim Stechen des Bauchnabelpiercings vorhin hatte ich mich live davon überzeugen können. Und wie verdammt gut sie roch.

»Ich zerstör dir jetzt aber nicht deinen Abend, oder?« Sie sah mir direkt in die Augen.

»Nein, du warst sowieso mein letzter Termin für heute.«

Sie rutschte von der Liege und reichte mir das nun leere Glas. »Danke«, sagte sie. »Ich fühl mich schon besser.«

»Das ist gut zu wissen.« Ich griff danach, um es neben mir auf dem Tätowierwagen zu platzieren.

Als ich mich wieder zu ihr umdrehte, sah sie durch ihre getuschten Wimpern zu mir auf. »Was hast du nach diesem Termin so vor? Wartet jemand auf dich?«

Ich wünschte, es wäre so.

»Nein, niemand.«

»Auf mich auch nicht.«, sagte sie. »Vielleicht hast du ja Lust, dir mit mir ein bisschen die Zeit zu vertreiben?« Sie biss sich auf die Unterlippe, und ich unterdrückte ein Grinsen, als sich in ihrem Blick Erschrecken spiegelte, dass sie das, was sie gerade gedacht hatte, wirklich laut ausgesprochen hatte.

Es war süß, wie sie da stand und am liebsten vor Scham im Boden versinken wollte. Ich wünschte, ich könnte mich vorbeugen, meine Lippen auf ihre drücken und die Scham in ihrem Kopf zum Erliegen bringen. Wünschte, eine kleine, unbedeutende Nacht würde mich selbst auf andere Gedanken bringen, aber was sich die letzten drei Jahre als erfolgreiche Therapie erwiesen hatte, funktionierte seit Kims Besuch nicht mehr. Ich hatte es versucht, aber bedeutungsloser Sex war nicht das, was ich wollte. Ich wollte nur Kim.

»Unter normalen Umständen würde ich sofort Ja sagen, denn Tina –« Ich deutete mit dem Finger auf ihren Körper. »–du bist eine attraktive Frau und ich bin ein Mann, der gerne Sex hat, aber –«

»Ich wusste, dass ein Aber kommt«, murmelte sie.

»– mein Herz gehört bereits einer anderen, und es wäre nicht fair, etwas mit dir anzufangen und dabei die ganze Zeit an sie zu denken.«

»Wow.« Sie seufzte. »So direkt war auch noch kein Typ zu mir.«

»Rumgesäusel ist eben nicht mein Ding und falsche Hoffnungen mag ich auch nicht wecken.« Sie folgte mir durch den Vorhang in den Vorraum des Studios. »Aber wenn du willst, kann ich dich nach Hause bringen, es ist schon spät.«

Sie winkte ab. »Ich bin ein großes Mädchen und ein kleiner Spaziergang lässt mich vielleicht die Demütigung dieses Gesprächs vergessen.« Sie biss sich wieder auf die Lippen. »Normalerweise mache ich solche offenen Angebote nicht, und –«

»Du musst dich nicht rechtfertigen. Du warst nur ehrlich und Ehrlichkeit steht Frauen immer gut.«

Sie schulterte ihre Tasche. »Ich werde es mir merken.«

Die Türglocke läutete, als ich ihr die Tür aufzog. »Solltest du, und Tina?«

»Ja?«

»Wenn was mit dem Piercing ist, komm vorbei. Normalerweise verheilt alles reibungslos, wenn du dich an die Anweisung hältst, aber ab und an kommt es zu Problemen. Nicht aufschieben, okay?«

Sie nickte, und ich sah ihr nach, bis die Dunkelheit sie verschluckte. Dann drehte ich mich um, um die angebrochene Colaflasche und das benutzte Glas in die kleine Küchenzeile zu bringen. Dort ließ ich mich gegen die Wand sinken und stieß einen frustrierten Laut aus, weil ich wirklich keinen Schimmer hatte, wohin das alles führen sollte. Als wenn es nicht genügte, dass diese verdammten Gefühle für Kim nicht verschwanden, nein, jetzt mussten sie mir auch noch das einzige Mittel nehmen, das mir half, mich genau davon abzulenken. Ein Abend mit einer Frau wie Tina, der zum Austausch von Intimitäten führte und somit immerhin mein Bedürfnis nach Sex stillte. Die letzten elf Monate hatte ich damit verbracht, mir Kim im wahrsten Sinne des Wortes aus dem Kopf zu vögeln. Es hatte funktioniert – bis zu diesem verdammten Kuss. Seitdem füllte sie nicht nur mein Herz aus, sondern auch meinen Kopf.

Ich fischte das Handy aus der Hosentasche, um Jake zu schreiben.

ICH: *Kann ich vorbeikommen?*

Während ich auf Jakes Antwort wartete, scrollte ich eine Weile durch die Nachrichten, die ich mit Kim geschrieben hatte. Seit unserem Telefonat vor sechs Wochen bestanden ihre Nachrichten eher aus abgehackten Satzbausteinen als aus richtigen Sätzen – wenn sie mir überhaupt antwortete.

Trotzdem konnte ich es nicht lassen, ihr zu schreiben. Es war schließlich die einzige Verbindung, die mir geblieben war.

ICH: *Heute war eine Kundin da, die zwischen ihren zwei Flügeltattoos auf den Schultern das Foto ihres verstorbenen Hundes gestochen haben will. Wie findest du meinen Entwurf?*

Ich fügte ein Foto der Skizze hinzu, die ich heute Morgen angefertigt hatte, und schickte es zusammen mit der Nachricht ab.

Mein Handy piepte.

JAKE: *Du kannst immer vorbeikommen, das weißt du doch. Außerdem könnte ich sowieso Unterstützung gebrauchen, denn Zara ist gerade angekommen und diese Serienmittwoche der beiden machen mich fertig.*

Stimmt, es war Mittwoch. Der eine Tag in der Woche, an dem Zara und Ash bis spät in die Nacht Serien ansahen. Und natürlich saßen sie dabei nicht bloß auf dem Sofa und starrten stumm in die Glotze, sondern zelebrierten es mit allerhand Mädelskram. Popcorn und Cocktails,

Nagellacksessions in den Pausen und jeder Menge Gekicher und Gesprächsstoff über Darsteller und Handlungen.

ICH: *Mach mich auf den Weg. Bringe Burger mit.*

JAKE: *Perfekt :)*

Zufrieden stopfte ich das Handy zurück in meine Hosentasche, schnappte mir meinen Rucksack aus der Ecke hinter dem Tresen und schaltete überall das Licht aus, ehe ich das Studio verließ.

Auf dem Weg zu Jake bog ich in den Drive-In am Huntington Boulevard ab, um für Verpflegung zu sorgen.

»Willkommen bei Sunny Burger Paradise«, begrüßte mich ein Kerl mit roter Plastikhaube und der typisch quietschgelben Uniform. »Was darf's sein?«

»Zwei große Chili-Cheeseburger-Menüs mit extra Chili, einmal mit Baked Potatoes, einmal Pommes.«

Er tippte auf das Display vor sich. »Sunny-Burger-Spezialdipmischung dazu?«

»Ja.«

»Getränke?«

»Pepsi.« Ich reichte ihm zwanzig Dollar.

»Ihr Essen kommt sofort.« Er überreichte mir das Wechselgeld und ich fuhr bis zur Essensausgabe vor. Während ich auf die Bestellung wartete, kam eine Antwort von Kim.

KIM: *Sieht gut aus.*

Ich schnaubte. Früher hätten ihre Nachrichten aus Smileys und Fragen bestanden. Sie hätte geschrieben, was ihr daran gefiel und was nicht, und dann hätten wir darüber diskutiert. Aber diesmal? Nichts.

»Sir, ihre Bestellung«, riss mich eine rundliche Frau mit wallendem Haar und roter Kappe aus meinen Gedanken.

Ich steckte das Handy weg, nahm die Tüten und die Getränkebecher entgegen und bedankte mich.

»Hey, Keat«, begrüßte mich Jake zehn Minuten später und nahm grinsend eine der Tüten entgegen, die ich ihm reichte.

Beim Eintreten fiel mein Blick auf Zara und Ashley, die nebeneinander auf der Couch saßen.

»Wie?«, fragte ich und zeigte ungläubig auf den stumm geschalteten Fernseher. »Doch kein Serienabend heute?«

»Oh, hey«, begrüßten mich die beiden, den Blick weiter fest auf den Laptop vor sich gerichtet statt auf den Fernseher an der Wand.

Jake zuckte mit den Schultern, und ich beschloss, Zara machen zu lassen, was auch immer sie da gerade tat, und mir stattdessen mein Burger-Menü reinzupfeifen. Im offenen Küchenbereich ließ ich mich auf den ersten Hocker fallen, riss die Tüte auf und machte mich zufrieden über das Menü her.

Und Jake tat das Gleiche.

Als ich das dritte Mal in den Burger biss, quietschte Zara vor Freude auf.

»Oh Gott! *Oh mein Gott.* Ich habe ihn. Ich kann es nicht fassen, ich habe ihn wirklich bekommen.« Im Sitzen schlang sie die Arme um Ashley. »Danke für die Idee, danke, danke, danke.«

Ash lächelte. »Kein Problem, ich habe ja auch etwas davon.«

»Absolut.«

»Würde mir jemand erklären, worüber ihr euch so freut?« Jake wirkte nicht weniger irritiert als ich.

Die beiden wechselten einen Blick, dann erklärte Zara: »Wir fliegen nach Boston.«

Was?

»Ich habe einen Flug ersteigert, mit Hotel und allem Drum und Dran. Das heißt …« Sie quietschte wieder. »… wir fliegen über Kims Geburtstag nach Boston. Oh Gott, das wird so großartig!«

»Wer ist *wir*?«, fragte Jake langsam.

»Na, wir vier.« Zara hob den Laptop hoch, kam zum Tisch und platzierte ihn vor uns. »Das Angebot war für vier Hin- und Rückflüge inklusive kleiner Hotelsuite und Frühstück.« Sie deutete auf den Bildschirm. »Seht ihr? Das kostet so viel wie sonst allein ein Flug, ich musste einfach zuschlagen!«

»Und diese –«, ich sah auf den Bildschirm, »– viertägige Unterbrechung stört dich nicht beim Lernen?« Normalerweise verbrachte Zara die Enden eines Semesters mit literweise Kaffee in ihrem Zimmer und kam nur raus, um zu essen. Sie nahm die Prüfungen viel ernster als irgendwer sonst, den ich kannte.

Sie schüttelte den Kopf. »Die fangen doch erst in zwei Wochen an und der Flug ist in fünf Tagen, das schaff ich locker.« Zara schlang ihre Arme um meinen Hals. »Bitte sag mir, dass du deine Termine irgendwie verschieben kannst und dabei bist. Ich will unbedingt, dass du mitkommst.« Sie sah zu Jake und Ashley. »Ihr alle.«

»Ich bin dabei«, sagte Ash sofort. »Es war schließlich meine Idee.«

»Ich muss erst mit Cliff reden.« Jake seufzte und legte seinen Arm um Ashleys Hüfte, um sie an sich zu ziehen. »Keine Ahnung, ob er sich darauf einlässt.« Er drückte Ash einen Kuss auf den Nacken und sie kicherte. »Aber ich versuch's, und wenn nicht, vielleicht hat Trev dann Lust.«

Zara wandte sich noch einmal an mich. »Und du?«

»Natürlich komme ich mit«, versicherte ich und spürte, wie sich eine verräterische Vorfreude in mir ausbreitete. Weil ich Kim wiedersehen würde – und zwar viel früher, als ich gedacht hatte.

KIMBERLY

Sand. Überall war Sand. Ich spürte ihn an meinen Füßen, an meinen Händen, in meinem Gesicht. Er brannte in meinen Augen, drang in Mund und Nase. Mischte sich mit dem salzigen Geschmack meiner Tränen, während er meine Kehle hinabglitt.

Er nahm mir die Luft.

Breitete sich in mir aus.

Stoppte mein Herz.

Ich zwang mich, die Finger von meinem Hals zu lösen, und tastete nach dem Lichtschalter neben dem Bett. Sobald das sanfte Licht einen Teil der Dunkelheit vertrieben hatte, schluchzte ich leise auf.

Nur ein Traum.

Es war nichts weiter als ein blöder Traum.

Ich griff die Bettdecke, zog sie fest um meinen Körper, der noch immer zitterte, und konzentrierte mich auf das Atmen. Darauf, wie Sauerstoff durch meine Nase in meine Lungen drang. Wie mein Brustkorb sich hob und senkte.

Atemzug um Atemzug schüttelte ich den Sand ab. Überzeugte mich davon, dass es nichts gab, was mir die Luft nahm.

Es war nur ein Traum.

Ganz langsam kehrte die Schärfe der Umgebung zurück. Das Gefühl des Stoffes auf meiner Haut, der Geruch meines eigenen Angstschweißes und ... die Laute aus dem Nebenzimmer. Wyatts Stöhnen, das Quietschen eines Bettes.

Ich tastete nach meinem Handy, das auf dem Nachttisch lag, stopfte die Kopfhörer hinein und schob die In-Ear-Stecker in meine Ohren. Erleichtert atmete ich auf, als *Rihannas* Stimme erklang und die Geräusche von nebenan schluckte. Ich drehte den Lautstärkeregler ein Stück höher, bevor ich die Bettdecke zurückschlug und aufstand.

Ich knipste die Schreibtischlampe an, ließ mich auf den Stuhl vor dem Tisch fallen und griff die begonnene Stoffbahn, die ich gestern Nacht zurechtgeschnitten hatte.

Mit den pinken Stecknadeln begann ich den türkisfarbenen Jerseystoff zu einem Oberteil festzustecken, das ich mit einem cremefarbenen Rock verbinden wollte, der bereits fertig war.

Ich kontrollierte die Abstände und schaltete die Nähmaschine ein.

Mich auf den Stoff zwischen meinen Fingern zu konzentrieren half, die letzten Reste des Albtraums abzuschütteln. Vor sechs Jahren, als Dad gestorben war, hatte das Nähen mich durch den Schmerz getragen und sich nach und nach zu etwas entwickelt, das ich nicht nur liebte, sondern brauchte.

Das Surren der Nähmaschine, der Zug der Nadel, das

Gefühl des Stoffes unter meinen Fingerspitzen – nichts schaffte es besser, meinen Kopf zu klären.

Als ich im Morgengrauen schließlich die Kopfhörer aus den Ohren zog und die Musik verklang, fühlte sich die Stille um mich herum mit einem Mal schwer und viel zu laut an.

Ich schnappte mir frische Sachen aus dem Schrank, schlich ins Bad und kontrollierte zweimal, ob ich die Tür auch wirklich abgeschlossen hatte, ehe ich aus den verschwitzten Schlafsachen schlüpfte. Ich stieg in die Dusche, griff an die Duscharmatur, um das Wasser aufzudrehen, und genoss das warme Prasseln auf meiner Haut.

Nach einem kurzen Moment schob ich den Temperaturregler höher. Die Wärme verwandelte sich in Hitze, die ganz leicht auf meiner Haut brannte. Ich schäumte mich mit einer großzügigen Portion meines Vanilleduschgels ein und sog den duftenden Wasserdampf in meine Lungen. Eine ganze Weile stand ich unter dem heißen Strahl und ließ den imaginären Sand meines Traumes zusammen mit dem Wasser in den Abfluss laufen.

»Kaffee?«, fragte ich Macy, die eine halbe Stunde nach mir schlaftrunken in die Küche tapste und auf einen der Stühle am Küchentisch sackte. Reste von Wimperntusche und Kajal klebten an ihren Wangen und ihr kinnlanges dunkelblondes Haar war völlig zerzaust.

»Mh-mh«, murmelte sie und legte sich die falschen Fingernägel an die Schläfen. »Und zwei Tabletten, mein Kopf bringt mich um.«

Ich angelte die Schmerzmittel aus der Box im oberen

Regalfach und stellte die Packung vor Macy auf den Tisch. Dann füllte ich ein Glas mit Wasser, stellte es dazu und kümmerte mich um den Kaffee.

»Danke, du bist ein Schatz.«

»Ist Wyatt schon weg?«

»Nein.« Sie warf die Pillen in den Mund und verzog das Gesicht, bevor sie das Wasserglas nahm und den Inhalt in einem Satz runterkippte. »Der liegt in meinem Bett und schläft seinen Rausch aus. Und schnarcht dabei wie ein Bär.«

Die Kaffeemaschine gluckerte, also schaltete ich sie aus und goss Macy eine Tasse ein, bevor ich mir selbst eine zweite Tasse Pfefferminztee einschenkte.

»Der hat mich die halbe Nacht wach gehalten«, nuschelte sie in ihre Tasse, und ich unterdrückte die Frage, die mir wie so oft auf der Zunge lag. Ich verstand diese seltsame Beziehung der beiden schlicht nicht. Wyatt war ein Idiot, der ihr Geld aus dem Fenster warf, sie mies behandelte und den halben Tag trank. Jemand wie er hatte jemanden wie Macy schlicht nicht verdient. Ganz am Anfang hatte ich ihr das einmal gesagt, aber nichts als ein Schulterzucken von ihr geerntet. Ihrer Meinung nach gab es schlimmere Männer als Wyatt.

Sie nippte an ihrem Kaffee. »Musst du morgen auch arbeiten?«

»Ja, klar, wieso?«

»Na, weil du Geburtstag hast, Süße.« Sie sah mich an. »Ich dachte, du würdest dir vielleicht freinehmen und wir unternehmen was.«

Richtig, mein Geburtstag.

Ich strich über den Rand meiner Tasse und schüttelte den Kopf. »Ich schieb eine Doppelschicht.« Um die ich Ed extra gebeten hatte, doch das erwähnte ich lieber nicht. Mit genug Arbeit konnte ich mich von Zaras Anruf und den Glückwünschen ablenken, die unweigerlich kommen würden.

Und von Keat.

Je schneller dieser Tag hinter mir lag, umso besser.

Letztes Jahr waren wir alle – Zara, Keat, Colin und ich – rüber nach L.A. gefahren, um das Wochenende mit einem genialen Konzert und jeder Menge Alkohol zu verbringen. Wir hatten gelacht und gefeiert und das Leben genossen. Und wenn ich jetzt darüber nachdachte, kam es mir vor, als wäre das alles in einem anderen Leben geschehen.

»Schade«, seufzte Macy und riss mich damit aus meinen Erinnerungen. »Aber einen Kuchen bekommst du trotzdem.«

»Du musst nicht –«

Sie machte eine wegwerfende Handbewegung. »Unsinn. Du wohnst bei mir, du hast Geburtstag, also bekommst du Kuchen. Und –« Sie deutete in Richtung ihres Schlafzimmers. »– Wyatt quartier ich aus, versprochen.«

KEATON

»Bitte sag mir, dass die noch irgendwie in deinen Rucksack passen?« Zara wedelte mit einem Paar roten Pumps vor meinem Gesicht herum. »Mein Koffer ist voll.«

Langsam ließ ich mein Buch zurück ins Regal sinken und sah sie an. »Wir fahren nur vier Tage weg. Was bitte hast du eingepackt, dass nicht mal mehr diese Dinger da reinpassen?« Zaras Koffer war so groß, dass mein Rucksack locker zweimal darin Platz fände.

»*Nur* vier Tage? So was kann auch nur von einem Mann kommen.« Sie verdrehte die Augen. »Erstens ist das Wetter in Boston ganz anders als in Kalifornien und zweitens brauche ich eben unterschiedliche Outfits zu unterschiedlichen Anlässen.« Sie hob die Pumps wieder hoch. »Und die passen eben nicht mehr rein. Also kannst du bitte versuchen, sie in deinem Rucksack zu verstauen.« Sie klimperte mit ihren Wimpern. »*Bitte*.«

»Gib schon her.« Ich nahm die roten Treter entgegen und legte sie neben meinen Rucksack. Zara würde sowieso keine Ruhe geben, bis sie eingepackt waren.

»Danke.« Ihre Lippen landeten auf meiner Wange.

»Dann geh ich mich jetzt schnell fertigmachen, das Taxi kommt in zwanzig Minuten.«

Zara eilte aus dem Zimmer, und ich widmete mich erneut dem Bücherregal, um zu entscheiden, welche Bücher ich für den sechsstündigen Flug mitnehmen wollte.

Schließlich entschied ich mich für die Magier-Trilogie von *Trudi Canavan*, von der ich jede Menge Positives gehört hatte und die ich schon seit einer ganzen Weile lesen wollte. Ich verstaute das erste Buch in meiner Tasche, die anderen beiden Bände zusammen mit Zaras Tretern in meinem Rucksack. Bevor ich ihn verschloss, kontrollierte ich ein letztes Mal, ob das Geschenk für Kim wirklich da war. Ja. Es steckte im Innenfach des Rucksackes zwischen meinen Socken.

Die Abende, die seit Zaras Ticket-Ersteigerung vergangen waren, hatte ich damit verbracht, es für Kim fertigzustellen, und ich konnte es kaum erwarten, ihr Gesicht zu sehen, wenn sie es später auspacken würde.

In spätestens neun Stunden werde ich sie sehen.

Ein Lächeln stahl sich auf mein Gesicht, als ich daran dachte, und im selben Moment verfluchte ich mich dafür, dass allein der Gedanke, sie wiederzusehen, genügte, um mein Herz in Aufruhr zu versetzen. Ich wusste, dass es klüger wäre, endlich einen Schlussstrich zu ziehen, statt die Hoffnung weiter zu nähren. Doch gleichzeitig konnte ich seit unserem letzten Kuss noch immer nicht aufhören, an sie zu denken. Der vernunftbasierte Teil in mir wusste, dass Kim sich nicht allein deshalb umentscheiden würde, weil sie mich wiedersah oder ich ihr etwas schenkte. Der Schmerz war vorprogrammiert. Trotzdem ... da existierte eben noch dieser andere Teil in mir. Der, der nicht wahrhaben wollte, dass sie ihre Gefühle für mich einfach abschalten konnte. Der, der sich nichts mehr wünschte, als dass sie sich für mich entscheiden würde. Für mich – und damit gegen Boston und ihre Träume.

Zwanzig Minuten später kamen Ash und Jake, um uns abzuholen. Bis zuletzt hatte Jake gefiebert, ob Cliff ihm freigeben würde und er wirklich mitfliegen könne. Entsprechend ausgelassen war die Stimmung. Ich hievte Zaras Koffer in den Kofferraum des Taxis und verstaute ihn neben dem Gepäck unserer Freunde, ehe ich mich aus Platzmangel zusammen mit meinem Rucksack auf den Beifahrersitz quetschte.

»Und sie ahnt wirklich nicht, dass wir kommen?« Jake ergriff das Wort, sobald das Taxi in den fließenden Verkehr einbog.

»Nein«, erklärte Zara. »Ich habe sie auch extra nicht angerufen, damit sie es mir nicht anmerkt, sondern nur eine Nachricht geschickt. Sie ahnt gar nichts.« Sie quietschte leise. »Sie wird ausrasten, wenn wir plötzlich vor ihrer Tür stehen.«

»Besonders, wenn sie dein Geschenk sieht«, stimmte Ashley zu.

Als ich den Kopf drehte, sah ich, dass die beiden denselben verschwörerischen Blick wechselten wie schon die letzten Tage.

»Verratet ihr mir jetzt eigentlich endlich, was dieses ominöse Geschenk sein soll?« Schon die ganze Woche machten die zwei ein Staatsgeheimnis daraus, und jedes Mal, wenn ich nachfragte, hüllten sie sich in Schweigen.

»Nö.« Zara zog einen Pflegestift aus ihrer Handtasche, löste den Deckel und fuhr sich damit langsam über die

Lippen. »Du siehst es, wenn sie es auspackt, das muss genügen.«

»Du weißt aber schon, dass nicht ich Geburtstag habe, sondern sie?«

»Ja.« Sie grinste, als Ashley kicherte. »Aber darum geht es nicht.«

»Worum dann?«

Statt mir zu antworten, hob sie unschuldig die Schultern.

»Schön«, erklärte ich. »Ich bin ein geduldiger Mensch. Ich kann warten.«

»Deshalb hast du die letzten Tage auch wie oft danach gefragt?«, warf Jake von dem Sitz hinter mir ein. »Viermal?«

»Ich habe nur gesagt, dass ich Geduld habe, nicht, dass ich nicht neugierig bin«, erklärte ich, als das Flughafengelände rechts von uns auftauchte. »Das sind zwei Paar Schuhe, oder nicht?«

KIMBERLY

TANTE JILLIAN: *Hey Kleines, ich wünsche dir einen wundervollen Geburtstag. Lass es ordentlich krachen, ja? Dein Dad wäre sehr stolz auf dich.*

PS: Ich habe ein bisschen Geld auf dein Konto überwiesen. Kauf dir was Schönes.

ZARA: *Happy Birthday, Sis! Ich schaffe es heute leider nicht, dich anzurufen. Viel zu viel zu lernen. Ich denk an dich. Mach dir einen wunderwunderschönen Tag <3. Kussi*

COLIN: *Ich hoffe, du hast heute einen schönen Tag. Ich denk an dich & falls du reden willst: Ich bin da.*

JAKE: *Alles Gute, Kim. Feier schön in Boston.*

ASHLEY: *Alles, alles Liebe.*

KEATON: *Wusstest du, dass die Band, die wir letztes Jahr an deinem Geburtstag in L.A. gesehen haben, dieses Jahr wieder in dem Club spielt? Ich denk an dich, Sweetheart. Heute ganz besonders.*

BRINA: *Hast du nicht Lust, dass wir heute was zusammen unternehmen? Komm, gib dir einen Ruck. Es ist doch dein Geburtstag.*

»Ich kann mich an keinen einzigen Geburtstag erinnern, an dem wir nicht zusammen gewesen sind«, sagte ich leise und spürte die Tränen, die heiß hinter meinen Lidern lauerten. Ich wollte nicht so furchtbar traurig darüber sein, dass ich an der Ostküste festsaß, statt mit meiner Schwester und unseren Freunden zu feiern, so wie wir das die letzten Jahre getan hatten. Aber ich war es. Ich war traurig und irgendwie auch wütend. »Und dass sie nicht anruft, das sieht ihr überhaupt nicht ähnlich. Sonst schafft sie es doch auch immer. Irgendwie.«

Zara nahm ihr Studium ernst, lernte ununterbrochen und fand trotzdem jedes Mal Zeit, mit mir zu telefonieren. Oft rief sie mich auf dem Weg zur Uni an, manchmal sogar zwischen zwei Vorlesungen, nur um mir irgendetwas zu erzählen, was sie erlebt hatte. Seit ich hergezogen war, hatte sie stets dafür gesorgt, dass wir uns einander trotzdem nahe fühlten. Deshalb verstand ich ihre Nachricht einfach nicht.

Ich ließ das aufgespießte Stück Schokoladenkuchen zurück auf meinen Teller sinken. Allein der Gedanke, hineinzubeißen, genügte, um die Übelkeit in meinem Magen anzufachen.

»Es tut mir leid«, presste ich hervor, weil Macy sich solche Mühe gab, damit ich einen tollen Tag hatte. Ich sah von dem dreifachen Schokoladenkuchen rüber zum Wohnbereich. Alles war voller rosa Luftballons und Regal und Schränke waren mit Blumen geschmückt. Auf dem Wohnzimmertisch standen die Reste des französischen Frühstücks, mit dem sie mich geweckt hatte, und eine Kanne mit meinem Lieblingstee. Alles für mich, und das, obwohl sie bis um drei Uhr gearbeitet hatte und vermutlich nichts mehr wollte, als endlich ins Bett zu fallen.

»Es gibt nichts, das dir leidtun müsste, Süße.« Über den Rand ihrer Kaffeetasse sah Macy mich an. »Deine Schwester fehlt dir einfach. Und an Tagen wie diesen ist so was immer besonders schwer.«

Vorhin aufzuwachen, an diesem Tag, der sich ohnehin schon grauenvoll anfühlte, und Zaras Nachricht zu lesen, hatte mir den Rest gegeben. Ihre Stimme zu hören tat jedes Mal weh, aber sie nicht zu hören offenbar noch viel mehr.

»Vielleicht meldet sie sich nachher doch bei dir, sobald sie Luft hat.«

»Ja …« Ich nahm einen kleinen Schluck aus meiner Tasse. Mittlerweile war der Tee darin lauwarm geworden. »… Vielleicht.«

»Bist du sicher, dass du heute wirklich arbeiten willst?«, fragte Macy einige Minuten später und riss mich damit ein weiteres Mal aus meiner Grübelei. »Dir geht es überhaupt nicht gut.«

»Gerade deshalb muss ich«, murmelte ich. Je eher mein Geburtstag vorbei war, umso besser. »Es lenkt mich ab, verstehst du?«

So sehr ich meinen Job im *Woody's* hasste, so sehr brauchte ich ihn auch. Und das nicht nur wegen des Geldes. In den Nächten, in denen ich hinter der Bar dieses schäbigen Schuppens stand, kam ich weder zum Grübeln, noch musste ich mich den Albträumen stellen, die mich sonst heimsuchten. Heute arbeiten zu gehen war also das Beste, was ich tun konnte. Es lenkte mich ab. Von Zara, meinem Geburtstag, davon, wie sehr ich mein altes Leben vermisste.

»Natürlich.« Sie ließ ihre Kaffeetasse auf den Tisch sinken und ergriff meine Hand, drückte sie sanft. »Aber ich könnte auch verstehen, wenn du dich lieber mit Serien und Filmen aufs Sofa schmeißt und die Welt aussperrst. So was habe ich gemacht, wenn mir alles zu viel war.«

»Nachdem unser Dad gestorben war, haben Zara und ich das tatsächlich ständig getan. Eine riesige Packung Eiscreme und Serien.« Den Verlust unseres Vaters zu verarbeiten war eine schlimme, aber doch intensive Zeit gewesen, in der wir füreinander da gewesen waren und versucht hatten, dem beschissenen Leben zu entkommen »Sie macht das heute immer noch oft. Was Keat in den Wahnsinn treibt, weil sie den Fernseher dann viel zu laut stellt und der ganze Tisch voller Eispackungen steht.«

Bei der Erinnerung lächelte ich, bis der plötzliche Gedanke mir den gewohnten Stich versetzte. Auch er fehlte mir. Alles an ihm.

Sein Lächeln. Die Art, wie er mich ansah. Unsere Gespräche, ja sogar unsere kleinen Streitereien. Das Joggen am Morgen. Das Lesen am Abend. Unsere Küsse und die Art, wie er mich hielt.

»Ach, Süße ...« Ich hörte Macys Stuhl über den Linoleumboden schaben und spürte im nächsten Moment, wie sie mich an sich zog. Ihr blumiger Duft drang mir in die Nase, als das Schluchzen meinen Körper ergriff.

Dabei wollte ich nicht weinen. Nicht wegen Keat. Und noch weniger wegen Gefühlen, die nicht verschwinden wollten.

Eine ganze Weile streichelte Macy über meinen Rücken, murmelte beruhigende Worte und schaffte es so, dass ich mich Stück für Stück wieder aufbaute.

»Weißt du, vielleicht –«, begann sie, als ein Donnern an der Wohnungstür mich zusammenfahren ließ.

»Maaacy, Baby ...«, drang Wyatts Stimme durch die geschlossene Tür. »Ich weiß, dass du da bist.«

Macy löste sich von mir. »Ich werde ihn wegschicken, warte kurz.«

Als sie zur Tür marschierte, wischte ich mir die Überreste meiner Tränen aus dem Gesicht und rutschte entschlossen vom Stuhl. Ich würde nicht hierbleiben und mir das Drama mit Wyatt anhören. Nicht heute. Besonders nicht heute.

Macy redete mit behutsamen Worten auf Wyatt ein, während ich meine Tasche holte. Doch er war wie sonst auch. Laut und wütend.

»Ich habe dir doch gesagt, dass ich heute mit ihr allein sein will«, erklärte Macy gerade, als ich wieder in der Wohnküche ankam. Mit vor der Brust verschränkten Armen stand sie hinter Wyatt, dessen Finger nach einem der übrig gebliebenen Croissants grabbelten. »Es ist ihr Geburtstag.«

Wyatt tunkte die Hälfte des Croissants in die offene Aprikosenmarmelade. »Is mir egal. Ich hab Kohldampf.«

»Wyatt, komm schon, Süßer ...« Sie umfasste seinen Arm, doch er schlug ihre Hand mit solcher Wucht zur Seite, dass sie den Halt verlor und gegen die Sofakante knallte.

Als wäre nichts passiert, zog er den Stuhl heran, ließ

sich darauf fallen und griff nach der Kanne. Er schüttete Tee in Macys benutzte Tasse, setzte sie an und … pfefferte sie gegen den Küchenschrank. Sie zerbrach in drei Teile. »Was ist das für eine scheiß Brühe? Kannst du jetzt nicht mal mehr Kaffee kochen, oder was?«

Meine Hände ballten sich zu Fäusten.

»Du bist so ein –«, setzte ich an, doch Macy unterbrach mich.

»Das war Tee«, erklärte sie und warf mir einen flehenden Blick zu. Angst flackerte darin, als sie an die Küchenzeile herantrat.

Wyatts Augen glitten an mir herab und sofort erschien ein anzügliches Grinsen auf seinem Gesicht »Nettes Outfit.« Er gaffte mich an, bis ich die Arme vor der Brust verschränkte.

»Hier.« Macy stellte eine frische Tasse Kaffee vor ihm ab. »Heiß und stark, wie du ihn magst.«

»Na, immerhin.« Ohne den Blick von mir abzuwenden, nahm er einen ersten Schluck. »Willst du dich nicht eine Weile neben mich setzen, Herzchen? Es gäbe da so einiges, was ich dir an deinem Ehrentag schenken könnte.«

»Nein, danke.« Ich lief auf die Garderobe zu, schlüpfte in meine Schuhe und wandte mich an Macy. »Wir sehen uns später.«

Ohne auf ihren Protest einzugehen, verließ ich das Apartment. Denn was ich jetzt brauchte, war weder ein betrunkener Mistkerl, der mich daran erinnerte, wie beschissen mein Leben war, noch das Selbstmitleid, in dem ich bereits seit dem Aufstehen badete. Ich brauchte Ablenkung, und ich wusste auch genau, wo ich die finden würde.

KEATON

Sieben Stunden nachdem wir in Savanna Springs ins Flugzeug gestiegen waren, konnte ich meine Aufregung kaum noch zurückdrängen. Sobald der Bus am Campusgelände des *College of Art and Design* hielt, war es, als würde eine unsichtbare Kraft mich direkt zu Kim ziehen. Immer näher, bis ich endlich wieder ihren vanilligen Duft einatmen und ihre weichen Lippen schmecken konnte.

Ich schüttelte den Kopf. Ärgerte mich über den absurden Gedanken und den Masochismus, mit dem ich mich selbst quälte, und konzentrierte mich stattdessen auf die Umgebung, die uns alle mit offenem Mund dastehen ließ.

»Die Gebäude sind der absolute Wahnsinn«, bemerkte Jake neben mir und ich konnte ihm nur zustimmen. Kim hatte zwar oft erzählt, wie alt und wunderschön dieser Campus war, aber selbst die Bilder, die ich im Internet angesehen hatte, reichten nicht an das Original heran. Die altertümlichen Gebäude, die rings um uns aufragten, waren beeindruckend, und selbst die

Neubauten, die genau genommen nicht zum restlichen Campus passten, bildeten da keine Ausnahme.

»In welchem wohnt sie?«, fragte Jake mit Blick auf die identischen Gebäude, an denen zumindest unterschiedliche Nummern angebracht waren.

»Mc Adams.« Zara deutete auf das Haus links außen, vor dem sich sechs Studenten ein Wettdribbeln am Baseballkorb lieferten. »Zweiter Stock, Zimmer 2.46.«

Wir folgten dem Weg bis zur Abzweigung, ließen den Eingangsbereich hinter uns und traten in das Wohnheim. Im Untergeschoss befand sich ein großer Gemeinschaftsraum, an dem wir auf dem Weg zu den Zimmern vorbeikamen.

Während wir durch die Gänge liefen und schließlich das Treppenhaus betraten, um in den oberen Stock zu gelangen, wurde mir bewusst, dass ich mich niemals daran gewöhnen könnte, so eng mit anderen zusammenzuwohnen. Es war eine Sache, mir die Wohnung mit meiner besten Freundin zu teilen, eine andere, sie den ganzen Tag in meinem Zimmer zu haben oder niemals in Ruhe duschen oder aufs Klo gehen zu können, ohne dass jemand in die Gemeinschaftsbäder spazierte.

»Da wären wir.« Ashley deutete auf die Nummer an der Wohnheimtür und kuschelte sich an Jake, der den Arm um sie gelegt hatte. »Zeit für den Kuchen.«

»Kuchen?« Weder am Flughafen noch auf dem Weg vom Hotel bis zum Campus hatte Zara irgendwas gekauft.

»Ja.« Zara griff in ihre Tasche, holte einen kleinen Kuchenriegel, einen schmalen Pappstreifen und eine weißrosa Geburtstagskerze hervor.

Ihr Einfallsreichtum brachte mich zum Grinsen. Mit wenigen Handgriffen entpackte sie den Riegel, legte ihn auf den kleinen Pappstreifen und streckte die Kerze in die Mitte. Mit einem Feuerzeug, das Jake hervorholte, zündete sie diese schließlich an.

»Bereit?«, fragte ich, und als Zara nickte, trat ich an die Tür heran und klopfte.

Nichts.

Ich drückte mein Ohr an das Holz, lauschte und schüttelte den Kopf. »Ich glaube, es ist niemand da.«

»Verdammt.« Zara pustete die Kerze aus. »Dabei hat sie vorletzte Woche noch gemeint, nach der Prüfung wird sie froh sein, einfach nur ins Bett zu fallen.«

»Vielleicht hat sie es sich anders überlegt«, warf Jake ein. »Es ist immerhin ihr Geburtstag.«

»Ja.« Zara stieß einen frustrierten Laut aus. »Und was machen wir jetzt?«

»Rufen wir sie an und finden raus, wo sie steckt.« Ich zog das Handy aus der Tasche.

»Aber –«

»Nichts *aber*«, erklärte ich. »Alles andere macht doch überhaupt keinen Sinn.« Natürlich wusste ich, dass Zara ihre Schwester überraschen wollte. Dass sie sich einen genauen Ablauf des Abends, der ganzen vier Tage, überlegt hatte. Aber was hatte es für einen Sinn, hier rumzustehen und auf Kim zu warten, wenn sie vielleicht irgendwo mit Freunden feierte oder im Kino saß?

»Keat hat recht«, stimmte Ash zu. »Du willst doch so viel Zeit mit ihr verbringen, wie es geht, oder?«

»Schon«, sagte Zara, während ich durch meine Kontaktliste scrollte. »Aber erst mal versuchen wir noch was anderes.«

»Und was, bitte?«, fragte ich, als sie Ash den Kuchenriegel in die Hand drückte und den Gang zurücklief.

»Na, was wohl? Ein paar Leute fragen, was sonst.«

Zara lief los und winkte uns, ihr zu folgen »Also, kommt ihr?«

Gemeinsam liefen wir den Weg zurück, die Treppe hinab bis ins Erdgeschoss. Zara hielt auf den Gemeinschaftsraum zu, in dem ein paar Studenten in einer Ecke lungerten und Musik machten, während einige andere Tischkicker spielten.

»Hey«, sprach sie einen Typ an, der in dem Moment den Gemeinschaftsraum verlassen wollte. »Kann ich dich was fragen?«

»Klar.« Er lehnte sich gegen den Türrahmen und lächelte. »Was willst du wissen, Süße?«

Zara ignorierte seine Anmache. »Kennst du zufällig meine Schwester und weißt, wo sie steckt? Wir wollten sie besuchen, aber sie ist nicht in ihrem Zimmer.«

»Wie heißt denn deine Schwester?«

»Kimberly, Kim.«

»Graham?«, fragte er, und als sie nickte, zuckte er die Schultern. »Oh, keinen Schimmer. Ich wusste nicht mal, dass die überhaupt noch hier studiert.«

Was?

Er drehte den Kopf zum Kickertisch und rief: »Ey, weiß einer von euch, wo diese Kleine steckt, von der Spike so besessen war?«

»Keine Ahnung, Mann«, sagte ein anderer Typ. »Aber die hat geschmissen, das weiß doch jeder.«

KIMBERLY

Ich lief um den Haupteingang herum, bog nach rechts und nahm die Seitentür, die für das Personal vorgesehen war.

»Du bist spät«, begrüßte mich Ed, mein Chef, in dem Moment, als ich eintrat, und musterte die Tüten, die ich mit beiden Händen fest umklammert hielt.

»Ich weiß, tut mir leid.« Ich schleppte mich bis zu meinem Spind in der Ecke des Lagerraums. »Ich habe den letzten Bus verpasst.« Ich zog die Spindtür auf und stellte fest, dass meine Einkäufe unmöglich alle hineinpassen würden. »Ich bleib länger und helf beim Putzen, wenn du willst.«

»Sei einfach pünktlich wie die anderen. Das ist alles, was ich will.«

»Ich weiß. Kommt nicht wieder vor, versprochen.«

»Pack das Zeug in den Schrank am Ende, der ist leer.« Er drehte sich zu seinem Bildschirm um. »Und Kimberly?«

»Ja?«

»Sorg dafür, dass du nach deinem nächsten Einkaufsbummel alles nach Hause bringst. Das *Woody's* ist kein Ramschladen.«

»Mach ich.«

»Gut.«

Ich trat an den Schrank in der Ecke, stopfte die sechs restlichen Tüten hinein und verschloss ihn hinter mir. Ich wusste, dass ich es diesmal vollkommen übertrieben hatte. Sechs Kleider, zwei Jeans, ein Dutzend Stoffbahnen und Duftkerzen in viel mehr Aromen, als ich in den nächsten Wochen jemals würde anzünden können.

Ich unterdrückte ein Seufzen, straffte die Schultern und kontrollierte mein Aussehen im Spiegel neben der Schwingtür, ehe ich hindurchging, um meine Doppelschicht anzutreten.

Trotz der frühen Stunde war das *Woody's* bereits voll.

Ich begrüßte Jenny, die alle Hände voll zu tun hatte, und übernahm die ersten Bestellungen. Ich mixte Drinks, lächelte und ignorierte die üblichen Anmachsprüche weitestgehend.

In der ersten Stunde meiner Schicht fiel mein Blick immer wieder auf die Bühne. Auf die Frauen, die sich dort an der Stange rekelten in nicht mehr als einem durchsichtigen Stück Nichts. Hanna hatte einmal gesagt, dort oben zu tanzen wäre nicht anders als in einem normalen Club, nur dass sie dabei eben nicht in einer Menschenmenge stand, während sie sich bewegte.

Aber jedes Mal, wenn ich ihr in den letzten Monaten dabei zugesehen hatte, spürte ich, dass es für mich sehr wohl einen Unterschied machte. Ich tanzte gerne und wusste, zu was mein Körper fähig war, aber der Gedanke, die Hüllen für gaffende Kerle fallen zu lassen und für sie zu tanzen, ließ alles in mir verkrampfen.

Ich könnte das nicht, für kein Geld der Welt.

»Ein Bier, bitte.« Der gebräunte Mann vor der Theke schenkte mir ein müdes Lächeln seiner strahlend weißen Zähne. Sein Bart war gestutzt, seine Kleidung sauber und ordentlich, doch unter seinen Augen lagen dunkle Ringe.

»Kommt sofort.« Ich griff nach einer Bierflasche, während er auf den freien Hocker sank.

»Danke«, sagte er, als ich es vor ihm abstellte und die Dollarnoten entgegennahm. »Behalt den Rest.«

Ich warf das Geld in meine Trinkgeldtasse unter dem Tresen und lächelte, doch anders als die meisten andere Gäste nahm er es nicht einmal wahr. Was auch immer ihn beschäftigte, es schien weitaus stärker zu sein als dieser Club oder die halb nackten Frauen auf der Bühne.

Als der Andrang an der Theke nachließ, stand seine Flasche noch immer unangetastet vor ihm.

»Schlechten Tag gehabt?«, fragte ich, obwohl ich es normalerweise vermied, mit Gästen zu sprechen. Die meiste Zeit tat ich einfach nur meine Arbeit, lächelte dabei und ignorierte die Gesprächsbereitschaft der Leute. Das Letzte, was ich gebrauchen konnte, war ein Gast, der sich Hoffnung machte.

»Kann man so sagen«. Er schwenkte seine Bierflasche in der Hand und nahm einen tiefen Schluck. »Meine Frau hat mich gestern verlassen.«

»Das tut mir leid.«

Er sah mich an. »Oh, das muss es nicht. Ich bin selbst schuld daran.« Er lachte trocken auf. »Ich war nicht gerade ein Ehemann, den man sich wünscht.« Er begann von seinem Job als Kraftfahrer für ein großes Logistikunternehmen zu erzählen und dass er mehr Zeit in seinem Truck als zu Hause verbracht hatte.

»Trotzdem kein Grund, jemanden zu betrügen«, sagte ich, als seine Erzählung damit endete, dass er seine Frau mit einem anderen Mann im gemeinsamen Ehebett erwischt hatte und sie ihm anschließend, als er sie zur Rede stellte, die Scheidungspapiere in die Hand gedrückt hatte.

»Da sagst du was, Mädchen.« Er stürzte den Rest seines Biers herunter, dann schob er mir die leere Flasche entgegen. »Gibst du mir noch eins?«

»Klar.« Ich tauschte aus, kassierte ab.

»Ich bin übrigens Owen«, stellte er sich vor.

»Kim.«

»Und Kim ...«, er nahm zwei Schlucke. »Was hat dir den Tag verregnet?«

Ich erstarrte. »Was?«

»Na ja ...« Owen stützte sich mit einem Ellenbogen auf dem Tresen ab und deutete mit der Bierflasche in meine Richtung. »Du siehst auch nicht glücklich aus.« Er beugte sich ein Stück über den Tresen und senkte die Stimme. »Keine Sorge, so offensichtlich ist es nicht.« Er zwinkerte.

»Ich habe heute Geburtstag«, hörte ich mich sagen, ehe ich darüber nachdenken konnte.

»Und gehörst zu der Fraktion von Menschen, die ihren Geburtstag hassen, verstehe.« Er rutschte zurück auf den Hocker, ohne mich aus den Augen zu lassen.

»Nein.« Ich nahm einen feuchten Lappen und wischte über den Tresen. Nicht, dass dort ein Fleck war, aber wenn ich putzte, musste ich ihn wenigstens nicht ansehen. »Ich mag Geburtstage. Ich hasse es nur, sie ohne meine Schwester und ohne meine Freunde zu verbringen.«

»Und deshalb steht eine hübsche junge Frau wie du an ihrem Geburtstag lieber hinter dem Tresen einer schäbigen Bar.«

»Ganz genau.«

Einen Moment wirkte Owen nachdenklich, dann bedeutete er mir mit seinem Zeigefinger, näher zu kommen. »Wie wäre es, wenn du dir einen Drink auf meine Rechnung mixt und wir auf den Scheiß des Lebens anstoßen«, schlug er vor. »Oder darfst du während der Arbeit nicht trinken?«

»Doch, darf ich.« Ich beschloss, sein Angebot anzunehmen, und nahm eines der Longdrinkgläser. Jenny starrte mich an, als ich es erst mit Wodka und anschließend mit Orangensaft füllte. Seit ich hier arbeitete, war es das erste Mal, dass ich einen Drink annahm. Überhaupt war es Ewigkeiten her, seit ich das letzte Mal getrunken hatte. Aber da alle meine üblichen Verdrängungsmechanismen bisher versagt hatten, wurde der Gedanke, mir den restlichen Abend mit Alkohol erträglicher zu machen, viel zu verlockend, um das Angebot auszuschlagen. Außerdem war Owen im Gegensatz zu den restlichen Kerlen, die ins *Woody's* kamen, wirklich nett.

»Dann auf einsame Geburtstage und betrogene Ehemänner.« Mein Glas stieß gegen seine Bierflasche. »Auf den ganzen Scheiß des Lebens eben.«

Ich nahm zwei tiefe Schlucke, dann stellte ich es zufrieden hinter mich auf die Ablagefläche.

»Aber jetzt mal ehrlich«, nahm Owen unser Gespräch wieder auf, nachdem ich weitere Gäste bedient und ein Dutzend Drinks abkassiert hatte. »Warum arbeitest du in diesem Schuppen?«

»Ich brauchte einen Job.«

Er kratzte sich am Kinn. »Und da dachtest du, du stellst dich einfach mal in einer Stripbar hinter den Tresen, statt in einem Klamottengeschäft oder einem Café zu arbeiten?«

»Nein.«

Owens Augenbraue wanderte in die Höhe, als ich den Kopf schüttelte. Es war nie mein Plan gewesen, in einem Schuppen wie dem *Woody's* zu landen. Es war ja nicht einmal mein Plan gewesen, überhaupt nach Boston zu gehen und hier die Uni zu besuchen. Aber manchmal warf einem das Leben einen Knüppel zwischen die Beine, und man musste sich entscheiden, um irgendwie weitermachen zu können. Und dieser Club hatte sich nach vielen Fehlentscheidungen als einziger Lichtblick in einem Haufen Mist entpuppt. Nachts zu arbeiten half nicht nur, den Albträumen die Stirn zu bieten. Es verschaffte mir auch mehr Geld als ein Tagesjob.

»Eigentlich wollte ich in Kalifornien studieren, ein Modelabel hochziehen und mit dem Mann zusammen sein, den ich liebe«, sagte ich, während ich nach dem Longdrinkglas hinter mir griff, um den Rest meines Wodka-O in einem Zug herunterzukippen. »Aber manchmal geht es eben nicht um Wünsche oder Träume, sondern nur darum, das Beste aus dem zu machen, was davon übrig ist.« Ich ließ das leere Glas ins Spülbecken sinken und machte eine ausschweifende Handbewegung, mit der ich den gesamten Laden einschloss. »Und das ist das hier.«

Bis auf Macy hatte ich diese traurige Wahrheit noch nie jemandem gegenüber ausgesprochen, aber aus irgendeinem Grund tat es gut, es jemandem zu erzählen, der mich nicht kannte und den ich mit hoher Wahrscheinlichkeit auch niemals wiedersehen würde.

»Nach diesem traurigen Statement brauch ich auf alle Fälle noch ein Bier«, meinte Owen und bot an, mir ebenfalls einen weiteren Drink auszugeben. Doch ich lehnte ab, weil ich bereits die Wirkung dieses einen spürte. Es war nicht klug, mich abzuschießen. Nicht während der Arbeit und ganz sicher nicht in diesem Club.

»Nicht mal eine Cola?«

»Nein.« Ich schenkte ihm ein ehrliches Lächeln. »Aber danke für den Wodka-O, der hat gutgetan.«

KEATON

»Ich versteh das alles nicht.« Zara massierte sich die Schläfen. »Wieso sollte sie die Uni abbrechen und es mir nicht erzählen? So was Wichtiges hätte sie mir doch nie verschweigen. Wir erzählen uns alles. Immer. Versteht ihr?«

»Ich weiß es nicht.« Drei Stunden waren vergangen, seit wir das Wohnheim verlassen und zurück ins Hotel gefahren waren. Seitdem grübelte ich. Und je länger ich darüber nachdachte, umso unruhiger machte mich das Ganze.

Angeblich hatte Kim die Uni geschmissen, aber das war auch schon das Einzige, was uns erzählt worden war. Wir hatten versucht, sie anzurufen, aber sie war nicht nur wie vom Erdboden verschwunden, sondern ging auch nicht an ihr verdammtes Telefon. Egal, wer von uns versuchte sie zu erreichen.

»Es gibt bestimmt eine ganz einfache Erklärung für alles«, meinte Ashley, die neben ihr auf der Hotelcouch saß. »Ihr habt doch sonst auch mehrmals die Woche telefoniert, sie wird sich schon melden.«

Ja, nur wann würde das sein?

Die Hoteltür ging auf und Jake kam mit ein paar Tüten vom Restaurant gegenüber herein. Er stellte das Essen auf den Couchtisch.

»Danke«, sagte Ash, griff hinein und hielt Zara etwas entgegen. Doch sie schüttelte den Kopf und stand auf. »Ich habe keinen Hunger.«

Ich sah zu, wie sie in unser gemeinsames Zimmer ging und sich aufs Bett fallen ließ.

Ich musste etwas tun.

Ich konnte nicht rumsitzen und darauf warten, dass Kim sich irgendwann meldete oder wir wie durch ein Wunder herausfanden, was, verdammt noch mal, eigentlich los war. »Ich fahr noch mal ins Wohnheim und frage herum. Vielleicht weiß ja doch irgendwer was.«

»Soll ich mitkommen?«, fragte Jake, der neben Ash auf dem Sofa saß. Er ließ seinen Burger sinken.

»Nein.« Ich deutete auf Zara, die sich auf dem Bett zu einer Kugel zusammengerollt hatte. »Mir wäre es lieber, ihr beide bleibt hier und habt ein Auge auf sie.« Zara machte sich riesige Sorgen um ihre Schwester und das hatte auch mit dem Tod ihres Vaters zu tun. Nicht zu wissen, wo Kim war und warum sie von ihr so offensichtlich belogen wurde, war das Schlimmste, was Kim ihr hatte antun können.

»Klar, wir kümmern uns um sie.«

»Danke.« Ich nahm meine Umhängetasche vom Sessel und marschierte auf die Hoteltür zu. »Wenn ich was rausfinde, melde ich mich.«

Ich verließ das Hotel und stieg in einen Bus, der in die Nähe des Campus fuhr.

Als ich dort ankam, war es fast dreiundzwanzig Uhr und einige Studentengruppen begaben sich auf den Weg in die umliegenden Kneipen. Doch niemand, den ich ansprach, konnte mir weiterhelfen, also beschloss ich, es ein weiteres Mal im Wohnheim zu versuchen. Und zwar bei der einzigen Person, die wirklich etwas wissen musste.

Diesmal war der Gemeinschaftsraum leer, als ich daran vorbeikam, doch dafür fast alle Türen im zweiten Stock offen und laute Musik dröhnte über den Flur.

Ich schob mich an mehreren Studenten vorbei, bis ich Brinas Zimmertür fand. Ich klopfte, unsicher, ob man es bei der Lautstärke auf dem Stockwerk überhaupt hören konnte.

Ich klopfte ein zweites und sogar noch ein drittes Mal, ehe ich mir eingestand, dass ich so nicht weiterkam. Ich brauchte einen neuen Plan. Also wandte ich mich zum Gehen und lief zurück Richtung Treppenhaus, als plötzlich jemand meinen Namen rief.

Ich blieb stehen, spähte in das Zimmer neben mir und hätte vor Erleichterung am liebsten laut aufgeschrien.

Denn dort, mit einer Bierflasche in der Hand, stand Brina und sah mich mit offenem Mund an. Sie drückte dem Kerl neben sich ihr Getränk in die Hand, sagte etwas zu ihm und kam auf mich zu. »Was machst du denn hier?«

»Ich suche Kim. Weißt du, wo sie steckt?«

Etwas huschte über ihr Gesicht, das ich nicht deuten konnte, dann sagte sie: »Komm mit.«

Ich folgte ihr zu ihrem Zimmer, und als sie die Tür öffnete und ich nichts Vertrautes von Kim darin entdeckte, wurde das, was die Studenten vorhin zu uns gesagt hatten, traurige Gewissheit. »Sie studiert wirklich nicht mehr.«

»Nein, tut sie nicht.« Brina wartete, bis ich eingetreten

war, dann drückte sie die Tür hinter mir ins Schloss. Die Musik verebbte zu einem Hintergrundrauschen. »Ich hatte gehofft, sie würde es euch erzählen. Aber irgendwie habe ich geahnt, dass sie es nicht getan hat.«

»Warum?« Ich ließ mich auf den Stuhl fallen, den sie mir heranzog, ehe sie sich selbst im Schneidersitz auf ihr Bett setzte.

»Na ja, eure Post kam hier an, das wäre sie nicht, wenn sie es euch erzählt hätte, also –«

»Nein, das meinte ich nicht. Ich will wissen, warum sie nicht mehr hier ist.«

»Es gab Probleme mit ein paar Studenten. Sie kam damit nicht klar, deshalb ist sie ausgezogen.« Brina seufzte. »Das war Anfang Oktober.«

Ich starrte sie an. Das konnte doch nicht sein. Das war acht Monate her. Acht verfluchte Monate, in denen sie immer wieder mit Zara telefoniert und mit mir geschrieben hatte. In denen sie uns von der Uni, dem Studium, den Leuten erzählt hatte. Uns versichert, dass es ihr gut ging.

»Hör mal, Keat«, riss Brina mich aus den Gedanken in meinem Kopf. »Ich weiß, das ist jetzt gerade wahrscheinlich ein Schock für dich, aber ich glaube, es ist gut, dass du hier bist. Sie hat sich ziemlich abgekapselt, und ich ... ich mache mir Sorgen, weil ich nicht mehr an sie rankomme.«

Das klang noch bedeutend schlimmer, als ich erwartet hatte. »Weißt du, wo sie jetzt wohnt?«

»Sie war erst in einem Hotel, aber dann ist sie woandershin.« Brina stand auf, trat an ihren Schreibtisch heran und zog die erste Schublade auf.

»Aber du weißt nicht wohin?«

»Nein«, erklärte sie, während sie sich durch die

Schublade wühlte und einen Stift herausholte. »Aber es gibt da dieses Gerücht.« Sie riss ein Stück Papier von einem Block, schrieb etwas darauf und reichte es mir. »Ich weiß nicht, ob es stimmt, weil die Leute allen möglichen Scheiß über Kim erzählen, aber falls doch was dran ist, dann könntest du sie dort finden.«

»*Woody's*?« Ich starrte auf den Namen und die Adresse. »Was soll das sein? Eine Supermarktkette? Ein Restaurant?«

»Nein, Keat.« Brina seufzte leise. »Es ist ein Stripclub.«

KIMBERLY

»Also?«, fragte Owen und richtete seine Augen ein weiteres Mal auf mich, sobald die Theke sich leerte. »Wenn du eine fiktive Figur aus einem Film oder einer Serie sein könntest, welche würdest du wählen?«

»Arya Stark.« Es war die zehnte Frage, die er mir im Laufe meiner Schicht stellte, und aus irgendeinem Grund war ich dankbar dafür. Sie lenkten meine Gedanken in andere Richtungen, vertrieben die Traurigkeit wegen Zara und meinem Geburtstag und machten mich einen kurzen Moment zu jemand anderes.

Ein Gast kam, bestellte eine Whiskey-Cola.

»Warum?«, bohrte er nach, sobald er wieder verschwunden war.

Ich füllte das Eis auf. »Ich finde, dass sie immer das Beste aus dem macht, was ihr zustößt. Sie wird stärker, obwohl sie alles verloren hat, selbst ihren Namen.« Ich sah ihn an. »Und du?«

»Superman.«

Ich widerstand dem Drang, die Augen zu verdrehen, und er lachte. »Komm, ich habe nicht gesagt, dass die

Wahl besonders glanzvoll sein muss.« Stimmt, hatte er nicht. »Außerdem ist Superman eine super Mischung aus menschlich und übernatürlich.« Er nahm einen Schluck aus seiner Bierflasche. »Okay, nächste Frage: Wenn du dich entscheiden müsstest, ob du lieber dein Gehör oder dein Augenlicht für immer verlieren würdest, wärst du dann lieber blind oder taub?«

Ich schüttelte den Kopf. »Gehen dir eigentlich je die Fragen aus?«

»Nein.« Er zuckte die Schultern. »Auf meinen Fahrten habe ich immer eine Menge Zeit, mir über solchen Scheiß den Kopf zu zerbrechen.« Er schob mir seine leere Flasche hin, und ich verstaute sie in dem Kasten hinter mir, ehe ich mich bückte, um ein neues Bier aus dem Kühlschrank zu holen.

»Also?«, fragte Owen, »Was wählst du?«

»Das ist eine doofe Frage. Aber wenn ich mich entscheiden müsste, dann ...« Ich kam zurück in den Stand, griff nach dem Flaschenöffner und stoppte mitten in der Bewegung. Meine Welt blieb stehen, ehe sie sich in doppelter Geschwindigkeit um mich herum weiterdrehte.

»Dann?«, fragte Owen, während ich Keaton neben ihm anstarrte, als wäre er ein Geist. Ich blinzelte. Blinzelte mehrfach. Versuchte mich davon zu überzeugen, dass er nichts weiter als eine Fata Morgana sein konnte. Keaton konnte nicht hier sein. Er konnte nicht mitten in diesem ranzigen Club an der Bar stehen und mich ansehen. Das konnte gar nicht sein. Das war überhaupt nicht möglich.

»Und? Kriege ich eine Antwort?«

»Blind«, flüsterte ich, obwohl ich mich eben noch für taub entschieden hätte. Denn wenn ich blind wäre, müsste ich den Schmerz in Keatons Augen nicht sehen und sein Blick würde sich auch nicht in mein Herz brennen und es von innen heraus verkohlen.

Die Bierflasche, die ich noch immer fest umklammert hielt, rutschte aus meinen Fingern. Sie fiel zu Boden, zersprang in winzige braune Scherben, die vor meinen Augen verschwammen.

»Kim!« Jenny schnippte vor meinem Gesicht. »Könntest du, verdammt noch mal, endlich irgendetwas tun?«

Ich bückte mich, um die Scherben aufzuheben, doch kurz bevor ich sie berührte, zerrte sie mich wieder auf die Beine. »Bist du bescheuert? Doch nicht mit den Händen!« Sie schüttelte den Kopf. »Was ist heute bloß los mit dir? Hol den Wischeimer aus dem Lager.« Sie versetzte mir einen Schubs, bis ich mich endlich in Bewegung setzte.

Als ich durch die Schwingtür nach hinten trat, um nach dem Wischeimer neben der Tür zu greifen, rollte die Panik heran. Sie brannte in mir, schwelte und rauchte, während sich die Realität wie ein brennendes Stück Holz in mein Bewusstsein fraß.

Keaton war hier.

Ich ließ den Wischeimer, wo er war.

»Kim?«, fragte Ed vom Schreibtisch aus. »Was wird das?«

»Ich muss weg.« Ich zerrte meine Tasche aus dem Spind. Meine Hände zitterten.

»Deine Schicht geht noch fünf Stunden. Du kannst nicht einfach kommen und gehen, wie es dir passt.«

Ich drückte den Spind zu und schob die Tasche über die Schulter.

»Kim, ich warne dich«, rief Ed, als ich die Tür aufstieß. »wenn du da raus gehst, war's das, hast du mich –«

Seine wütende Stimme verstummte, sobald die Tür hinter mir ins Schloss fiel.

Ich stolperte vorwärts, den schmalen Weg neben dem Club entlang. Im Halbdunkeln hielt ich auf die Straße zu, bog um die Ecke und rannte direkt in Keaton hinein.

»Meinst du, wenn du wegläufst, ändert das irgendetwas?« Er richtete seine grünen Augen auf mich. »Ich weiß es doch sowieso schon.«

Ich taumelte ein Stück zurück, dann klappten meine Beine einfach weg. Doch bevor ich auf dem Boden aufkam, waren Keatons Arme da. Sie umfingen mich, zogen mich an ihn. Ich schluchzte auf, presste mein Gesicht gegen seine Brust, nicht fähig, die Verzweiflung zurückzudrängen.

»Es ist okay«, murmelte er, das Kinn auf meinem Kopf gebettet. »Ich bin hier. Es ist okay.«

Er hielt mich fest, sagte immer wieder dasselbe und Stück für Stück hüllte der Singsang seiner Worte mich ein.

Ich wusste nicht, wie lange wir dort standen, ehe die Tränen schließlich weniger wurden und irgendwann ganz versiegten.

»Lass mich dich hier wegbringen«, sagte Keaton, als ich das Gesicht von seiner Brust löste. Er bückte sich nach meiner Handtasche, die auf den Boden gefallen war, und schob sie sich über die Schulter. Dann zog er das Handy heraus. »Ich werde uns ein Taxi rufen, damit es uns ins Hotel zu den anderen bringt.«

Die anderen?

»Zara ist auch da?«, presste ich hervor und spürte, wie meine Stimme brach.

Er ließ das Handy sinken, sah mich an. »Wir sind zusammen mit Jake und Ash hergeflogen, um dich an deinem Geburtstag zu überraschen.«

Oh Gott.

Zitternd entließ ich die Luft aus meinen Lungen und schloss die Augen, als könnte ich so dafür sorgen, dass das hier nichts weiter als ein fieser Albtraum war. Dass meine Welten nicht kollidierten, dass Keaton nicht neben mir stand, Zara nicht in Boston war, noch immer alles war wie zuvor.

»Kim …« Keaton legte seine Hand auf meine Schulter, doch ich schüttelte sie ab, wich vor ihm zurück.

»Ich kann nicht.« Die Tränen kamen zurück, mischten sich mit der Panik. »Ich kann nicht mit ihr reden. Nicht jetzt, Keat. Ich kann das nicht.«

Zara würde nicht nur Fragen stellen, ich würde auch die Enttäuschung in ihren Augen sehen, dieselbe Traurigkeit von damals, als Dad gestorben war. Weil ich sie belogen hatte. Weil ich unser Versprechen gebrochen hatte.

»In Ordnung«, hörte ich Keaton neben mir sagen. »Dann sag mir, wo ich dich stattdessen hinbringen soll.«

KEATON

Der Apartmentkomplex, den wir eine halbe Stunde später betraten, wirkte, als hätte er seine besten Tage bereits hinter sich. Ich blieb vor dem Fahrstuhl stehen und streckte die Finger aus, um ihn zu rufen, doch Kim schüttelte den Kopf und deutete zur Treppe. »Mit dem Ding willst du nicht fahren, glaub mir. Die Leute lassen alles darin liegen und es stinkt erbärmlich.«

Das Treppenhaus roch für meinen Geschmack nicht viel besser. Ein modriger Geruch hing in der Luft und überall lag Müll.

»Wie lange wohnst du hier schon?«, fragte ich, während ich über zertretene Zigaretten und Glasscherben hinwegstieg und mir vorstellte, wie sie jeden Tag diese Stufen hinaufging.

»Eine Weile «

»Und wo genau?«

»Siehst du dann. Wir sind gleich da«

Im sechsten Stockwerk betraten wir einen nur spärlich beleuchteten lang gezogenen Flur. Einige der Deckenlampen flackerten, andere fehlten gleich ganz. Wir passierten mehrere identisch aussehende Holztüren, ehe sie vor dem Apartment mit der Nummer 06015 stehen blieb.

Gedämpft drangen die Geräusche eines Fernsehers zu uns, als sie den Schlüssel aus der Tasche fischte. »Macys Freund ist da«, erklärte sie. »Am besten ignorierst du ihn einfach und wir gehen direkt in mein Zimmer, okay?«

Ich runzelte die Stirn. »Okay.«

Sie schloss die Tür auf und die Fernsehgeräusche wurden lauter. Auf dem ausgesessenen Sofa entdeckte ich einen Kerl mit einer Bierflasche in der Hand. Einen Moment fühlte ich mich, als wäre ich wieder acht Jahre alt und würde die Arme um Izzy schlingen, die vor lauter Angst vor dem Hämmern an der Tür nicht aufhören konnte zu weinen.

»Mein Zimmer ist dahinten«, riss Kim mich aus meinen Erinnerungen, gerade als der Ton des Fernsehers leiser wurde.

»Wenn du schon wieder hier bist, Baby«, sagte der Typ, ohne sich zu uns umzudrehen, und kratzte sich an seinem kahlen Kopf. »Bring mir ein neues Bier.«

»Ich bin nicht Macy, Wyatt.« Kims Stimme klang müde. »Trag deinen Hintern einfach allein zu dem verdammten Kühlschrank.« Dann griff sie nach meiner Hand, zog mich mit sich. »Komm.«

»Kleines, undankbares Miststück«, rief der Kerl uns hinterher, und ich hörte, wie er gegen einen der Stühle in der Küche knallte, bevor der Kühlschrank klirrte, als wir vor einem Zimmer stehen blieben.

Kim öffnete die Tür, und als das Licht einen kurzen Moment später flackernd zum Leben erwachte, betraten wir einen kleinen Raum, der sich komplett vom Rest der

Wohnung unterschied. Bunte, selbstgenähte Vorhänge bedeckten das einzige Fenster. Das Bett, das anscheinend ein Schlafsofa war, hatte einen farblich passenden Überwurf und Kissen. Selbst die auf Putz liegenden Heizungsrohre an der Wand hatte sie mit Stoff verziert. Überall gab es Kerzen und andere Dinge, die ich mit ihr in Verbindung brachte.

Doch ansonsten stand in dem Raum nicht viel. Ein Bett, ein Tisch, ein großer Kleiderschrank und ein Nähbereich in der anderen Ecke neben der Tür.

Hinter mir drückte Kim die Tür ins Schloss und drehte den Schlüssel. »Wyatt ist ein Idiot und ich kann ihn nicht ausstehen«, erklärte sie, obwohl ich nicht danach gefragt hatte, »aber er weiß, dass er hier drinnen nichts zu suchen hat.«

Ihre Antwort beruhigte mich nur zum Teil, denn mir vorzustellen, dass sie sich mit so einem Kerl gemeinsam in einer Wohnung aufhielt, war schlimm genug.

»Erzähl mir, was passiert ist«, bat ich schließlich. Den gesamten Weg hierher hatte ich mich mit meinen Fragen zurückgehalten. Um ihr Zeit und Raum zu geben, nachdem sie vor mir zusammengebrochen war, aber jetzt brauchte ich Antworten. Ich musste wissen, warum sie die Uni geschmissen und weder Zara noch mir etwas davon erzählt hatte. Verstehen, weshalb sie hier in diesem Loch wohnte und in einem schäbigen Laden wie dem *Woody's* jobbte, anstatt zu uns nach Hause zu kommen.

Zurück zu mir.

Kim setzte sich auf die Kante ihres Bettes und ich folgte ihr. Eine ganze Weile schwieg sie, starrte bloß auf die gegenüberliegende Wand, ehe sie einen leisen Seufzer entließ und endlich zu sprechen begann. »Im

Sommer hat Brina diesen Typen kennengelernt. Er hieß Max und sie war wie besessen von dem Wunsch, dass er endlich mit ihr ausgeht. Um sein Interesse zu wecken, waren wir auf fast jeder Party, bis er sie am Ende des Sommers endlich beachtet hat.« Sie zog ein Kissen auf ihren Schoß, begann einen losen Faden um ihren Finger zu wickeln. »Da hat sie mich dann zu einem Doppeldate mit seinem besten Freund überredet und wir waren zusammen aus. Sie und Max. Ich und Spike. Eigentlich hatte ich überhaupt keine Lust, weil Spike ... na ja, er hat da diesen Ruf, was Frauen angeht. Aber er war sogar echt nett zu mir. Wir haben getanzt und geredet, und ich habe zugestimmt, noch mal mit ihm auszugehen.« Unmerklich schüttelte sie den Kopf. »Nach der Hälfte des zweiten Dates hat er sich in ein aufdringliches, chauvinistisches Ekel verwandelt, der glaubt, bloß weil eine Frau mit ihm ausgeht, hätte er das Recht, auch mit ihr zu schlafen.« Sie sah mich an. »Ich habe ihm die Nase gebrochen, Keat.«

Erleichtert atmete ich auf.

»Ich bin überzeugt, dass er das mehr als verdient hatte«, sagte ich und nahm ihre Hand, die noch immer mit dem Faden an dem Kissen beschäftigt war. Ich drückte sie. »Es ist gut, dass du dich gewehrt hast, niemand sollte mit so was durchkommen.«

Schon in der Highschool hatte Kim sich zusammen mit anderen dafür eingesetzt, Selbstverteidigungskurse ins reguläre Schulprogramm aufzunehmen, damit wirklich jeder sich zu wehren wüsste, sollte er oder sie zum Opfer gemacht werden. Damals hatte mich ihre Rede vor der Schülerversammlung tief beeindruckt.

»Ja«, sagte sie leise. »Nur hat Spike das anders gesehen. Er wollte das nicht auf sich sitzen lassen.« Sie entwand sich meiner Hand, begann erneut den losen Faden um ihre Finger zu wickeln. »Erst hat er mir nur nachgestellt, mich im Wohnheim und auf dem Campus abgefangen, mich beleidigt. Dann hat er angefangen, den Leuten alles Mögliche über mich zu erzählen, und auf einmal war die gesamte Geschichte zwischen uns völlig verdreht und verselbstständigte sich.« Sie riss den Faden ab. »Plötzlich war ich eine Schlampe, die es mit jedem treibt. Die Leute haben hinter meinem Rücken getuschelt, mit dem Finger auf mich gezeigt und für manche ... war ich Freiwild.« Ihre Stimme wurde leiser, begann zu zittern. »Ein paar Kerle haben mir bloß anzügliche Angebote gemacht, andere versuchten mich zu betatschen. Sie haben mich angestarrt, als wäre ich nur zu ihrem Vergnügen da.« Eine Träne rollte über ihre Wange. »Ich habe das nicht ausgehalten, also ...«

»... bist du gegangen«, beendete ich ihren Satz.

»Ich wollte, dass es aufhört. Es sollte einfach nur noch aufhören.« Kim ließ sich nach hinten fallen, rollte sich zur Seite und presste das Gesicht in ihr Kissen.

Ich legte mich neben sie und strich über ihr dunkles Haar. »Warum hast du es uns nicht erzählt?«, fragte ich in die entstandene Stille hinein, weil es das war, was ich an der ganzen Sache nicht verstand. »Warum hast du so getan, als wäre alles in Ordnung, obwohl das überhaupt nicht stimmte? Warum bist du nicht nach Hause gekommen?«

Sie drehte den Kopf ein Stück zur Seite, um mich anzusehen. »Ich habe mich geschämt«, flüsterte sie.

»Aber es gab überhaupt nichts, wofür du dich hättest schämen müssen. Das, was passiert ist, ist doch nicht deine Schuld.«

»Ich weiß nicht, vielleicht ...«

»Was, vielleicht?« Der Zweifel in ihrer Stimme entsetzte mich. »Hast du diesen Spike gebeten, dich anzumachen? Hast du die Leute dazu aufgefordert, über dich zu reden, dich zu bedrohen, dir das Leben zur Hölle zu machen?«

Sie presste die Augen fest zusammen.

»Kim«, ich legte die Finger unter ihr Kinn, »das ist Schwachsinn und das weißt du auch.« Wir hatten so oft darüber gesprochen. Über die Strukturen von Gewalt, darüber, wie Mobbing entstand. Sie wusste, dass die Opfer keine Schuld trugen, dass es immer die Umstände waren, die dazu führten, dass etwas außer Kontrolle geriet. »Du trägst daran keine Schuld. Kein Opfer tut das.«

»Aber ich war immer stark, verstehst du nicht? Ich hatte mein Leben unter Kontrolle, ich habe meine Träume verfolgt, mich selbst verwirklicht und plötzlich … plötzlich war überhaupt nichts mehr davon übrig.«

KIMBERLY

9 Monate zuvor

»Spike ...« Ich presste meine Hände gegen seine Brust, um ihn auf Abstand zu halten, verstärkte den Druck, doch er schob meine Hände mühelos zur Seite und stieß mich zurück auf das fremde Bett.

Sein stählernder, trainierter Körper drängte sich gegen meinen, seine Lippen kamen näher, und was sich eben noch gut angefühlt hatte, war plötzlich zu viel.

»Jetzt zier dich nicht so«, raunte er an meinem Hals. Seine Hand schob sich höher, zurück unter den Stoff meines Kleides. »Eben hat es dir doch Spaß gemacht.«

»Und jetzt will ich, dass du aufhörst.«

Er reagierte nicht, senkte stattdessen seine Lippen zurück auf meine Halsbeuge. Meine Abscheu wuchs, verwandelte sich plötzlich zu Panik. Er musste aufhören.

Jetzt.

Sofort.

»Oh nein, willst du nicht.« Stöhnend drängte er seine Erek-

tion gegen meinen Schritt. Seine Lippen wanderten höher, und ich nutzte den Moment und schob meine Hand zwischen uns.

Ich drückte zu.

Fluchend rollte er sich von mir runter, die Hände fluchend in seinen Schritt gepresst. »Was soll der Scheiß?«

»Was das soll?« Ich rutschte vom Bett, blieb davor stehen und stemmte die Hände in die Seiten. »Hast du schon mal was davon gehört, dass Nein, verdammt noch mal, Nein bedeutet?«

Er kämpfte sich auf die Beine. »Als wenn eine wie du das so meinen würde!« Er funkelte herausfordernd und machte einen Satz auf mich zu.

»Eine wie ich?«

»Die Unschuldsnummer, was?« Er machte einen Schritt, ich wich zurück. »Ich weiß, was für eine du bist. Jeder *hier weiß das.«*

Was?

»Glaubst du, es wäre ein Geheimnis, von wie vielen Kerlen du dich diesen Sommer schon hast flachlegen lassen?« Sein alkoholisierter Atem traf mein Gesicht. »Du bist eine, die gar nicht genug von Schwänzen wie meinem bekommen kann.«

Tränen brannten hinter meinen Lidern, als ich ausholte. Ich donnerte meine Handkante direkt in sein Gesicht. Spürte, wie seine Nase nachgab. Hörte, wie sie brach, bevor er mit einem Schmerzensschrei zu Boden ging.

Blind vor Tränen stürmte ich auf die Tür zu, rannte halb nackt durch den Gang. Weg von Spike, seinen Worten, den Wahrheiten, die er ausgesprochen hatte.

KIMBERLY

Über den Spiegel hinweg starrte ich in meine geröteten Augen, den einzigen Teil meines Gesichts, den ich nicht mit Make-up bedecken konnte, um mir selbst und allen anderen vorzugaukeln, dass noch immer alles in Ordnung war, obwohl es nicht stimmte.

Du schaffst das. Du hast mit Keat geredet, jetzt erzählst du es Zara.

Das bekommst du hin.

Ich drehte den Wasserhahn auf, wusch mir die Make-up-Reste von den Händen und starrte eine ganze Weile auf den fließenden Strahl, der im Abfluss verschwand.

Am liebsten würde ich die Zeit zurückdrehen, um zu verhindern, dass der gestrige Tag wirklich passieren würde. Verhindern, dass jemand erfuhr, dass ich nicht mehr studierte, verhindern, dass Keaton im *Woody's* auftauchte und mein Leben crashte.

»Kim?« Keatons Stimme ließ mich zusammenfahren. Als ich den Kopf hob, sah ich, wie er mich über den Spiegel hinweg musterte.

»Ich bin so weit«, verkündete ich, drehte das Wasser aus und trocknete meine Hände. In der Hoffnung, die Rötung würde schneller verschwinden, presste ich die kalten Finger behutsam auf die geschwollenen Lider und spürte, wie dahinter bereits die nächsten Tränen lauerten.

Ich schämte mich noch immer. Und ich wusste einfach nicht, wie ich damit umgehen sollte, dass er jetzt hier war. Mitten in dem kleinen, ranzigen Badezimmer stand, in diesem Teil meines Lebens, und ein Stück der Wahrheit kannte, obwohl ich doch alles dafür getan hatte, um genau das zu verhindern.

Das Linoleum knarrte, als Keaton nähertrat. »Hör auf, dir Gedanken zu machen.« Behutsam legte er seine Hände auf meine Schultern. »Alles wird in Ordnung kommen. Ihr beide redet, und Zara wird es verstehen, so wie ich es verstanden habe.«

Einen Moment schloss ich die Augen, lehnte mich gegen ihn und wünschte mir, Keatons Zuversicht und seine Kraft könnten auf mich überspringen. Wünschte, das Problem, mich Zara und ihren Fragen stellen zu müssen, wäre alles, was mich sorgen würde.

»Wir kriegen das hin, okay, Sweetheart?«

»Okay.«

Keat drückte einen Kuss auf mein Haar, dann ließ er mich los und umschloss meine Hand mit seiner. »Dann lass uns gehen.«

Wir verließen das Apartment und stiegen in einen Bus, der uns eine Stunde durch die Stadt kutschierte, ehe wir irgendwann in das Foyer eines Hotels in der Nähe des Campus traten.

»Wir müssen in den vierten Stock«, erklärte Keaton

und betätigte den Knopf im Inneren des verspiegelten Fahrstuhls. Nur einen Augenblick später setzte er sich bereits in Bewegung.

Sobald die Türen hinter mir schlossen, setzte mein Fluchtinstinkt ein, und ich musste alle Willenskraft aufbringen, um ruhig stehen zu bleiben. Mich Keat anzuvertrauen war eine Sache gewesen – all das meiner Schwester zu erzählen eine ganz andere. Sie kannte mich besser als irgendwer sonst. Was war, wenn sie durchschaute, dass ich noch immer etwas zurückhielt? Was, wenn sie bohrte, so tief, dass sie den Wahrheiten näher kam, als sie es sollte? Ich war nicht bereit, sie preiszugeben – daran hatte sich nichts geändert.

Als Keaton an der Tür klopfte, waren meine Handinnenflächen feucht.

»Da wären wir.« Keat trat hinter mich und versetzte mir einen Schubs, damit ich die kleine Hotelsuite betrat, in der Zara, Ash und Jake bereits auf uns warteten.

»Und was war Weihnachten?«, fragte Zara, die neben mir auf der Bank der kleinen Hotelterrasse saß und einen Becher mit Kaffee auf ihren Knien balancierte. »Warst du mit Freunden von der Uni Skifahren oder nicht?«

»Nein.« Ich senkte den Kopf und fuhr mit den Augen die Fugen zwischen den terracottafarbenen Fliesen auf dem Boden nach, um sie nicht ansehen zu müssen.

»Aber die Fotos ... Du hast mir doch Fotos von der Skihütte geschickt und von Brina auf ihren Skiern«, stammelte sie.

»Brina war ja auch Skifahren«, erklärte ich. »Ich habe

die Fotos einfach aus ihrem Instagramaccount kopiert und dir zugeschickt. Und was die Hütte angeht ... Das waren Fotos aus dem Internet, die ich abgespeichert habe, weil sie zu meiner Vorstellung passten.«

»Das heißt, du warst Silvester hier in Boston? Und Weihnachten auch?« Ich hörte, wie sie die Luft ausstieß. »Du warst ganz allein?«

»Ja.« Ich spielte an den Armbändern um mein Handgelenk, berührte die türkisfarbenen Kugeln. Sie waren kühl und glatt und aus irgendeinem Grund beruhigte es mich. »Weihnachten musste ich arbeiten, Silvester war ich in meinem Zimmer und habe mich betrunken.«

Zara hatte mir jede Menge Fotos von der Silvesterfeier bei Trevor geschickt. Vom Büfett, von sich und Keat, von Ash und Jake, ... und bei jedem hatte ich einen Schluck getrunken, um den Schmerz in meinem Inneren zu betäuben, die Einsamkeit, die Scham.

Seufzend stellte meine Schwester ihre Tasse auf die Bank neben sich ab und sah mich an. »Weißt du nicht mehr, was wir uns bei Dads Beerdigung geschworen haben? Hast du es wirklich vergessen?«, fragte sie und versetzte meinem Herzen damit einen Stich. »Wir wollten niemals zulassen, dass man uns trennt. Wir wollten aufeinander aufpassen und uns *immer* alles erzählen.«

»Ich wollte dich nicht verletzen.«

»Aber das hast du«, sagte sie leise, und als ich aufblickte, flackerte Schmerz in ihren Augen. »Ich habe mich für dich gefreut, weil es dir so gut in Boston gefällt und weil es das Richtige für dich ist, obwohl es so verdammt wehgetan hat, dass du überhaupt weggegangen bist. Aber als ich gestern in diesem Wohnheim stand und uns jemand gesagt hat, dass du nicht mehr studierst und einfach nicht zu erreichen warst, da hat es sich angefühlt wie damals, als Dad ...« Ihre Stimme brach, und sie holte zittrig Luft, sprach jedoch nicht weiter. Doch das musste sie auch nicht. Ich wusste, was sie sagen wollte. Erinnerte mich zu gut an diesen Morgen im August, an dem er erst ihr, dann mir einen Kuss auf die Stirn gedrückt hatte und uns versprochen hatte, dass wir später ein Eis essen fahren würden. Der Morgen, an dem er wie jeden Tag in den Dienstwagen zu seinem Partner gestiegen war und weder Zara noch ich ahnten, dass es das letzte Mal sein würde, dass wir ihn lebend gesehen hatten.

»Er hat uns immer belogen, Kim, darüber, wie verdammt gefährlich dieser Job bei der Polizei ist, den er da macht, weil er uns beschützten wollte. Aber seine Lüge hat uns nicht beschützt. Lügen beschützen nie jemanden, besonders nicht die Menschen, die wir lieben.«

»Ich weiß«, flüsterte ich und schaffte es nicht mehr, meine eigenen Tränen zurückzuhalten.

Zara rutschte zu mir, bis unsere Knie sich berührten. »Ich will keine Lügengeschichten, damit ich mich besser fühle. Ich will einfach nur wissen, woran ich bin, okay?«

»Okay«, stimmte ich zu, als ihre Arme sich um meinen Hals schlangen und ihr vertrauter Duft nach reifen Mangos in meine Nase drang.

Ich liebte meine Schwester. Sie war die feste Konstante meines Lebens, und dass sie mir verzieh, tat gut, doch gleichzeitig versetzte ihr Wunsch mich auch in Panik. Weil es Dinge gab, das ich nicht erzählt hatte. Dinge, die ich zurückhielt und ihr auch nicht anvertrauen konnte.

»Gut.« Zara löste sich von mir und wischte sich ihre Tränen aus den Augenwinkeln. »Und jetzt Schluss damit«, sie umschloss meine Hand und zog mich auf die

Beine. »Ich will nicht hier sitzen und weinen, sondern endlich deinen Geburtstag feiern. Denn –«

»– das Leben muss gelebt werden, solange wir es haben«, vervollständigte ich den Satz, den Dad früher so oft zu uns gesagt hatte und nach dem ich leben wollte.

Trotz allem.

KEATON

Kim hatte die Schuhe abgestreift und ihre Füße auf dem blauen Kinosessel an sich gezogen. Ihre Augen klebten auf der flimmernden Leinwand, während ihre Finger zum wiederholten Male in die Popcorntüte langten und gegen meine stießen.

Ich starrte auf ihre Lippen. Auf das hauchzarte, warme Lächeln, zu dem sie sich immer wieder verzogen, und spürte, wie mein Herz nicht nur schneller schlug, sondern sich das erste Mal seit letzter Nacht leichter anfühlte.

Sie hinter der Theke dieses schäbigen Schuppens zu finden und zu erfahren, wo und wie sie seit Monaten lebte und vor allem warum, hatte mich innerlich zerrissen. Sie weinend und verzweifelt und völlig durch den Wind zu erleben war das Schlimmste daran gewesen. Ich kannte sie traurig und wütend, ja sogar resigniert – aber so wie heute Nacht hatte ich sie noch nie erlebt. Irgendwann im Morgengrauen, als sie völlig erschöpft neben mir eingeschlafen war, hatte ich mir geschworen, alles dafür zu tun, damit sie ihre Stärke wiederfand.

Erneut langten ihre Finger in die Tüte, stießen gegen meine, doch diesmal verharrten sie dort. Mehr als das: Sie glitten plötzlich in meine, verschränkten sich miteinander.

Und dann sank ihr Kopf ganz langsam gegen meine Schulter. Ihr Haar kitzelte in meinem Nacken, doch ich bewegte mich nicht, aus Angst, Kim würde wieder abrücken.

Ihr vanilliger Duft hing in meiner Nase, mischte sich mit der Süße des Popcorns und der Dunkelheit des Kinosaals. Wenn ich es zuvor schon nicht geschafft hatte, mich auf die kitschige Handlung des Films zu konzentrieren, dann gab ich es jetzt ganz auf. Kims Körper an meinem raubte mir jede Aufnahmefähigkeit, beschränkte meine Wahrnehmung auf nichts weiter als jene Punkte, an denen wir uns berührten.

Nach einer Weile zog ich unsere verschränkten Hände in meinen Schoß und sie kuschelte sich dichter an mich heran. Langsam ließ ich mein Kinn auf ihren Scheitel sinken und schloss die Augen. Ganz darauf konzentriert, diesen Moment festzuhalten.

Als der Film endete und wir den Kinosaal verließen, um in einem angrenzenden Restaurant eine Kleinigkeit zu essen, hielt Kim wieder den gewohnten Abstand. Sie lief neben Ash und Zara, in ein Gespräch über den Film vertieft, den wir gesehen hatten.

»Wird sie mit uns zurückfliegen?«, fragte Jake, den Blick auf die drei Frauen vor uns gerichtet. »Oder bleibt sie trotz allem hier?«

»Wir haben noch nicht darüber gesprochen, aber ehrlich? Ich werde dafür sorgen, dass sie mitfliegt.« Nichts anderes als das kam infrage. Auf keinen Fall würde ich zulassen, dass Kim in Boston blieb und weiter in diesem Schuppen arbeitete.

Jakes Augenbraue wanderte nach oben, dann schüttelte er den Kopf und grinste. »Na endlich.«

»Was, na endlich?«

»Endlich ist dein Kampfwille erwacht. Denn ich dachte schon, du wirst sie einfach immer und immer wieder gehen lassen.«

»Diesmal nicht«, erklärte ich, denn heute Nacht hatte sich etwas verändert. Nicht nur zwischen Kim und mir, sondern in mir. Ich war es leid, mich von ihr fernzuhalten. Ich wollte nicht mehr gegen meine Gefühle ankämpfen oder so tun, als wäre es mir egal, ob wir nur Freunde waren oder nicht. Denn es war mir nicht egal. Ganz und gar nicht.

In dem Restaurant, das wir ein paar Minuten später betraten, suchten wir uns einen Tisch am Fenster und bestellten etwas zu essen. Während wir warteten, unterhielten wir uns über die Filme im Kinovorspann und andere unverfängliche Dinge, die nicht unmittelbar mit Kim, ihrem abgebrochenen Studium und dem zu tun hatten, was in der Uni passiert war.

»Zeit für Geschenke«, verkündete Zara, nachdem zwei Kellner unsere leer gefutterten Teller abgeräumt und das Dessert serviert hatten.

Ich rührte in meiner Eisschale und sah zu, wie Zara in ihrer Tasche wühlte und Kim ihr Geschenk in die Hand drückte.

»Hoffentlich ist das Thema damit dann endlich vorbei«, murmelte Jake neben mir, als Kim das quadratische Päckchen entgegennahm. Sie schüttelte es, bevor sie die pinkfarbene Schleife löste, die darum gebunden war, und sich dann dem lilafarbenen Geschenkpapier widmete.

»Ernsthaft? Ein Fotobuch?«, fragte Jake. »Deshalb die ganze Geheimniskrämerei zwischen euch beiden?«

»Das ist doch nicht irgendein Fotobuch«, sagten Zara und Ashley fast unisono, und als Kim die erste Seite aufschlug und losprustete, schwante mir, was sie damit meinten.

»Oh. Mein. Gott!«, stieß sie hervor, reckte das Fotoalbum für alle sichtbar in die Höhe und bestätigte damit meine Befürchtung. Denn das Foto zeigte mich: betrunken und geschminkt auf unserem Sofa. »Weißt du noch, wie du aufgewacht bist und dich im Spiegel gesehen hast?« Sie wischte sich Tränen aus den Augenwinkeln, so sehr lachte sie.

»Ich erinnere mich«, knurrte ich, schaffte es jedoch nicht, ernst zu bleiben. Als ich an diesem besagten Morgen völlig dicht aufgewacht und ins Bad geschwankt war, hatte mich mein eigener Anblick im Spiegel so sehr erschreckt, dass ich mir die Stirn am Türrahmen angeschlagen hatte. Und ich hatte eine ganze Weile gebraucht, um überhaupt zu realisieren, dass das geschminkte Gesicht mit den falschen Wimpern und dem knallroten Lippenstift, das mir da entgegenstarrte, wirklich ich selbst war.

Kim blätterte weiter durch die Fotos, die nicht nur mich, sondern auch sie und Zara in den verrücktesten Momenten der letzten Jahre zeigten. Zara hatte sie chronologisch geordnet, mit Datum, Ort und einer kurzen Notiz versehen und damit jede Menge Augenblicke unserer gemeinsamen Freundschaft festgehalten.

»Danke.« Kim drückte das Fotobuch fest gegen ihre Brust. »Es ist toll, Sis. Ich liebe es.«

»Das ist von Jake und mir.« Ashley überreichte Kim ein weiteres Geschenk. *Die einhundert besten Smoothies* stand auf dem Einband des Buches, das sie kurz darauf auspackte. »Wir dachten, es würde dir gefallen«, meinte Jake, während Kim verträumt die Rezepte betrachtete.

»Es ist perfekt, ich muss sie unbedingt alle ausprobieren!«

Erinnerungen rollten heran. Von Kim in unserer Küche, barfüßig, mit zerzaustem Haar und nichts weiter als einem langen Schlafshirt. Fast jeden Morgen hatte sie genau so in unserer kleinen Küche vor dem Mixer gestanden, damit beschäftigt, ihre Smoothies vorzubereiten. Und jeden Morgen aufs Neue wollte ich nichts lieber, als hinter sie zu treten und meine Arme um sie zu schlingen, wie Colin es immerzu getan hatte. Um sie an mich zu ziehen und ihr zu zeigen, was ihr Anblick mit meinem Herzen anstellte.

»Du hättest wirklich nicht mitkommen müssen, Keat«, sagte Kim, sobald wir das Apartmenthaus betraten, in dem sie wohnte. »Du bist doch bestimmt todmüde.«

»Mit der Müdigkeit komme ich schon klar, Sweetheart.« Sie im Dunkeln allein in dieses Viertel fahren zu lassen war absolut nicht infrage gekommen. Und außerdem wollte ich ihr mein Geschenk geben. Und zwar allein, ohne die neugierigen Blicke der anderen.

»Wolltest du mich nur nach Hause bringen oder bei mir bleiben, um sicherzugehen, dass ich nicht wieder verschwinde?«

»Beides«, gab ich zu und schmunzelte, als sie die Augen verdrehte. »Wenn du dich dazu entschieden hättest, mit uns allen ins Hotel zu kommen, hätten wir uns natürlich den Weg hierher gespart.«

»Damit einer von euch auf dem Sofa schläft?« Sie schüttelte den Kopf. »Das wäre doch total übertrieben gewesen.«

Wir betraten das Treppenhaus und derselbe furchtbare Geruch wie gestern stieg mir in die Nase. Ich wich Scherben und Unrat aus, bahnte mir einen Weg die Stufen hoch und spürte, dass mein Widerwille gegen dieses Haus und diese Gegend ganz und gar nicht verschwunden war. Am liebsten wäre mir gewesen, Kim hätte bei uns im Hotel übernachtet, aber sie hatte Zaras Angebot ausgeschlagen. Aus diesem Grund würde ich hierbleiben, genauso wie gestern Nacht.

Diesmal lag das Apartment still und dunkel da, und von dem Kerl, der gestern Nacht auf dem Sofa herumgelungert hatte, war nichts zu sehen.

»Wenn Macy zu Hause ist, dann ist Wyatt entweder mit ihr in seiner Wohnung oder in ihrem Bett«, erklärte Kim mit gesenkter Stimme. »Sie schlafen bestimmt schon.«

Sie streifte die Schuhe von ihren Füßen und stellte sie zusammen mit meinen neben der Garderobe ab, ehe wir in ihr Zimmer gingen.

Während Kim eine Decke für mich aus dem Wandschrank im Flur holte, zog ich ihr Geschenk aus der Tasche und platzierte es gut sichtbar auf ihrem Kissen.

Mit einer braunen Wolldecke kam sie zurück. »Was andres ist nicht da, reicht dir das?«

»Natürlich.« Ich würde auch ohne Decke auf dem Boden schlafen, wenn es bedeutete, bei ihr zu sein.

Sie schloss die Tür und kam zum Bett, auf dessen Kante ich mich gesetzt hatte. Als sie mir die Decke übergab, fiel ihr Blick auf das Geschenk. »Was ist das?«

»Was wohl? Dein Geburtstagsgeschenk natürlich. Los, pack's aus.«

Kim griff nach dem kleinen Päckchen, löste behutsam den Klebestreifen.

»Ein MP3-Player?« Sie drehte den türkisfarbenen Player samt Kopfhörern in ihrer Hand. »Du weißt aber schon, dass die meisten Leute heute keine Mp3-Player mehr besitzen und alles mit ihren Handys hören, oder?«

»Natürlich, aber wie langweilig wäre bitte eine Spotify-Playlist als Geburtstagsgeschenk?«

»Das heißt, du schenkst mir eine Liste mit Songs?«

»Hör rein, dann weißt du es.«

»Na schön.« Ich sah zu, wie sie die Kopfhörer abrollte und diese in die Ohren schob. Sie drückte auf *Play* und … zog sie nach einem kurzen Moment wieder heraus. »Du hast es aufgenommen?«, fragte sie, die Augen weit aufgerissen. »Für mich?«

»Ja. Jedes deiner Lieblingskapitel aus den ersten vier Bänden.« Kim hatte es immer geliebt, abends mit mir auf dem Sofa zu sitzen und dabei zuzuhören, wie ich aus *Das Lied von Eis und Feuer* vorlas. Es war ihre absolute Lieblingsreihe, genau wie meine. Die Kapitel in den vergangenen Abenden aufzunehmen hatte mir zumindest für einige Stunden das Gefühl zurückgegeben, sie in meiner Nähe zu haben. Es hatte mich darüber hinweggetröstet, dass sie tausende von Kilometern entfernt am anderen Ende des Landes saß und nicht wie früher direkt neben mir.

»Du bist verrückt«, stieß sie hervor und schlang so plötzlich die Arme um meinen Hals, dass ich den Halt verlor und von der Bettkante rutschte. Wir landeten auf dem Boden, sie auf mir, ihr Mund nur Millimeter von meinem entfernt.

Ich konnte ihren schnellen Atem auf meiner Wange spüren, als sie sich plötzlich vorbeugte, den letzten Abstand überwand und ihre Lippen auf meine drückte.

KIMBERLY

Mein ganzer Körper vibrierte vor Verlangen, als ich Keatons Lippen an meinen spürte. Mit einem leisen Stöhnen tauchte seine Zunge in meinen Mund ein.

Er küsste mich. Hungrig und sanft, dass mir ganz schwindlig wurde. Und als seine Hände auf Wanderschaft gingen, an meinen Seiten hinauf bis zu meinem Nacken glitten, um unseren Kuss zu vertiefen, da kam mir jeder noch so gute Grund, mich von ihm fernzuhalten, mit einem Mal bedeutungslos vor.

Zumindest, bis der Kuss endete. Als unsere Lippen atemlos aufeinander verharrten, strömte die Realität ungefiltert zurück in mein Bewusstsein. Tränen stemmten sich von innen gegen meine Lider, während ich mir nichts mehr wünschte, als dass Keat mich nie mehr loslassen würde.

»Kim, hey …«, murmelte er, als ich mich von ihm löste.

Ich kämpfte mich auf die Beine, überdeutlich bewusst, dass er mich ansah, als ich mir mit einem »Ich muss kurz ins Bad« mein Schlafshirt schnappte und aus dem Zimmer stürzte.

Obwohl es nur ein paar Sekunden gedauert haben konnte, kam es mir wie eine Ewigkeit vor, bis ich die Badezimmertür ins Schloss fallen ließ, den Schlüssel umdrehte und mich mit dem Rücken dagegenlehnte.

Ich starrte in den Spiegel über dem Waschbecken, auf meine geröteten Wangen und die glänzenden Augen, in denen die Reste jener Sehnsucht flackerten, der ich eben nachgegeben hatte. Und das, obwohl ich mir geschworen hatte, es nicht zu tun. Denn Keaton und ich – vor einem Jahr hätte das vielleicht ein Happy End gegeben. Doch jetzt?

Ich werde ihm nur wehtun. Ich werde ihn verletzen und er wird mich verletzen und am Ende sind wir nicht einmal mehr Freunde.

Der Versuch, meine Gefühle durch Vernunft und Logik zum Schweigen zu bringen, gelang mir nicht. Wie feuchte Kleidung saßen sie auf meiner Haut, wollten einfach nicht verschwinden. Der Funke war entfacht. Sie schwelten in mir, bereit, uns zu verbrennen.

Ich zog mich um, wusch mir die Hände und das Gesicht und stand eine ganze Weile im Badezimmer, ehe ich es schaffte, ins Zimmer zurückzukehren.

Keaton lag bereits auf dem Bett, die Wolldecke über sich ausgebreitet, die Augen geschlossen. Ich schaltete die Lampe neben dem Bett ein, knipste das Deckenlicht aus und tapste zum Bett.

»Kim?«, murmelte Keaton, sobald ich unter die Bettdecke gekrochen war und die Dunkelheit uns einhüllte. »Wir können so nicht weitermachen.« Sein Atem strich wie warmer Sommerregen über meine nackte Schulter.

»Ich weiß«, flüsterte ich und ließ zu, dass er näher

rutschte und mich an sich zog. Er drückte einen Kuss auf meinen Hinterkopf und ich kuschelte mich dichter an ihn, genoss, wie er mich hielt und wie viel Ruhe und Sicherheit seine Umarmung mir schenkte.

»Komm mit mir nach Hause. Lass uns sehen, wohin das mit uns führt.« Ich spürte seinen Atem in meinem Haar. »Aber vor allem: Komm mit zurück. *Bitte.*«

Er seufzte leise auf, als ich mich wortlos dichter an ihn schmiegte. Nicht lange und sein Atem wurde gleichmäßiger und er schlief ein. Und ich lag da, in der Dunkelheit, umfangen von seinen Armen, während seine Worte mich wünschen ließen, dass wirklich alles gut werden konnte.

Eine Weile genoss ich seine Nähe, seinen sanften Herzschlag an meinem Rücken, seinen warmen Atem in meinem Haar, bis ich es nicht mehr aushielt und mich aus seiner Umarmung schälte.

So leise wie möglich stand ich auf, stöpselte die Nähmaschine aus und trug sie ins Wohnzimmer. Dann schlich ich zurück, um Stoff und Nadeln zu holen, und schnappte mir auch den MP3-Player, den Keaton mir geschenkt hatte, bevor ich die Tür hinter mir schloss.

Im Wohnzimmer schaltete ich den Player ein und lauschte Keatons dunkler Stimme, während ich mich auf den Stoff vor mir konzentrierte. Nicht lange und Tränen verschleierten mir die Sicht. Ich ließ den Stoff fallen, um mich auf dem Sofa zusammenzurollen.

Gefangen zwischen dem Schmerz und Keatons Stimme, fielen mir irgendwann die Augen zu. Die Träume kamen, zerrten mich zurück. Hinein in die Finsternis, aus der es kein Entrinnen gab.

Es war noch dunkel, als ich keuchend aufschreckte und die Kopfhörer aus meinen Ohren riss.

»Oh, Süße«, erklang Macys Stimme, als ich mein Gesicht erschöpft gegen die Kante des Sofas sinken ließ. Durch das Rauschen in meinem Kopf hindurch hörte ich, wie sie den Kühlschrank schloss und mit einer Flasche Wasser zurückkam. »Hier. Trink das, dann geht es dir besser.«

Ich setzte mich auf und nahm die Flasche entgegen, um zu trinken.

»Was ist los?«, fragte sie und ließ sich neben mich auf die Couch sinken. Sie trug ein dünnes Nachthemd, das kaum ihre schlanken Beine bedeckte und ihre Haare standen an der linken Seite ab. »Du trägst doch nicht ohne Grund dein Nähzeug hierher und schläfst auf dem Sofa.«

»Keat schläft in meinem Zimmer«, begann ich und erzählte ihr alles. Von seinem Auftauchen gestern im *Woody's*, meiner überstürzten Flucht und allem, was danach passiert war.

»Ich dachte mir so was schon, als Ed gestern angerufen und gemeint hat, dass du den Job los bist.« Sie sah mich an. »Du hast es ihnen also erzählt? Alles?«, hakte sie nach und seufzte, als ich den Kopf schüttelte. »Und was hast du jetzt vor?«

»Ich weiß es nicht.« Ich stellte die Flasche auf den Boden, dann sank ich zurück gegen die Sofalehne. Meine Stimme zitterte. »Ich habe keine Ahnung, was ich jetzt tun soll, Macy.«

»Süße, vielleicht ist es an der Zeit, nach Hause zu fahren.«

Ich drehte den Kopf und sah sie an. »Du weißt, dass ich nicht ... Es ist nicht so einfach, das weißt du doch.«

»Natürlich weiß ich das.« Sie schenkte mir ein mitfühlendes Lächeln. »Aber zufälligerweise weiß ich auch, wie es ist, sich kaputtzumachen. Und das ist, was du gerade tust.« Einen Moment wurden ihre Augen glasig, und ich konnte hinter die Fassade sehen, die sie allen gegenüber aufrechterhielt. Sah die Überreste jener jungen Frau, die sie einst gewesen war – die wahre Macy –, den Teil, den Wyatt und jeder ihrer Kunden niemals von ihr bekommen würde. »Du bist zu jung und zu wundervoll. Du solltest nicht enden wie ich, Kleine.« Ihre manikürten Hände legten sich auf meine. »Und dieser Strudel, in dem du da steckst, den solltest du endlich unterbrechen, statt ihn weiter zu nähren.«

Mir war klar, dass sie recht hatte, was ich jedoch nicht wusste, war, wie ich das anstellen sollte. Ich war nach Boston gegangen, um alles in Ordnung zu bringen. Um einen Weg zu finden, weiterzumachen zu können. Und statt mich in den Griff zu bekommen, war genau das Gegenteil passiert.

»Weißt du, nicht jeder hat einen Ort, an den er zurückkehren kann, oder Menschen, denen er sich anvertrauen könnte. Aber du hast beides, Süße. Ein Zuhause, das du vermisst. Eine Schwester, die dich mehr liebt als alles andere, und dazu sogar einen jungen Mann, der dir die Welt zu Füßen legen will. Alles, was du tun musst, ist sie wieder in dein Herz und in dein Leben zu lassen.«

Tränen brannten hinter meinen Augen.

»Ich weiß, dass du Angst davor hast und niemanden enttäuschen willst, aber Süße, so ist das Leben. Manchmal, da tun wir alles, was wir können, und es ist trotzdem nicht genug.« Sie wischte eine Träne von meiner Wange. »Und dann brauchen wir jemanden, der uns dabei hilft, damit wir uns nicht selbst darin verlieren.«

KIMBERLY

Der herbe Duft seines Duschgels drang in meine Nase, als Keaton hinter mich trat und seine Arme um meine Taille schlang. »Ich wünschte, ich könnte alle Termine absagen und den ganzen Tag mit dir hier verbringen«, murmelte er dicht an meinem Ohr und drückte einen Kuss auf mein Haar. »Ich hasse den Gedanken, dass du an deinem ersten Tag ganz allein bist.«

»Erstens kommt Zara in ein paar Stunden aus der Uni.« Ich legte das Messer, mit dem ich angefangen hatte, Bananen zu schneiden, zurück auf das Schneidebrett und drehte mich zu ihm um. »Und zweitens ist es ja nicht so, als wäre ich die letzten Monate nicht auch allein zurechtgekommen.«

Er lehnte seine Stirn an meine. »Ich weiß, aber das ändert nichts daran, dass ich dich schon jetzt vermisse.«

»Tust du das?«

»Und wie.« Seine Lippen kamen näher, dann spürte ich sie auf meinen.

Seit ich vor vier Tagen mit Macy gesprochen und entschieden hatte, nach Hause zu fliegen, hatte es schon eine

Menge Küsse zwischen uns gegeben. Doch jedes Mal, wenn ich Keatons Lippen auf meinen spürte, ihn schmeckte, war es nicht annähernd genug. Ich liebte das Gefühl, das er mir gab. Die Leichtigkeit, die er mir in diesem Moment schenkte, und die Geborgenheit, die ich nur bei ihm verspürte.

Ich legte meine Hände an seine Wangen, streichelte über seinen rauen Bartschatten und zog ihn ein Stück zu mir herunter, damit seine Zunge tiefer in meinen Mund eintauchte. Keaton nah zu sein erinnerte mich jedes Mal daran, wer ich sein konnte, wenn ich mit ihm zusammen war.

Sein Kuss wurde drängender, und die Kante der Arbeitsplatte drückte sich in mein Kreuz, als er sich gegen mich lehnte und ich alles von ihm spüren konnte. Nicht nur seinen Körper, sondern auch seine Lust.

»Verdammt.« Er vergrub seine Hände in meinen Haaren. »Ich muss jetzt wirklich los.«

»Ich weiß.«

Er griff meine Hand, führte sie an seine Lippen und hauchte einen Kuss auf jeden einzelnen meiner Fingerknöchel. »Bis heute Abend, und wenn was ist –«

»– melde ich mich, versprochen.«

Eine letzte flüchtige Berührung unserer Lippen, dann war er verschwunden. Erst aus der Küche, dann aus der Wohnung.

Mit einem tiefen Seufzen drehte ich mich wieder zur Arbeitsfläche um, schnitt die restlichen Bananen in Stücke und warf sie zu den Mandeln und der Milch in den Standmixer. Ein paar Minuten später schnappte ich mir eine von Zaras Zeitschriften vom Wohnzimmertisch und ging mit dem Shake in mein Zimmer, wo ich es mir im Schneidersitz auf dem Flokati vor meinem Bett bequem machte. Ich nippte an meinem Shake und schlug die Modezeitschrift auf. Ich las einen der Artikel, doch sobald er endete, wurde die Stille um mich herum unerträglich. Die Unruhe kehrte zurück, schlug ihre Klauen in meinen Kopf und begann meine Gedanken einzunehmen.

Ich stellte das Glas neben mir ab, warf die Zeitschrift aufs Bett und stand auf, um die Nähmaschine aus dem Schrank zu holen. Doch noch während ich sie aufbaute, wurde mir klar, dass es keinen Stoff gab, mit dem ich etwas nähen konnte.

Frustriert ließ ich sie stehen und sah mich nach etwas anderem um, mit dem ich die Gedanken in meinem Kopf zum Schweigen bringen konnte.

Putzen. Ich würde einfach putzen.

Aus dem Wandschrank im Flur holte ich mir alles, was ich brauchte, und widmete mich als Erstes meinem Zimmer. Ich riss die Vorhänge herunter, stopfte sie in die Waschmaschine im Bad und hängte blau-violette auf, die ich letztes Jahr genäht hatte. Ich putzte die Fenster, dann die Regale, den Tisch und die restlichen Möbel. Ich sortierte meinen Nähtisch um und räumte alles, was sich noch in meinem Koffer befand, in meinen Schrank, danach kümmerte ich mich auch um den Rest der Wohnung. Ich schrubbte das Bad, den Boden im Flur und holte sogar Keatons Bücher im Wohnzimmer aus dem Regal, um jedes einzelne abzustauben und ordentlich zurückzustellen. Ich dekorierte den Wohnzimmertisch mit neuen Kerzen, sortierte den Kühlschrank und begann zu saugen. Doch als ich Stunden später fertig war und das Putzzeug wieder im Schrank verstaute, war das Gefühl, das mich immerzu antrieb, alles andere als verschwunden. Es saß auf meiner Schulter wie ein gehässiges Monster, pflanzte Worte in meinen Kopf, an die ich nicht denken wollte, Gefühle, die ich nicht fühlen wollte, Wahrheiten, die ich vergessen wollte.

Lügnerin.

Ich sah zwischen meinem Zimmer und der Wohnungstür hin und her.

Hure.

Ich löste meine Finger, die ich in den Stoff meiner Jeans gekrallt hatte, holte meine Tasche und verließ die Wohnung.

Du hast ihn nicht verdient.

Je näher ich dem Einkaufszentrum kam, umso ruhiger wurde ich, und als ich in das Gewimmel eintauchte, war mein Kopf endlich still.

Ich konzentrierte mich auf meine Schritte, das Gewirr aus Geschäften und Menschen, betrachtete die Schaufenster, berührte Stoffe, Schuhe, Schmuck, und zum ersten Mal, seit ich wieder in Savanna Springs gelandet war, fühlte es sich an, als würde die Schwere, die auf meinen Schultern saß und mich niederdrückte, leichter werden.

Drei Stunden später, als ich mit Tüten voller Kram zurück in die Wohnung kam, war sie wieder da, und die Euphorie, die während des Shoppings alles überlagert hatte, verschwand augenblicklich. Sie machte dem vertrauten Gemisch aus Scham und Schwäche Platz, das mich jedes Mal aufs Neue einholte. Mit den Tüten in der Hand sank ich auf den Flokatiteppich vor meinem Bett, schob sie darunter und hasste mich selbst für meinen Kontrollverlust.

Zweihundertdreiundachtzig Dollar.

Zweihundertdreiundachtzig Dollar für drei Stunden, in denen ich nicht über mein Leben und den Riss nachdenken musste, der es durchtrennte. Zweihundertdreiundachtzig Dollar, komprimiert auf sechs Tüten voller Kram, den ich zum Großteil weder ansehen noch jemals tragen würde.

Ich krabbelte auf mein Bett, wo ich mich erschöpft und ausgelaugt zusammenrollte. Meine Augen fielen zu. Die Müdigkeit, die ich seit gestern Nacht erfolgreich ignoriert hatte, holte mich ein. Mein ganzer Körper schmerzte, während sie mich einhüllte, ihre Arme um mich legte, mich mit sich zog, mitten hinein in die Dunkelheit.

»Tut mir echt leid, dass ich dich geweckt habe«, erklärte Zara, während ich den Wasserkocher einschaltete. »Ich habe gar nicht damit gerechnet, dass du schlafen könntest, wenn ich nach Hause komme.«

»Schon okay.« Ich unterdrückte ein Gähnen und holte die Kanne aus dem Schrank. »Ich hatte auch gar nicht vor zu schlafen.«

Zara setzte sich neben mir auf die Arbeitsplatte und ließ die Beine baumeln. »Du hättest übrigens nicht alles allein putzen müssen, weißt du? Wir haben einen Putzplan und Keat drückt sich sowieso schon ständig.«

»Na ja, es ist ja nicht so, als wenn ich sonst irgendwas zu tun hätte.« Ich zog zwei Beutel Pfefferminztee aus der Schachtel und band sie am Henkel fest.

»Da das Semester bald zu Ende ist, könntest du dich für das Sommersemester einschreiben.« Sie sah mich an. »Es sind auf alle Fälle noch Plätze frei, das weiß ich aus sicherer Quelle. Ich habe heute extra für dich gefragt.«

Ich stieß einen stummen Seufzer aus und goss kochendes Wasser in die Kanne.

»Ich weiß, es ist irgendwie blöd, zur Uni zu gehen, wenn Ash und ich frei haben. Und ich habe tausend Ideen, wie wir den Sommer verbringen könnten, aber wenn es dir hilft, das, was du durch diese Idioten in Boston verpasst hast, aufzuholen, sodass du dann gleich im September in das neue Semester einsteigen kannst; umso besser.«

»Ich weiß nicht, Zara«, sagte ich und hoffte, dass sie das Thema fallen lassen würde. Es spielte überhaupt keine Rolle, ob ich das Studium an der *Savanna Springs University* überhaupt wieder aufnehmen wollte oder nicht. Ich konnte es sowieso nicht.

Sie musterte mich angestrengt, verengte die Augen. »Schämst du dich, weil du wiederholen musst?«

»Nein, Quatsch.« Es ging nicht um den verpassten Stoff oder darum, dass ich die Semester noch einmal machen musste, wenn ich meinen Abschluss wollte. Zumindest nicht nur.

»Was ist es dann? Hast du Angst, dass so was wie in Boston wieder passieren könnte?«

Sie seufzte, als ich ihr keine Antwort gab und stattdessen die Teebeutel aus der Kanne holte, um sie in den Müll zu werfen. Ich schwieg, weil ich ihr den wahren Grund nicht sagen konnte, ohne auch den Rest preiszugeben. Es ging nicht nur um Spike und die Idioten, die mir in Boston das Leben zur Hölle gemacht hatten, oder darum, dass ich mich schämte, weil ich wiederholen musste. Die Wahrheit war, dass ich es mir nicht leisten konnte, von vorne zu beginnen. Ich hatte das Geld nicht. Das, was unser Dad für unsere berufliche Zukunft zurückgelegt hatte, damit wir studieren konnten, war längst aufgebraucht. Die Arbeit im *Woody's* hatte zwar einen Teil meiner Schulden abfedern können, aber die Wahrheit war, dass ich die meiste Zeit auf Pump lebte. Und jetzt hatte ich nicht einmal mehr einen Job, der das auffangen konnte.

»Auf der SSU wird alles anders, versprochen. Erstens wohnst du weiterhin hier, nicht in einem blöden Wohnheim, und zweitens bist du doch nicht allein. Jake, Ash und ich studieren da auch, und ich wette, wenn Colin wüsste, dass du zurückkommst, würde er ebenfalls auf dich aufpassen.« Ich ließ den Deckel des Mülleimers zuschnappen und drehte mich wieder zu ihr um. »Er freut sich übrigens, dass du zurück bist.«

»Du hast es ihm erzählt?«

»Ja, wir haben uns heute in Spanisch gesehen.« Richtig, Zara und Colin saßen zweimal die Woche zusammen in spanischer Geschichte. »Aber keine Angst, ich habe nur gesagt, dass du wieder hier wohnst, nicht warum oder so.«

Sie rutschte von der Theke und griff nach der Kanne, um sie ins Wohnzimmer zu tragen. Ich nahm zwei Tassen und den Zucker aus dem Schrank und folgte ihr.

»Hat er was gesagt?«, fragte ich und stellte beides vor ihr ab, bevor ich mich aufs Sofa fallen ließ. »Ich meine, als du es ihm erzählt hast?«

»Nein, nichts weiter.« Sie goss Tee in meine Tasse und reichte sie mir.

»Okay.« Ich lehnte mich auf dem Sofa zurück und nahm einen Schluck.

»Sag mal …« Zara hob eine Augenbraue. »*Hätte* Colin noch irgendwas sagen sollen?«

Im Grunde gab es eine Menge, was Colin hätte fragen oder sagen können. Immerhin war er – neben Macy – der

Einzige, der wusste, warum ich Kalifornien wirklich verlassen hatte. Und obwohl ich mich kaum bei ihm gemeldet hatte, hatte er doch stets versucht, den Kontakt zu mir zu halten.

»Nein. Eigentlich nicht.«

KEATON

Kim hatte ihren nackten Fuß auf dem Wohnzimmertisch abgestellt, tauchte den Pinsel in die Nagellackflasche und fuhr dreimal über ihren Zehennagel, ehe sie sich dem nächsten widmete.

Der beißende Geruch des lilafarbenen Nagellacks brannte in meiner Nase, doch das störte mich nicht. Kim zuzusehen, sie neben mir zu haben, war genau das, wonach ich mich die letzten Monate oder gar Jahre gesehnt hatte.

Ich konnte immer noch nicht fassen, dass sie wirklich wieder hier war. Nicht nur zurück in dieser Wohnung, in der sie vom ersten Augenblick gefehlt hatte, sondern bei mir.

Als ich sie gebeten hatte, mit mir zurückzukommen, und keine Antwort von ihr bekam, hatte ich befürchtet, sie würde trotz allem daran festhalten, in Boston zu bleiben. Weiter in diesem schäbigen Schuppen arbeiten und in einer Wohnung leben, in der dieser Wyatt ein- und ausging. Doch meine Ängste waren unbegründet gewesen. Sie war wieder hier. Und nicht nur das.

Kim hielt in ihrer Bewegung inne und drehte den Kopf, um mich fragend anzusehen.

Ich nutzte die Chance, beugte mich zu ihr hinüber und drückte einen Kuss auf ihre Lippen. Sofort öffneten sie sich für meine Zunge, und ich schmeckte die Minze des Tees, den sie schon den ganzen Abend trank. Ich ließ das Buch von meinem Schoß auf die Couch gleiten, um meine Hand an ihre Wange zu legen und näher an sie heranzurutschen. Am liebsten hätte ich sie auf mich gezogen, um nicht nur ihre Lippen, sondern ihren ganzen Körper zu spüren. Ich wollte mit den Fingern über ihre Haut fahren, sie berühren und erschaudern lassen, in ihr sein. Es war etwas, das ich schon die ganze Woche wollte, doch bis auf ziemlich heiße Küsse war in der Zeit, die wir jetzt zurück waren, nichts zwischen uns passiert. Was okay war, immerhin war sie hier bei mir, und ich würde einen Teufel tun, sie zu irgendetwas zu drängen. Dafür genoss ich ihre Nähe viel zu sehr.

Kim löste sich von mir. »So werde ich nie fertig.« Kopfschüttelnd verzog sie ihre Lippen zu einem Lächeln. Sie tunkte den Pinsel in den Nagellack und lackierte sich den letzten Zeh, ehe sie das kleine Fläschchen zudrehte. »Das war der vierte Kuss in zehn Minuten.«

Ich griff nach ihrer Hand und zog daran, bis sie sich gegen mich sinken ließ. »Stört es dich?«, fragte ich und strich ein paar Strähnen ihres dunklen Haares aus ihrer Stirn. »Dass ich dich küsse?«

»Nein.« Sie drehte den Kopf, um mich anzusehen. »Es ist schön, wenn du mich küsst, Keat. Das war es bereits beim allerersten Mal.«

»Dann darf ich also damit weitermachen, dich abzulenken?« Meine Hand glitt unter ihr Kinn, drückte es sanft zu mir empor, und als sie nickte, legte ich meine

Lippen für einen kurzen Moment erneut auf ihre. Sie zu schmecken, ihren Duft nach Vanille und Früchten einzusaugen und sie zu fühlen, war so etwas wie die beste Droge der Welt. Ich bekam nicht genug davon. Ganz und gar nicht.

Als ich den Kuss nur einen Augenblick später beendete, stieß sie einen frustrierten Laut aus. »Sind deine Fußnägel jetzt trocken?«, fragte ich.

»Ja, wieso?«

»Tja, dann –«, ich schob einen Arm unter ihre Knie, den anderen um ihre Taille, »– machen wir damit in meinem Zimmer weiter.« Ich stand auf und zog sie mit mir hoch. »Festhalten!«

»Keat!« Kichernd schlang Kim ihre Arme um meinen Hals und klammerte sich an mir fest, als ich mit schnellen Schritten das Wohnzimmer und den Flur durchquerte. Ich stieß die Tür zu meinem Zimmer auf und kickte sie mit dem Fuß wieder zu, ehe ich Kim behutsam auf meinem Bett ablegte.

»Du bist unmöglich«, murmelte sie, kurz bevor unsere Münder in der Dunkelheit erneut aufeinandertrafen. Dieser Kuss war anders. Er war sanft und tief und ich legte damit alles offen. Das, was ich für sie empfand, seit ich sie das allererste Mal gesehen hatte. Die Sehnsucht, die mich wach hielt, wenn sie nicht bei mir war, und die Gewissheit, dass ich keine Andere wollte.

Nur sie.

Um vier Uhr morgens fand ich Kim in ihrem Zimmer. Sie saß an ihrer Nähmaschine, ein Stück Stoff zwischen den Fingern, und wirkte völlig vertieft. Als ich nähertrat, mischte sich das Rattern der Nähmaschine mit der Musik, die aus ihren Ohrstöpseln drang. Kein Wunder, dass sie nicht mitbekommen hatte, wie ich in ihr Zimmer eingetreten war.

Ich legte meine Hand auf ihre Schulter, was ihr ein erschrockenes Aufkeuchen entlockte. Die Nähmaschine erstarb, als sie sich eine Hand auf die Brust presste und mit der anderen die Hörer aus ihren Ohren riss.

»Gott, Keat.«

»Entschuldige, ich wollte dich nicht erschrecken.« Ich unterdrückte ein Gähnen. Es war erst ein paar Stunden her, seit wir ins Bett gegangen waren, und ich war nur aufgestanden, weil sie nicht mehr neben mir gelegen hatte. Bisher war sie jeden Morgen vor mir wach gewesen, doch jetzt fragte ich mich, ob sie öfter nachts an ihrer Nähmaschine saß. Ich lehnte mich gegen den Tisch. »Wieso bist du schon wach?«

»Ich konnte nicht schlafen, deshalb dachte ich, ein wenig arbeiten schadet nicht.«

Ich runzelte die Stirn, weil sie erschöpft und abgekämpft wirkte. Sie war blass und unter ihren Augen lagen dunkle Ringe. »Einfach so?«

Sie legte den Stoff vorsichtig neben die Maschine und hob die Schultern. »Ich hab mich noch nicht so richtig an die drei Stunden Zeitverschiebung gewöhnt. Vermutlich kämpfe ich ich immer noch mit einem leichten Jetlag.«

Ja, das ergab Sinn. Soweit ich wusste, hatte Kim ohnehin einen sehr gestörten Schlafrhythmus, weil sie in Boston oft bis zum Morgengrauen hinter der Theke dieser Schmuddelbar gestanden, Drinks serviert und sich von Kerlen mit den Augen hatte ausziehen lassen. Trotzdem ... »Du siehst müde aus.« Ich streckte die Hand aus, um über ihre Wange zu streicheln. »Komm wieder mit mir ins Bett. Es ist leer ohne dich.«

Seufzend schmiegte sie ihr Gesicht gegen meine Handfläche. »Würde ich gerne, aber das bringt nichts. Ich hab's ja versucht. «

»Dann bleib ich bei dir.«

»Das musst du nicht. Ich werde so lange nähen, bis ich müde werde, und das kann eine ganze Weile dauern.«

»Das ist egal, ich will bei dir sein.« Ich trat an sie heran, beugte mich hinunter und legte meine Lippen auf ihre. »Also bleibe ich.« Ich nickte zu ihrem Bett. »Ich leg mich dort hin und seh dir zu.« Wenn ich erst mal richtig wach war, fiel es mir ohnehin schwer, ein weiteres Mal einzuschlafen, deshalb konnte ich ebenso gut Zeit mit ihr verbringen. »Ich mag es, dir beim Arbeiten zuzusehen.« Außerdem bestand so immerhin die Chance, dass sie zwischendurch eine Pause einlegte, zu mir kroch und vielleicht doch noch in den Schlaf fand.

Während sie den Player auf ihrem Handy ausschaltete und neben sich legte, warf ich mich auf ihr Bett. Es war weicher als meins, und die Bettwäsche roch nach ihr, obwohl sie bisher eigentlich jede Nacht in meinem Bett geschlafen hatte. Ich schob mir ihr Kissen unter den Kopf und sah dabei zu, wie sie sich wieder der Stoffbahn widmete.

Eine ganze Weile war das Rumpeln der Nähmaschine alles, was die Stille zwischen uns füllte, dann fragte ich: »Was nähst du eigentlich?«

»Ich versuche mich an einem französischen Etuikleid«, erklärte sie, ohne von dem Stoff aufzusehen. Ihre Finger arbeiteten konzentriert und gleichmäßig. »Ich habe eine Skizze in meinem Notizbuch, wenn du es dir ansehen willst. Es liegt auf dem Nachtschrank.«

Ich drehte den Kopf und fand das lilafarbene Buch aufgeklappt neben mir. Ich streckte die Hand aus, um es zu mir zu ziehen, und sah mir ihre Skizze an, ehe ich zurückblätterte. Das ganze Buch war voller Ideen. Da waren Skizzen für Kleider, Taschen, Röcke und Blusen. Sowohl lockere Sommerklamotten als auch edle Kleider und außergewöhnliche Schnitte für besondere Anlässe. Erstaunt sah ich sie an. »Das ist der absolute Wahnsinn.« Kim hatte schon immer ihre Ideen skizziert, so wie ich es mit Tätowierungen machte, aber das hier war mehr als bloße Skizzen oder grobe Ideen. Es waren bis ins Detail ausgearbeitete Kollektionen. »Hast du es jemandem gezeigt?«

»Nein.« Sie schaltete die Maschine aus und legte die fertige Stoffbahn neben sich auf den Tisch. »Es gab niemanden, dem ich es hätte zeigen können.« Die Traurigkeit, die ich in ihren Augen entdeckte, als sie sich zu mir umdrehte, gefiel mir überhaupt nicht.

»Dann zeig es jetzt jemandem.«

»Und wem? Wem soll ich es denn zeigen? Ich studiere ja nicht einmal mehr.« Sie hatte immer an sich selbst, ihre Ideen und an offene Türen im Leben geglaubt. Ihre Leidenschaft war greifbar gewesen. Doch jetzt war da statt Feuer nur noch Resignation.

Ich stand auf, ging vor ihr in die Hocke und nahm ihre Hände in meine. »Du *musst* es irgendwem zeigen. Es wäre verrückt, es nicht zu tun.« Vielleicht war ich kein Modeexperte, aber als Tätowierer hatte ich einen Blick für Details und sah, wenn etwas gut ausgearbeitet war. Und ihre Entwürfe waren mehr als nur gut. »Schick es an Modelabels, sprich mit Leuten von der Uni«, redete ich weiter. »Und wenn du wirklich niemanden findest, dann näh und verkauf es auf eigene Faust.«

»Du meinst das ernst?«, fragte sie und ich nickte. Es war nicht nur das Talent, es war die Leidenschaft, die sie antrieb und die man nicht nur spürte, wenn man ihr beim Arbeiten zusah, sondern auch in dem sah, was sie entwarf. In den letzten Jahren hatte sie eine Menge Klamotten für Zara und sich selbst entworfen und hergestellt, warum also nicht auch für andere?

»Ich überlege es mir«, versprach sie, kurz bevor ihr Magen sich lautstark zu Wort meldete.

Ich sah auf den Wecker auf dem Nachttisch. Sechs Uhr. »Was hältst du davon, wenn wir frühstücken fahren? Vielleicht in dieses kleine französische Café, von dem Zara gesprochen hat? Die haben gerade erst eröffnet und schon auf. Ich lad dich auch ein.«

Ihre Augen wurden groß, dann lächelte sie. »Gib mir zehn Minuten, dann können wir los.«

KIMBERLY

»Kim, hey.« Colin trat zur Seite. »Komm rein.«

»Tut mir leid, dass ich dich überfalle«, sagte ich, als ich an ihm vorbei in die Wohnung trat.

»Tust du nicht.« Er schloss die Tür. »Ich habe dir doch gesagt, dass du jederzeit vorbeikommen kannst.« Er schenkte mir ein Lächeln. »Außerdem kommst du gerade richtig. Ich brauche sowieso eine Pause vom Lernen.«

Ich folgte Colin durch den schmalen Flur bis in eine lichtdurchflutete offene Wohnküche. »Setz dich doch.« Colin deutete auf einen der Barhocker am Tresen, der übersät von Unterlagen und Büchern war, ehe er auf die andere Seite zum Kühlschrank lief. »Willst du was trinken? Ich hätte Orangensaft, Wasser oder Tee.«

»Saft klingt gut.«

Colin holte ein Tetrapack Milch und eine Flasche Orangensaft aus dem Kühlschrank, während ich auf den Hocker rutschte und auch den Rest des Zimmers in Augenschein nahm. Es war groß und geräumig. Es gab eine blaue Couch, die vor einem TV-Board mit einem riesigen LCD-Fernseher thronte, dessen unterstes Regal mit mehreren Konsolen und einer ganzen Reihe Spiele bestückt war. Daneben befanden sich ein volles Bücherregal und eine kleine Bar mit jeder Menge alkoholischer Getränke. Filmposter bedeckten einen Teil der weiß gestrichenen Wände zwischen den restlichen drei Zimmertüren. Der ganze Raum war eher notdürftig zusammengewürfelt. Aber genau deshalb passte er zu Colin. Die Einrichtung war klar und strukturiert, genau wie er.

»Hier.« Er stellte das Glas Orangensaft vor mir ab, ehe er sich umdrehte und nach der Teekanne griff, um sie zusammen mit der Milch und seiner Tasse ebenfalls auf den Tisch zu stellen.

»Danke.«

Er ließ sich mir gegenüber auf den Hocker fallen und lächelte sanft. »Es ist schön, dass du hier bist. Ich habe gehofft, dass du dich meldest, jetzt, wo du wieder in Kalifornien bist.«

»Tut mir leid, dass ich dir nicht sofort Bescheid gesagt habe.«

»Muss es nicht«, erwiderte er und schlürfte an seinem Kaffee. »Es ist ja nicht so, als wärst du mir Rechenschaft schuldig.« Er stellte die Tasse ab. »Aber ehrlich gesagt würde mich schon interessieren, warum du dich umentschieden hast. Eigentlich war ich mir ziemlich sicher, dass du nicht zurückkommen würdest.«

Da war er nicht der Einzige. Schließlich war ich nach Boston gegangen, um neu anzufangen. Mein Weggang sollte mir helfen, nach vorne zu sehen. Zu mir selbst zurückzufinden. »Es ist nicht so gelaufen, wie ich es mir vorgestellt habe. Ich dachte, wenn ich weggehe, könnte ich vergessen, was passiert ist, aber –«

»Aber das hast du nicht.«

Ich umklammerte das Glas und nickte.

»Wie geht's dir damit, wieder da zu sein?«

»Du musst dir keine Sorgen machen.« Ich wich seiner Frage aus, denn die Wahrheit war, dass ich nicht wusste, wie es mir damit ging. Einerseits war es nicht so schlimm wie erwartet und andererseits …

»Das wollte ich nicht wissen.«

»Ich weiß.« Ich holte Luft und sah ihn an. »Aber dass ich hier bin, bedeutet nicht, dass ich darüber reden will. An unserer Vereinbarung hat sich dadurch nichts geändert«, erinnerte ich ihn an jenes Versprechen, das er mir vor fast einem Jahr gegeben hatte. »Ich wollte dir bloß Bescheid geben, weil ich in Savanna Springs bleibe. Das ist alles.«

Colin nickte, sah dabei aber mindestens genauso unglücklich aus wie an dem Tag, an dem er mir hatte versprechen müssen, nie wieder ein Wort darüber zu verlieren. »Und was hast du jetzt vor?«

»Ich weiß noch nicht.« Keatons Vorschlag von vor ein paar Tagen kreiste ständig in meinem Kopf. Seit er es ausgesprochen hatte, kam es mir gar nicht mehr so abwegig vor, mit dem Nähen Geld zu verdienen. »Vielleicht arbeite ich erst mal eine Weile.« Ich trank mein Glas leer. »Ich muss nach vorne sehen, Col. Alles andere hilft mir nicht.«

»Ich weiß.« Er schenkte mir ein mitfühlendes Lächeln. »Und ich bin mir sicher, du wirst das hinkriegen. Du bist eine Kämpferin, Kim. Das warst du schon immer.«

Colins Zuversicht in meinen Kampfwillen war nur deshalb ungebrochen, weil er nicht ahnte, wie weit ich mich in den letzten Monaten von mir selbst und meinen Träumen entfernt hatte. Ich wusste, dass ich es ihm erzählen konnte, ja vielleicht sogar sollte, aber das wollte ich nicht. Was ich eben gesagt hatte, stimmte: Ich musste nach vorne sehen, nicht zurück. Und über diese Sache zu sprechen bedeutete zurückzusehen. Und wenn ich das tat, würde ich stolpern. Und wenn ich stolperte, würde es mich überrollen.

Mein Blick fiel auf die Unterlagen neben mir. »Du musst bestimmt weiterlernen, deshalb werde ich jetzt mal gehen.« Ich rutschte vom Hocker.

»Kim, du musst nicht –«, begann er, stoppte jedoch, als die Wohnungstür aufging. Sein Mitbewohner und bester Freund Dustin trat ein, dicht gefolgt von zwei weiteren Freunden: TJ und Marc. Sie alberten miteinander herum, doch ihr Lachen erstarb, als Dustin mich entdeckte. »Ach, sieh mal an.« TJ sah von Colin zu mir und strich sich das blonde, leicht gelockte Haar aus dem Gesicht. »Sex mit der Ex, oder was?«

»Was macht die hier?«, fragte Dustin.

Ja, es war wirklich das Beste, jetzt zu gehen.

»Sei nicht so ein Arsch, Mann«, sagte Colin zu Dustin und ignorierte das Schnauben seines besten Freundes.

»Was denn?« Dustin schob das randlose Brillengestell auf seiner Nase höher und verengte die Augen. Er sah mich an. Wütend und voller Verachtung. »Du meintest, die Kleine wäre Geschichte, und jetzt lungert sie hier rum. Muss mir doch nicht gefallen, oder?« Schon als Colin und ich zusammengekommen waren, hatte Dustin mir gegenüber nie einen Hehl daraus gemacht, was er von mir hielt. Er konnte mich nicht leiden. War überzeugt, dass wir weder zusammenpassten noch ich gut für Colin war. Aber es war das erste Mal, dass er diese Feindseligkeit nicht nur vor mir, sondern sogar offen vor Colin zur Schau stellte.

»Es geht dich nichts an.« Colin kniff die Augen ebenfalls zusammen. »Kim kann kommen und bleiben, solange sie will. Halt dich da einfach raus.«

»Ja, Mann«, rief Marc vom Sofa aus und grabbelte nach der Fernbedienung, um den Fernseher anzuschalten. »Lass die Schnitte in Ruhe und lass machen, wofür wir hergekommen sind. Mir raucht der Kopf von dem ganzen Unischeiß.« Er tippte sich an den kahl rasierten Schädel. »Ich muss dringend 'ne Runde zocken.«

»Gute Idee.« Dustin warf sich neben Marc aufs Sofa und drückte ihm einen der X-Box-Controller in die Hand, während TJ stehen blieb und mich angrinste. Sein Blick war durchdringend und aus irgendeinem Grund machte sich Enge in meiner Brust breit. Meine Finger begannen zu schwitzen.

»Ich geh jetzt besser«, sagte ich, und diesmal versuchte Colin nicht, mich davon abzuhalten. Er folgte mir zur Wohnungstür.

»Tut mir leid wegen der Sprüche.« Mit der rechten Hand rieb er sich über den Nacken. »Und wegen Dustin. Er hat gerade 'ne Scheißlaune, weil er das Semester wiederholen muss, hat nichts mit dir zu tun.« Wir wussten beide, dass es sehr wohl etwas mit mir zu tun hatte. Seine Laune war bestenfalls die halbe Wahrheit. Zu Beginn unserer Beziehung hatte Dustin noch gehofft, ich wäre nichts weiter als ein kleiner Zeitvertreib, aber als sich das nicht bewahrheitete, wurde ich zum lästigen Anhängsel für ihn und den Rest von Colins Freunden. Nicht ohne Grund hatte ich vermieden, etwas mit ihnen zu unternehmen, und lieber Zeit allein mit Colin verbracht. Colin hatte das verstanden, auch weil er mit meinen Freunden genauso wenig klarkam wie ich mit seinen. Komischerweise hatten die unterschiedlichen Freundeskreise unsere Beziehung eher spannender als komplizierter gemacht. Es war einfach immer schön gewesen, Zeit mit ihm allein zu verbringen.

»Schon okay.«

Das Lachen von TJ und Marc drang bis zur Tür. »Es war schön, dass du hier warst«, sagte er und vergrub seine Hände in den Hosentaschen. »Und mein Angebot steht: Du kannst immer anrufen oder vorbeikommen.«

»Okay.« Ich hob die Hand und wandte mich zum Treppenhaus, das hinter mir lag. »Mach's gut, Col.«

»Bis dann, Kim.«

»Kim?«, drang Zaras Stimme aus dem Flur, kurz bevor die Tür ins Schloss fiel.

»Wohnzimmer«, rief ich und klappte das Notizbuch auf meinem Schoß zu, als sie im Türrahmen auftauchte. Zaras Gesicht war leicht gerötet und ein dünner Schweißfilm glänzte auf ihrer Stirn.

»Ich habe was für dich.« Sie schob eine ihrer Haarsträhnen aus dem Gesicht, die ihr an der Stirn klebten, und holte ein kleines, handliches Päckchen aus der Tasche. »Hier, das hat mir der Postbote unten in die Hand gedrückt.« Ich nahm die Sendung entgegen, warf einen Blick auf den Absender und unterdrückte einen Seufzer. Es war von Brina. »Danke.«

»Willst du es gar nicht aufmachen?« Zara sank in den Sessel, zerrte ihre Sandalen von den Füßen und ließ sie auf den Boden fallen.

»Später, ist bloß Post.« Ich legte das Päckchen neben mein Notizbuch. »Warum bist du so außer Puste?«

»Ich habe den Bus verpasst.« Sie deutete auf meine Wasserflasche. »Darf ich?« Ich reichte sie ihr und sah zu, wie hastig sie das Wasser herunterkippte. »Er ist mir vor der Nase weggefahren, obwohl ich gerannt bin, und dann bin ich gelaufen.« Sie nahm einen weiteren tiefen Schluck. »Laufen ist die Hölle. Besonders bei dieser Hitze.« Sie wischte sich den Schweiß von der Stirn und seufzte. »Keine Ahnung, wieso Keat sich das sogar freiwillig antut.«

»Weil Joggen fit hält und Spaß macht«, erklärte ich und grinste, als sie schnaubte. Für Zara war Sport schon immer das Allerletzte gewesen, was man mit seiner Zeit anfangen konnte. Ich dagegen mochte es, draußen zu sein und meinen Körper herauszufordern – genau wie Keaton. Leider joggte ich in letzter Zeit nur viel zu selten.

»Es ist Folter.« Sie schraubte den Deckel auf die Wasserflasche zurück. »Sonst nichts.« Ihr Kopf sank gegen die Lehne. »Hoffentlich hat es sich später abgekühlt, wenn wir zu Ash gehen.«

Mit dem Finger fuhr ich über die Maserung des Notizbuches. »Wir?«

Sie setzte sich auf. »Ja, wir, es ist Mittwoch.« Sie gestikulierte mit ihren Händen. »Du weißt schon, der Tag für heiße Typen, stumpfsinnige Intrigen und Cocktails.«

Richtig. Zaras und Ashs berüchtigter wöchentlicher Serienabend.

»Aber kommt sie nicht her? Wir waren doch letzte Woche bei ihr.« Ich war davon ausgegangen, dass die beiden sich mit ihren Treffen abwechselten. Zumindest hatte Zara mir das zu Beginn erzählt. Theoretisch müsste Ash also heute herkommen. Und das würde bedeuten, ich könnte zu Hause bleiben. Was mir nach dem Besuch bei Colin eindeutig lieber wäre. Im Anschluss daran war ich nämlich wieder im Einkaufszentrum gelandet und hatte eben erst mehrere Tüten mit Klamotten durch die Hitze nach Hause geschleppt.

»Habe ich dir das gar nicht erzählt?« Ich überlegte, konnte mich aber an keinen Grund erinnern und schüttelte den Kopf. Also erklärte sie es mir. »Es ist wegen Ian«, sie zog die Beine zu sich auf den Sessel. »Seit er Ash aufgelauert und ihr die Waffe an den Kopf gehalten hat, ist sie nicht mehr gerne bei uns, verstehst du?«

Ich nickte. Natürlich verstand ich das. Manche Orte waren Mahnmale vergangener Zeiten. Voll von Erinnerungen, die man vergessen und in sich begraben musste, um weitermachen zu können.

»Der Gedanke, dass er sie fast umgebracht hat, das ist … Ich will gar nicht darüber nachdenken. Ich bin einfach froh, dass dieser Kerl hinter Gittern sitzt und ihr nichts mehr tun kann. Jedenfalls«, redete sie weiter, »wegen dieser Sache treffen wir uns entweder bei Trev oder Jake. Ich will nicht, dass sie sich unwohl fühlt.«

Verständlich. »Und wann müssen wir los?«

»Gegen sechs, damit wir genug Zeit haben, um alles vorzubereiten.« Sie warf einen Blick auf die Uhr über der Tür und erhob sich seufzend. Es war kurz nach zwei. »Und damit ich unser Treffen genießen kann, werde ich jetzt noch zwei Stunden in die Bücher gucken.«

»Wann ist deine letzte Prüfung?«

»Mitte nächster Woche.« Sie klaubte ihre Sandalen vom Boden auf, schnappte sich ihre Tasche und setzte sich in Bewegung. An der Tür blieb sie stehen und drehte sich noch einmal zu mir um. »Danach ist das Semester endlich vorbei und wir feiern und genießen endlich den Sommer. Du, Ash und ich, am Strand und auf jeder Menge Sommerpartys.« Ihre Augen begannen zu leuchten. »Gott, das wird der beste Sommer seit Langem.«

Meine Finger krallten sich in das Sofapolster, während ich mich zwang, ihr Lächeln zu erwidern. »Klingt super.«

»Und ob. Besonders, weil du dabei bist.« Zara verschwand summend in Richtung ihres Zimmers, und erst als ich hörte, wie ihre Tür sich schloss, schaffte ich es, den Druck meiner Finger wieder zu lösen und mit tauben Händen nach dem Päckchen zu greifen.

Ich trug es in mein Zimmer.

Mit der Schere löste ich das Paketband und klappte den Deckel auf. Darinnen lagen ein Dutzend Briefe und ein zusammengefalteter Zettel.

Hey Kim, hier die Post, die bei mir ankam. Sieht alles ziemlich wichtig aus. Am besten sagst du den Absendern Bescheid, dass du wieder zu Hause wohnst. Ich freu mich wirklich und hoffe, dass es dir gut geht. Meld dich doch mal bei mir. Ich vermisse dich.

Alles Liebe, Brina

Ich faltete ihren Brief zusammen und legte ihn neben den Karton, um die Post durchzusehen, doch nachdem ich zwei Mahnungen von der Bank geöffnet hatte, stopfte ich sie zusammen mit dem Brief von Brina zurück in den Karton und schob sie ungesehen an einer freien Stelle unter mein Bett.

KEATON

»Was machst du denn hier?«, fragte Isabella und blieb mit offenem Mund vor meinem Truck stehen.

»Dich abholen.« Ich öffnete die Beifahrertür. »Ich dachte, es ist höchste Zeit, dass wir zwei etwas miteinander unternehmen. Nur du und ich.«

»Echt?« Ihre blauen Augen leuchteten auf, kurz bevor sie auf mich zustürmte und ihre Arme um meinen Hals schlang.

»Echt.« Früher hatte ich oft etwas mit ihr allein unternommen und genossen, Zeit mit ihr oder meinen anderen Geschwistern zu verbringen. Im letzten Jahr war ich viel zu selten für sie da gewesen, höchste Zeit also, daran etwas zu ändern. »Mom weiß Bescheid, dass du später kommst.«

»Und was machen wir?«

»Als wenn ich dir das verraten würde. Los, steig ein.« Ich deutete auf meinen Truck und ignorierte, wie sie bei meiner Antwort die Augen verdrehte.

»Ey, Isabella«, erklang eine männliche Stimme hinter uns und Izzy zuckte zusammen. »Was ich schon immer wissen wollte: Wer hat dich nach deiner Geburt eigentlich aufgefangen? Ich meine, wo der Arzt doch mit deiner Mutter beschäftigt war.«

Sie versteifte sich, als der Kerl zusammen mit anderen in Gelächter ausbrach. Ich drehte den Kopf und entdeckte, nur ein paar Meter von uns entfernt, eine Gruppe aus vier Schülern.

»Keat«, sagte sie leise. »*Nicht*.« Sie griff nach meinem Arm, doch ich ließ mich nicht zurückhalten. Es war eine Situation, die man unmöglich ignorieren sollte. Keine, die ich ignorieren konnte.

Also trat ich an die Gruppe heran, die weiter Scherze und widerliche Sprüche rissen, und tippte dem Witzbold auf die Schulter. Seine Freunde hielten sich den Bauch vor Lachen.

»Entschuldige«, sagte ich, als er sich zu mir umdrehte. »Könntest du wiederholen, was du da gerade über meine Schwester gesagt hast?« Ich verschränkte die Arme vor der Brust und kniff die Augen zusammen, weil ich wusste, wie bedrohlich und einschüchternd ich so auf die allermeisten wirkte. Dass ich mich in meinem bisherigen Leben eigentlich erst einmal richtig geprügelt hatte, das ahnten die wenigsten.

»Keat, lass uns fahren.«

Der Kerl sah von mir zu Isabella, die wie festgefroren neben meinem Truck stand und die Lippen aufeinanderpresste.

»Ich, ähm ... Nein, Alter. Da musst du dich verhört haben.« Hilfesuchend wandte er sich an seine Freunde. »Oder, Leute?«

»Ganz wie er sagt, Mann«, meinte der Blonde mit Igelfrisur. »Wir haben nicht über sie geredet.«

»Gut.« Ich trat vor, griff mit beiden Händen nach

dem Hemd des Kerls vor mir und zupfte seinen Kragen zurecht. »Es wäre auch besser, wenn das so bleibt, denn, weißt du, es gefällt mir überhaupt nicht, wenn irgendwelche Leute schlechte Dinge über meine kleine Schwester sagen. Oder über meine Mutter.« Ich ließ ihn los und trat einen Schritt zurück, dann ließ ich den Blick von einem zum anderen wandern, ehe ich zu Isabella lief und den Arm um sie legte. »Wie heißt der Kerl?«

»Monroe.«

»Und Monroe?«, rief ich und deutete auf ihn. »Ich habe ein Auge auf dich, klar?«

»Klar, Mann.« Einer der anderen zerrte ihn hinter sich her, den Weg entlang, weg von mir.

Ich wartete, bis Isabella auf die Zweiersitzbank des Trucks gerutscht war, dann schloss ich die Beifahrertür und umrundete den Wagen, um hinter dem Steuer Platz zu nehmen.

»Das hättest du nicht tun sollen«, sagte sie, als ich den Schlüssel ins Zündschloss steckte. Ihr Blick haftete an der Stelle, an der die Kerle einen Moment zuvor gestanden hatten. »Was ist, wenn es jetzt noch schlimmer wird? Es ist jetzt schon die Hölle, und …«

»Izzy, sieh mich an.«

»Du musst nicht jeden Tag in diese Schule, Keat.« Ihre Finger krallten sich in ihren Rock, der bloß bis zur Hälfte ihrer Oberschenkel reichte. Tränen tropften von ihrem Kinn.

»Stimmt, muss ich nicht. Aber ich kann nicht danebenstehen, wenn jemand auf diese Weise über dich spricht.« Ich lehnte mich zu ihr rüber, legte die Hand unter ihr Kinn und zog es mit sanftem Druck zu mir, damit sie mich ansah. »Niemand hat das Recht dazu.

Nicht in der Schule und nicht in der Welt dort draußen. Niemand. Niemals, verstehst du?«

»Das interessiert die aber nicht. Es interessiert niemanden.«

»Mich interessiert es«, erwiderte ich. »Und ich will, dass du mir Bescheid sagst, falls es noch mal passiert.« Unter keinen Umständen würde ich zulassen, dass jemand meine kleine Schwester mit Worten verletzte oder ihr das Gefühl gab, weniger wertvoll zu sein. Das musste aufhören. Ein für alle Mal. Vielleicht hatte ich Kim nicht vor dieser Hölle beschützen können, aber meine Schwester würde das nicht allein durchstehen.

»Du kannst es nicht verhindern.«

»Kann sein, aber versuchen tu ich es trotzdem«, sagte ich und wischte eine Träne von ihrer Wange. »Ich werde alles tun, was nötig ist, damit es aufhört.« Wenn ich dafür mit Mom, ihren Lehrern und dem Direktor der Schule sprechen musste, dann würde ich das tun.

Langsam und zittrig stieß sie den Atem aus, und ich dachte an all die Nächte, in denen sie weinend in meinen Armen gelegen hatte und eingeschlafen war. Nächte, in denen ich der Einzige gewesen war, der für sie da sein konnte. »Du musst das nicht allein schaffen. Wir finden eine Lösung. Okay?«

»Okay.« Sie zog die Nase hoch. »Danke.«

»Nicht dafür.« Ich ließ sie los und griff nach meinem Gurt. »Und jetzt machen wir, dass wir hier wegkommen. Nicht dass wir deine Überraschung verpassen.« Ich startete den Motor und deutete auf das Armaturenbrett. »Du darfst die Musik auswählen, wir fahren nämlich eine Weile.«

Sie entschied sich für einen Song von *Thousand Foot*

Krutch, den sie aufdrehte, sobald wir die Schule hinter uns gelassen hatten.

Die Fahrt bis zum Reiterhof, der an der östlichen Grenze von Savanna Springs in einer kleinen Ortschaft lag, dauerte gut eine Dreiviertelstunde. Schon als Kind hatte Isabella sich nichts sehnlicher gewünscht, als ein eigenes Pferd zu besitzen. Finanziell war das zwar nie möglich gewesen, aber dank Gregory hatte sie mit dreizehn ihre gesamten Sommerferien auf einem Reiterhof verbracht und reiten gelernt. Und weil sie noch immer verrückt nach Pferden war, hatte ich diesen Hof ausfindig gemacht. Gerade jetzt, wo ich wusste, wie schlimm es in der Schule für sie war, wollte ich sie eine Weile glücklich sehen. Als wir auf dem Gestüt ankamen und ich ihr erzählte, dass sie nicht nur zwei Reitstunden nehmen konnte, sondern auch die Chance bekam, drei Wochen ihrer Sommerferien hier zu verbringen, fiel sie mir um den Hals.

Den gesamten Nachmittag saugte Izzy alles in sich auf. Sie redete mit der Reitlehrerin und Besitzerin der Farm, lernte alle Pferde kennen und kicherte ununterbrochen, während ich Mühe hatte, mich auf dem Rücken eines der Tiere zu halten.

»Es war toll«, sagte sie, als ich sie abends zu Hause absetzte und wir ausstiegen. »Danke, dass du mit mir hingefahren bist.« Sie schlang die Arme um meinen Hals.

»Gerne.«

»Ich hab dich lieb, Keat.«

»Ich dich auch, Izzy.« Ich strubbelte durch ihr kurzes Haar, zerzauste es leicht und ignorierte ihren Protest. Es spielte keine Rolle, ob sie fast erwachsen war oder nicht, für mich würde sie immer meine kleine Schwester bleiben.

»Kommst du mit rein?«

Ich schüttelte den Kopf. »Nein, ich wollte noch zu Jake, aber gib Mom einen Kuss von mir, und sag ihr, dass ich zu Gregorys Geburtstag jemanden mitbringe.«

»Dass Zara mitkommt, weiß sie doch schon.«

»Ich meine nicht Zara«, erklärte ich, während ich zurück in meinen Truck stieg.

Mit aufgerissenen Augen tauchte sie am Fenster auf. »Warte mal, hast du etwa eine *Freundin*?«

»Sieht so aus.«

»Wen?« Sie umklammerte das offene Fenster. »Kenne ich sie?«

»Ja.« Ich grinste, als sie mit ihren Fingernägeln auf den Lack zu trommeln begann, weil ich mir Zeit mit meiner Antwort ließ. »Kim.« Ich spürte, wie wundervoll es sich anfühlte, genau das auszusprechen. »Kim und ich sind zusammen.«

KEATON

»Perfektes Timing.« Jake nahm mir die Pizzen ab, die ich auf dem Weg zu ihm geholt hatte, und marschierte damit zum Küchentresen. Ich trat an die Couch heran, wo Kim mit angezogenen Beinen neben Ash saß. Ihr Blick war genau wie der von Ashley und Zara fest auf den flackernden Bildschirm vor ihnen gerichtet, auf dem irgendeine trashige Mittwochsserie lief.

Ich ließ mich auf die Kante des Sofas sinken. »Hey, Sweetheart«, raunte ich dicht an ihrem Ohr und registrierte Kims Erschauern mit einer zufriedenen Genugtuung.

Sie drehte den Kopf, sodass unsere Lippen sich beinah berührten. »Hey«, sagte sie leise, während ich meine Hände um ihre Wangen legte und sie küsste. Meine Zunge tauchte in ihren Mund ein und ich schmeckte die Süße und den Alkohol auf ihrer Zunge. Exotisch. Frisch. Betörend.

Sie zog mich dichter an sich heran, eine stumme Aufforderung dafür, meinen Kuss zu vertiefen. Heute Morgen hatten wir uns nur kurz gesehen, weil ich verschlafen hatte und sofort hatte losfahren müssen, um nicht zu spät im Studio zu sein und Isabella rechtzeitig von der Schule abholen zu können. Im Grunde waren es bloß ein paar Stunden gewesen, aber sie hatte mir gefehlt, und dieser Kuss hier zeigte, dass es ihr auch so ging.

Zara sagte etwas, das ich nur undeutlich verstand, dann traf mich ein Sofakissen am Hinterkopf.

»Das ist ein Mädelsabend«, ertönte Zaras Stimme über die Lautstärke des Fernsehers hinweg. »Geh und iss deine Pizza, nicht meine Schwester.«

Kim lachte leise, weil Zara versuchte mich anzufunkeln. Was ihr misslang, weil sie schon viel zu angetrunken war. Ihr Gesichtsausdruck wirkte eher verstörend als böse.

»Du hast sie gehört«, sagte Kim und spielte an meinem Kinnbärtchen, bis ich mich wieder zu ihr umdrehte.

»Ja«, brummte ich. »Sie ist unerbittlich.«

Ein weiteres Kissen sauste auf mich zu und ich hob entwaffnend die Hände. »Bin schon weg«, versicherte ich und ging zu Jake, der unsere Pizzen bereits auf Teller verteilt hatte.

Ich rutschte auf den Barhocker ihm gegenüber und griff nach einem Stück der reichlich belegten Peperoni-Käse-Pizza. Sie war genau so, wie ich sie am liebsten mochte: mit jeder Menge Peperoni und Käse.

»Was?«, fragte ich, während er grinsend in sein Pizzastück biss.

Jake kaute und trank einen Schluck Cola, dann sagte er: »Ach, ich habe dich bloß noch nie so gesehen. Nicht mal damals mit …« Er überlegte. »Wie hieß sie noch mal? Mary?«

»Mandy.«

»Richtig.« Er stopfte den Rest seines Pizzastücks in

den Mund, ehe er weiterredete. »Nicht mal sie hast du damals auf diese Weise angesehen.«

Ich hob die Schultern. Mandy Ferguson war meine erste und einzige feste Freundin gewesen. Ich war vierzehn gewesen, total verknallt und sechs Monate der glücklichste Typ, den man sich hatte vorstellen können, ehe sie mich für einen anderen verließ. Danach beschränkte ich mich lieber auf unverfängliche Bettgeschichten und One-Night-Stands.

Kim war die Erste, mit der ich mir wieder mehr vorstellen konnte – doch damals war sie gerade frisch mit Colin zusammengekommen.

»Ich mein ja nur«, fuhr Jake fort, achtete dabei jedoch darauf, seine Stimme zu dämpfen. »Ich freu mich für dich. Für euch beide. Es ist einfach schön, dich so zu sehen. Besonders nach dem letzten Jahr.« Er warf Kim einen kurzen Blick zu. »Und es scheint ihr gutzutun, wieder hier zu sein. In Boston wirkte sie so ... verloren.«

Ich folgte seinem Blick zu Kim, die kichernd an dem Strohhalm saugte und auf den Fernseher deutete. Meine Gedanken wanderten von Kim zu Isabella und dem, was heute Nachmittag auf dem Schulparkplatz passiert war. Ich dachte an diese Kerle, ihre Worte und den Schmerz in Izzys Augen. Kim hatte dasselbe durchgemacht. Fremde hatten über sie geurteilt, sie sogar abgefangen und bedroht.

Was, wenn meiner Schwester so was auch passieren würde?

»Keat? Habe ich was Falsches gesagt?«

»Nein.« Ich ließ das angebissene letzte Pizzastück zurück auf meinen Teller sinken und fuhr mir mit beiden Händen über das Gesicht. »Es ist nur ... Als ich Izzy vorhin von der Schule abgeholt habe, da habe ich mitbekommen, wie ihre Mitschüler über sie reden, und das waren keine harmlosen Witze, sondern das Allerletzte.«

»Scheiße.«

»Ich habe mich eingemischt, aber ob sich dadurch was ändern wird? Vermutlich nicht.« Ich war nicht so naiv, zu glauben, dass meine Worte auf einmal sämtliche Idioten in ihre Schranken weisen und davon abhalten würden, über meine Schwester herzuziehen. Ich hatte ihr gesagt, sie solle versuchen, es von sich abprallen zu lassen, aber auf dem Weg hierher war mir klar geworden, dass es gar nicht so leicht war, wie ich es mir vorstellte.

Die Sachen, die in meiner Schulzeit über mich getratscht wurden, waren weniger verletzend gewesen. Ich konnte darüberstehen, auch weil ich Jake und Trevor gehabt hatte, aber ich war eben nicht meine kleine Schwester. Isabella war viel sensibler, und die Vorstellung, jemand würde ihr wehtun und ich wäre nicht da, um sie zu beschützen, war kaum zu ertragen.

»Wenn du willst, können wir wegen Izzy mit meinem Dad und Sandy reden«, schlug Jake vor. »Er und meine Schwester sind wegen Maya zwar immer noch nicht gut auf mich zu sprechen, aber egal.«

»Ich will dich da nicht reinziehen«, erklärte ich und erntete ein Schnauben.

»Sei kein Idiot, Keat. Wozu bitte ist meine Schwester Sozialarbeiterin und mein Dad der leitende Direktor dieser gottverdammten Schule?« Er hob eine Augenbraue. »Lass uns zu ihm gehen und sehen, was er tun kann, damit deine Schwester in Ruhe gelassen wird. Und zwar, bevor die Ferien anfangen.«

»Wann?«, fragte ich, weil ich wusste, dass er im Grunde recht hatte. Es ging um Izzy, nicht um meinen

Stolz oder darum, wie wütend Jakes Dad darüber war, dass er sich von Maya getrennt hatte.

»Ich kann Sandy morgen früh gleich vor der Uni anrufen und fragen, was sie als Sozialarbeiterin machen würde. Sie hat lange genug an der Summerfield gearbeitet und hat, bevor sie nach L.A. gezogen ist, sogar den neuen Sozialarbeiter eingearbeitet. Vielleicht kann sie mit ihm sprechen.« Das klang vernünftig. »Und was meinen Dad angeht ...« Er überlegte einen Moment. »Dienstag nach meiner letzten Prüfung hätte ich Zeit. Du könntest mich abholen, bevor du ins Studio fährst. Es liegt ja beides auf dem Weg.«

Ich zog das Handy aus der Hosentasche und checkte meine Termine. »Geht klar.« Um genug Puffer zu haben, musste ich einen der Kundentermine zwar nach hinten schieben, aber das bekam ich hin. Immerhin ging es um meine kleine Schwester.

»Worüber grübelst du?« Kim sah mich besorgt an, sobald wir gegen Mitternacht allein in meinem Zimmer ankamen. Sie löste das Haargummi aus ihren Haaren, warf es auf den Nachttisch und rutschte neben mich aufs Bett. »Du bist den ganzen Weg nach Hause schon so ruhig gewesen.«

Ich ließ mich nach hinten fallen und zog Kim mit mir. »Es ist wegen Izzy. Sie wird in der Schule gemobbt. Ich wusste es schon, aber irgendwie habe ich geglaubt, es wäre ... nicht so schlimm.«

Kim rutschte näher, bis ihr Kopf an meiner Schulter lehnte, und hörte zu, während ich ihr auch den Rest erzählte. Angefangen bei dem Gespräch zwischen Isabella und mir vor ein paar Wochen über mein Eingreifen am Nachmittag bis zu Jakes Idee, mit seinem Vater zu reden.

»Es war richtig, dass du dich eingemischt hast«, sagte sie, als ich schließlich endete. »Viel zu viele Menschen schauen bei Mobbing weg.«

Ich legte meine Hand an ihre Wange, strich über die samtige Haut. »Wie war das bei dir? Hat Brina sich an der Uni für dich eingesetzt?« Ich musste wissen, ob sie mit diesen Gerüchten ganz allein hatte zurechtkommen müssen.

»Schon.« Sie schluckte. »Aber das war ein Kampf gegen Windmühlen. Es hat nichts geändert, weil …«

»Weil was?« Mir gefiel nicht, wie sie sich in meinen Armen anspannte und auf ihrer Unterlippe kaute.

»Nichts.« Sie schüttelte den Kopf. »Ist egal. Ich will nicht darüber reden.« Sie rutschte höher, bis unsere Münder sich auf derselben Höhe befanden. »Ich will nicht mal mehr darüber nachdenken, Keat. Es ist vorbei.« Ihre Lippen kamen näher, strichen sanft über meine. »Alles, was wichtig ist, ist das hier«, murmelte sie und dann küsste sie mich. Der Kuss begann zögernd, wurde jedoch wilder und fordernder, genau wie ihre Hände.

Mir gefiel, wie Kim sich dichter an mich drängte und mit ihren Fingern an meinem Shirt nestelte, bis ich unsere Lippen voneinander löste und es mir kurzerhand über den Kopf zerrte. Meine Lippen waren sofort wieder auf ihren. Ihre Fingerspitzen wanderten über meine Tattoos, spielten mit dem Piercing an meiner rechten Brustwarze. Und ich liebte das Gefühl ihrer Hände auf mir. Liebte, wie rastlos sie wurden, weil ich mich an ihrem Mundwinkel hinabküsste, tiefer, bis zum Ansatz ihrer Brüste.

Ich schob ihr Shirt höher, bis ihr flacher Bauch frei

lag, und hauchte Küsse auf die Tätowierung, die ich gestochen hatte. Auf das Bauchnabelpiercing, das ebenfalls von mir war. Meine Hände glitten seitlich unter den Stoff, und sie kam mir entgegen, hob ihren Oberkörper an, damit ich ihr erst das Shirt, dann den BH ausziehen konnte.

»Wunderschön«, murmelte ich, während ich sie betrachtete. »Einfach nur wunderschön.« Ihr Brustkorb hob und senkte sich schneller, als ich meine Finger über ihre harten Brustwarzen kreisen ließ. Dann senkte ich meine Lippen erneut auf ihre.

Sie fühlte sich gut an. So verdammt gut.

Nach und nach entledigten wir uns auch unserer restlichen Klamotten, bis sie nackt und vollkommen unter mir lag.

Ich rollte das Kondom über und stützte mich auf meinem Ellenbogen ab. »Bist du sicher?«, fragte ich und betrachtete sie genauer. Der Glanz in ihren Augen war zwar noch immer da, jedoch flackerte zwischen der Sehnsucht und dem Verlangen auch etwas anderes. »Wir müssen nicht. Es ist okay.«

»Natürlich bin ich sicher. Komm her.« Mit ihren Beinen umschlang sie meine Hüften, zog mich dichter an sich heran. Sie küsste mich. Hungrig und gierig, bis ich mich Stück für Stück in ihre feuchte Hitze schob.

Sie endlich einnahm.

In unzähligen meiner Träume hatte bereits Kim die Hauptrolle gespielt, doch kein einziger reichte an die Realität heran. Sie fühlte sich unglaublich an.

Ich begann mich in ihr zu bewegen. Mit jedem Stoß fühlte ich mich ihr näher. Beobachtete, wie sie auf meine Bewegungen reagierte und ihre Lider sich senkten.

Ihre Wangen färbten sich rosig, ihre Lippen öffneten

sich leicht, und ein leises Stöhnen entwich ihnen, als ich mich kreisend in ihr bewegte. Schneller und tiefer stieß ich in sie, trieb sie an, bis ihre Augen glasig wurden. Und Kim reckte sich mir entgegen. Stöhnend krallten sich ihre Nägel in meine Schulterblätter, und als sie kam, sie sich um mich herum zusammenzog, war das das Wundervollste und Schönste, was ich je erlebt hatte.

Zwei feste Stöße später folgte ich ihr.

Ich vergrub mein Gesicht in ihrem seidigen Haar, und Kim kuschelte sich an mich, während der Orgasmus langsam verebbte.

Eine Weile lagen wir da, ihr Gesicht fest in meine Halsbeuge geschmiegt, ihre Arme um mich geschlungen, dann löste ich mich widerwillig von ihr, um das Kondom zu entsorgen.

»Bin gleich zurück.« Ich drückte einen Kuss auf ihre feuchte Stirn, schnappte mir meine Boxershorts vom Boden und verließ das Zimmer, um mich im Bad zu säubern.

Als ich einen Moment später zurück ins Zimmer kam, lag Kim, noch immer nackt, unter meiner Decke. Ihr Haar fächerförmig auf dem Kissen ausgebreitet, hatte sie sich zur Seite gedreht. Ihre Augen waren geschlossen.

Ich knipste das Licht aus und kroch zu ihr ins Bett, wo ich sie in meine Arme zog. »Ich liebe dich«, flüsterte ich, ehe auch meine Augen schwer wurden und der Schlaf mich holte.

KIMBERLY

Ich schlief nicht, lag bloß da, während Keatons Atem, der sanft und warm über meine Haut strich, an meiner nackten Schulter immer ruhiger wurde. Genauso sanft waren auch seine Berührungen gewesen, die in mir nachhallten. Doch mit jedem Atemzug, der ihn tiefer in den Schlaf zog, fiel es mir schwerer, hier zu liegen. Ich spürte, wie der Sand herabrieselte. Wie er sich über die Sanftheit und Vollkommenheit dieses Momentes legte und alles mit sich nahm. Klauen zerrten an mir, zerstörten das schöne Gefühl und ließen nichts als die Dunkelheit zurück. Eine Dunkelheit, die seit Monaten alles Licht und alle Wärme schluckte, sobald ich jemandem nahekam.

Ich krabbelte unter Keatons schlafendem Körper hervor und schlüpfte in mein Shirt. Mein Blick verschwamm vor Tränen, als ich so leise wie möglich sein Zimmer verließ und über den Flur stolperte.

Im Badezimmer drehte ich das Wasser auf, gab eine riesige Portion meines Vanilleduschgels in die Wanne und stieg hinein. In meinem Shirt, so, wie ich war.

Sand bohrte sich in meine Augen, er nahm mir die Luft.

Stoff riss.

Sand in meinem Hals.

Eine Hand.

Dunkelheit.

Sand auf meiner Zunge, unter meinen Fingern.

Kalt. So kalt.

Ich zerrte mir das nasse Shirt über den Kopf. Mit einem Platschen kam es auf dem Boden auf, während ich den Duschschwamm griff.

Ich schrubbte mein Haar, meine Arme, meine Beine, meinen Bauch, versuchte mit aller Kraft, das sandige Gefühl auf meiner Haut loszuwerden.

Das Wasser war heiß, doch ich drehte die Temperatur höher, weil ich die Kälte dieser Nacht bis in meine Knochen spüren konnte. Ich fror, als hätte ich niemals damit aufgehört. Als wäre ich noch immer dort, inmitten von Sand, unfähig, mich zu bewegen.

Ich wusste nicht, wie lange ich in der Wanne lag, mich schrubbte und immer wieder heißes Wasser nachlaufen ließ, um meinen zitternden Körper zu wärmen, doch es dämmerte bereits, als ich alle Spuren beseitigte und in ein Handtuch gewickelt in mein Zimmer ging.

Einen Moment lang stand ich vor dem Spiegel, starrte mir selbst in die Augen, als könnte ich mich davon überzeugen, dass ich noch immer hier war. Dass es mich noch gab, obwohl es sich nicht so anfühlte.

Schließlich wandte ich den Blick ab, schlüpfte in eine bequeme Yogahose, ein Shirt und Socken. Mein langes, feuchtes Haar wickelte ich zu einem Knoten zusammen, ehe ich an meinen Schrank trat, einen Stoff herausholte und tat, was mir neben dem Einkaufen am meisten dabei half, zu vergessen.

»Guten Morgen«, erklang Keatons Stimme hinter mir. Ich ließ das Messer sinken und drehte mich zu ihm um. Er lehnte im Türrahmen, mit nichts als einem Handtuch bekleidet, seine Haut feucht vom Duschen. »Ich habe dich vermisst, als ich aufgewacht bin.«

Ich deutete auf das Schneidebrett und das Obst, mit dem ich mir gerade mein Frühstück zubereitete. »Ich hatte Hunger.«

»Und ich erst.« Er stieß sich vom Türrahmen ab, legte die Arme links und rechts auf meinen Schulterblättern ab, ehe er sie in meinem Nacken verschränkte und sich zu mir hinunterbeugte. Als seine Zunge in meinen Mund eintauchte, seufzte ich leise und schloss die Augen. Wärme breitete sich in meinem Inneren aus, blühte auf und legte sich damit über die Überreste jener Kälte, die nicht verschwinden wollte. Ich schlang die Arme um seinen nackten Oberkörper und zog ihn dichter an mich, bis ich ihn an mir spüren konnte. Keatons Arme rutschten von meinen Schultern, umfassten meine Taille.

Seine Lippen verließen meine und verzogen sich zu einem Lächeln. »Ich mag, welche Wirkung ein simpler Kuss auf dich hat«, raunte er und ließ seine Stirn gegen meine sinken.

»Tust du das, ja?«

»Und wie.« Mit der rechten Hand streichelte er meine Wange. »Ich bin verrückt nach dir, Sweetheart.«

Ich schloss die Augen, sank erneut gegen seine nackte Brust.

Wie nur konnte sein Körper sich so wundervoll tröstlich und gut an meinem anfühlen und mich trotzdem in den Abgrund stürzen? Wie konnten seine Berührungen genau das sein, was ich wollte, und gleichzeitig das, was mir am meisten Angst machte?

»Ist alles okay?«, fragte er und riss mich damit aus meinen düsteren Gedanken. »Zwischen uns, meine ich?«

»Klar.« Ich schmiegte mich fester an ihn. Damit die Wärme seines Körpers auf mich überging, sich in mir festsetze, um die Kälte zu vertreiben, auch nachdem er mich wieder losließ.

Sein warmer Atem kitzelte in meinem Haar. »Bist du sicher?«

»Ja«, versicherte ich, weil es stimmte. Ich genoss Keatons Nähe, seine Küsse, seine Berührungen. Ich wünschte bloß, ich könnte einfach wieder in Ordnung sein. Die Kim von früher. Ohne Zweifel. Ohne Angst. Ohne Schatten, die mich verfolgten. »Ich mag es, mit dir zusammen zu sein, Keat. Sehr.«

»Ich mag es auch.« Er drückte einen sanften Kuss auf meinen Haarschopf. »Sehr.«

»Guten Morgen, Turteltäubchen«, nuschelte Zara, die sich an uns vorbeischob, um nach der Kanne mit Kaffee zu greifen, den ich vorhin bereits aufgesetzt hatte.

»Morgen«, sagte ich und sah zu, wie sie eine Tasse aus dem Schrank nahm.

»Bitte sag mir, dass du auch so einen mordsmäßigen Kater wie ich hast«, murmelte sie und hielt sich die leere Tasse stöhnend gegen ihre Stirn. »Ich glaube, ich sterbe.«

»Nein, aber ich habe auch bei Weitem nicht so viel getrunken wie du.« Gestern Abend hatte ich mir bloß einen Cocktail gegönnt und nicht drei mit doppelt so viel Alkohol, wie normalerweise reingehörte. »Setz dich doch aufs Sofa, ich bring dir Kaffee.«

Die Tasse weiter gegen die Stirn gepresst, verließ meine Schwester die Küche. Keaton löste sich von mir.

»Ich zieh mir schnell was an. Bin gleich zurück.«

»Okay.« Während Keaton in Richtung seines Zimmers verschwand, holte ich eine neue Tasse aus dem Schrank, um sie mit Zaras Lieblingsgebräu zu füllen. Ich gab einen Schluck Milch und zwei Löffel Zucker in den Kaffee und brachte ihn ihr ins Wohnzimmer.

Als ich den Kaffee vor ihr auf den Couchtisch stellte, kam auch Keaton zurück. Er hatte das Handtuch gegen eine kurze Jeans und ein weißes Hemd getauscht, dessen obere Knöpfe offen standen und einen Blick auf das Tattoo darunter erhaschen ließen. Er legte zwei Tabletten vor ihr ab und drückte ihr eine Wasserflasche in die Hand. »Nimm die und in einer halben Stunde sind die Kopfschmerzen verschwunden. Versprochen.«

»Du bist mein Held«, erklärte sie, löste die leere Tasse von ihrer Stirn und schraubte den Deckel der Wasserflasche auf, um die Schmerzmittel runterzukippen, ehe sie seufzend nach dem Kaffee griff. »Ich bin froh, dass ich heute erst mittags in der Uni sein muss.«

»Willst du dich in dem Zustand wirklich in einen deiner Kurse setzen?«, hörte ich ihn fragen, während ich in die Küche zurückging, um mein Frühstück fertig zuzubereiten.

»Ich muss«, erklärte sie. »Das ist die letzte Vorlesung vor der Prüfung.« Ich schnitt Mangos klein, warf sie zu dem Apfel und der Banane in den Mixer und schaltete ihn ein.

»Wenn du willst, kann ich dich später an der Uni absetzen, wenn ich zur Arbeit fahre«, schlug Keaton vor, als ich mit meinem Smoothie zurück ins Wohnzimmer kam und Zara nickte.

»Wann?«

»Nicht vor eins. Ich will vorher eine Runde laufen« Er zog mich zu sich auf den Schoß. »Kommst du mit?«

»Gern.« Vielleicht würde Joggen dabei helfen, die Dämonen von heute Nacht in die hinterste Ecke meines Bewusstseins zurückzudrängen.

Keaton lächelte. »Dann ess ich kurz eine Kleinigkeit, damit ich was im Magen habe, und dann können wir los.«

KEATON

»Also?« Ich warf Kim einen schnellen Seitenblick zu, ehe ich mich wieder auf die Straße konzentrierte. »Worauf hast du Lust?«

Aus dem Augenwinkel sah ich, wie sie ihre Hand aus dem offenen Fenster streckte und ihre Finger im Takt der Musik bewegte. »Wie wäre es mit Sushi?« Sie lachte leise, als ich schnaubte. Sie wusste ganz genau, wie sehr sie mich mit diesen Fisch-Algen-Rollen jagen konnte.

»Vergiss es«, erklärte ich und fädelte mich in die Abbiegespur ein, die in Richtung Innenstadt führte. »Ich hasse Sushi.«

»Du hasst eine Menge sehr gute Dinge«, zog sie mich auf, was mich nicht störte. Meine Liebe zu Fast Food war alles andere als ein Geheimnis.

Ich löste meine Hand vom Lenkrad und legte sie auf ihrem Oberschenkel ab. »Unsinn. Dich hasse ich nicht und du bist so ziemlich das Beste, was mir je passiert ist.« Kaum hatte ich es ausgesprochen, versteifte Kim sich unter meiner Berührung.

Idiot. Erst denken, dann sprechen.

Innerlich verfluchte ich mich dafür, womöglich etwas

Falsches gesagt zu haben, doch dann spürte ich ihre Hand auf meiner. »Du bist auch das Beste, was mir seit Langem passiert ist, Keat.«

Gott sei Dank.

Seit wir vor fünf Nächten das erste Mal miteinander geschlafen hatten, war sie irgendwie anders als sonst. Sie wirkte nicht nur müde, sondern erschöpft und manchmal, immer dann, wenn sie sich anscheinend unbeobachtet fühlte, traurig. Ich hatte sie bisher nicht darauf angesprochen, aber es war offensichtlich, dass ihr die Decke auf den Kopf fiel. In Boston hatte sie erst studiert, dann gearbeitet, aber hier verbrachte sie die meiste Zeit allein in der Wohnung. Dass Zara, Ash und Jake für ihre letzten Prüfungen büffelten und ich eine Menge Aufträge abarbeitete, um den Sommer über mehr Zeit für meine Freunde zu haben, machte das Ganze auch nicht besser. Unsere gemeinsame Zeit war rar, deshalb freute ich mich umso mehr, dass Kim und ich heute essen gingen. Sie auszuführen bedeutete nicht nur, Zeit mit ihr allein zu verbringen, sondern sie damit aus den trüben Gedanken in ihrem Kopf zu reißen.

»Gut, wenn du kein Sushi essen willst, wie wäre es dann mit Indisch? Ich möchte irgendwas mit Reis.«

»Sollst du kriegen.« Ich zog unsere verschränkten Hände an meine Lippen, drückte einen schnellen Kuss auf ihren Handrücken und zwang mich dann, sie loszulassen, um das Lenkrad wieder umgreifen zu können.

Zehn Minuten später erreichten wir den Parkplatz des Restaurants. Ich stellte den Wagen neben dem Eingang ab und drehte mich zu ihr um. »Wollen wir im Restaurant essen oder lieber unsere Bestellung mitnehmen und uns an den Pier setzen?« Früher hatten wir das oft getan. Uns Essen besorgt und damit auf einer der Bänke irgendwo am Pier Platz genommen. Mit Blick auf den Ozean, das Salz des Meeres in der Nase. Das war schön.

»Lieber drinnen. Ich habe ziemlich Hunger und keine Lust, weiter durch die Gegend zu fahren«, entschied sie und stieg aus.

Hand in Hand betraten wir das Restaurant. Es war klein, aber durch die Einrichtung wahnsinnig gemütlich. Wandteppiche hingen an den Wänden und die gesamte Decke war ein einziges Kunstwerk aus Mustern und Figuren. Zwischen den Tischen standen Aquarien mit exotischen Fischen und zwei riesige Buddhas.

Wir bekamen einen Platz am Fenster mit Blick auf die belebten Straßen von Savanna Springs.

Als die Kellnerin unsere Getränke brachte – eine Cola für mich, einen Orangensaft für Kim – klingelte mein Handy.

Ich zog es aus der Hosentasche, sah Jakes Namen auf dem Display und nahm den Anruf an.

»Bist du schon zu Hause?«, fragte er.

»Nein. Kim und ich sind essen.« Ich konnte hören, wie er Ashley im Hintergrund weitergab, was ich eben zu ihm gesagt hatte. Irgendwie klang er seltsam. »Jake, was ist los?«

»Es ist wegen Trev. Ash hat vorhin bei ihm durchgerufen, um ihn zu fragen, wie es ihm geht. Du weißt schon, wegen dem Todestag seiner Mom. Er wollte ja die letzten Tage schon allein sein, deshalb war sie bei mir, aber weil sie ein komisches Gefühl hatte, hat sie ihn angerufen. Sie hat ihn erreicht, aber er war total betrunken.«

Verdammt. Das klang überhaupt nicht gut.

»Wir waren eben beim Strandhaus, um nach ihm zu sehen, aber bis auf Jackson war niemand da. Und der meinte, er hätte Trev seit zwei Tagen nicht gesehen. Eigentlich müssen wir unbedingt lernen, deshalb dachte ich, vielleicht kannst du –«

»Ich fahre los und finde ihn, kein Problem.« Bevor Trevor in das Strandhaus seiner Mom gezogen war und die Partys dorthin verlegt hatte, hatte er regelmäßig in den zwielichtigen Clubs rund um die Marylane Avenue rumgehangen, um sich abzuschießen. Keine Ahnung, wie viele Male Jake und ich ihn bisher von dort weggeholt und nach Hause gebracht hatten, aber es war oft gewesen. Ich wusste also, wo ich nach ihm suchen musste.

Jake atmete erleichtert auf. »Danke, Keat.«

»Ich melde mich, sobald ich ihn gefunden habe«, versprach ich und legte auf.

»Was ist los?« Mit gerunzelter Stirn sah Kim mich an.

»Trev ist verschwunden«, erklärte ich und winkte die Kellnerin heran, um sie zu bitten, unser Essen einzupacken. »Ich muss nach ihm suchen.«

»Am besten wartest du im Auto. Du bist noch keine einundzwanzig.« Ich zog die Kreditkarte und den Großteil meines Bargeldes aus dem Portemonnaie und schob es in einen Schlitz unter dem Sitz. In einer Gegend wie dieser wäre es dumm, mehr als ein paar Dollarscheine in der Tasche zu haben.

»Auf meinem Ausweis schon.« Sie holte ihn aus ihrer Handtasche und hielt in mir vor die Nase. »Macy hat ihn mir besorgt, damit ich im *Woody's* anfangen konnte. Sonst hätte ich dort gar nicht arbeiten können.«

Klar, ich hatte so was bereits vermutet, aber es aus ihrem Mund zu hören, machte mir nur bewusster, wie ihr Leben ausgesehen hatte. Und das gefiel mir nicht. »Trotzdem. Warte einfach hier, bis ich anrufe. Sobald ich ihn gefunden habe, melde ich mich und du kannst uns mit dem Wagen abholen.« Ich wollte, dass Kim blieb und sich nicht von der Stelle bewegte. Wenn wir nicht sowieso schon in der Innenstadt gewesen wären, hätte ich sie überhaupt nicht mitgenommen.

»Vergiss es. Trev ist nicht nur dein Freund, sondern auch meiner.«

Ich seufzte. Diese Reaktion hatte ich erwartet.

»Na schön, komm mit. Aber ich will, dass du die ganze Zeit in meiner Nähe bleibst.«

»Ich bin ein großes Mädchen, Keat. Ich komme schon klar«, erklärte sie und löste ihren Gurt. »Ich habe einem Idioten die Nase gebrochen, schon vergessen? Das würde ich immer wieder tun, also hör auf, dir Sorgen zu machen, und lass uns lieber Trev finden.« Sie lehnte sich zu mir rüber und drückte einen Kuss auf meine Lippen. »Okay?«

»Du hast recht.« Ich legte meine Hand an ihre Wange, strich einmal über ihre weiche Haut, ehe ich mich von ihr löste. »Dann los.«

Wir verließen den Wagen und liefen die Marylane Avenue entlang, vorbei an *Earls Bedroom*, dem Stundenhotel in der Stadt, und weiter bis zur Kreuzung. In einer der Nebenstraßen betraten wir den ersten Club: einen überfüllten Schuppen mit zu lauter Elektromusik und Körpern, die sich tranceartig dazu bewegten. Ich ließ meinen Blick durch die Menge schweifen und fragte an der Bar nach Trevor, doch er war nicht hier.

Nacheinander klapperten wir sechs Clubs und drei Bars ab, bis wir ihn endlich fanden. Das *Sweet Melody* war voll von Betrunkenen, die zu harten Gitarrenriffs tanzten und grölten. Kim umklammerte meine Hand fester, während ich auf die Ecke zusteuerte, in der Trevor mehr lag als saß. Leere Shot-Gläser reihten sich vor ihm auf dem Tisch und rittlings auf seinem Schoß hockte irgendeine Brünette, deren Zunge in seinem Hals steckte. Neben den beiden saßen ein paar der Typen, die schon oft in seinem Haus rumgelungert hatten und die ich absolut nicht ausstehen konnte.

Ich hasste seinen Anblick. Hasste, wie sein Kopf zur Seite kippte, nachdem die Frau auf seinem Schoß ihm einen weiteren Shot gereicht und er ihn wie Wasser heruntergekippt hatte. In dem gedämpften Licht konnte ich vielleicht nicht jedes Detail erkennen, doch im letzten Jahr hatte ich Trevor oft genug aus Situationen wie diesen gerettet, um zu wissen, wie kurz davor er stand, vollkommen abzustürzen.

Meinen besten Freund so zu sehen, betrunken und high, beschwor unwillkürlich die Bilder meiner Vergangenheit hervor. Die Alkoholleichen in unserem Treppenhaus und die Junkies, die vor unserem Haus herumlungerten, uns um Geld anbettelten oder verfolgten. Bilder von Izzy, deren winzige Finger sich in meine krallten, während wir rannten, weiter und immer weiter, bis in den Schutz unseres heruntergekommenen Apartments.

Kim drückte meine Hand und drängte damit nicht nur die Schemen der Vergangenheit zurück, sondern erinnerte mich daran, wo ich war und warum ich hier war.

Ich löste meine Finger aus ihren und trat an Trevor heran.

Ein dümmliches Grinsen erschien auf seinem Gesicht, als die Brünette sich zu seinem Ohr beugte und etwas flüsterte. Ich ignorierte ihren Protest, als ich ihren Arm packte und sie von ihm herunterzog. Trevor kniff seine wässrigen Augen zusammen, vermutlich, um den

Blick scharf zu stellen. »Keat …«, lallte er. »Was machst du hier?«

»Dich nach Hause bringen«, erklärte ich und entriss ihm den nächsten Shot, noch ehe er ihn an den Mund führen konnte. »Du hast genug, Trev.«

»Entscheidet wer?« Er richtete den Blick auf mich. »Du?«

»Ja.« Ich beugte mich dichter an ihn heran. »Ich entscheide das. Weil du mein Freund bist und weil ich, verdammt noch mal, nicht will, dass Ash ihre Prüfung wegen dir in den Sand setzt. Also –« Ich zog ihn auf die Beine. »–verschwinden wir jetzt von hier.«

Weil Trevor so voll war, dass seine Beine sofort nachgaben, schob ich meinen Arm unter seine Achseln und stützte ihn.

»Warte«, sagte Kim. »Ich helf dir.« Sie griff Trevors Arm, legte ihn sich über ihre Schulter und nickte, um mir zu signalisieren, dass wir loslaufen konnten.

Ein paar von den anderen am Tisch riefen uns nach, während wir Trevor gemeinsam durch den Club Richtung Ausgang bugsierten. Der Türsteher warf uns einen abfälligen Blick zu, als wir an ihm vorbei nach draußen traten.

Ein paar Meter weiter lehnten wir Trevor gegen eine Hauswand, an der er sofort stöhnend herabsank und die Hände gegen seine Augen presste. »Fuck«, fluchte er. »Alles … dreht … sich.« Im nächsten Moment würgte er und erbrach sich auf die Straße.

»Was jetzt?« Kim wischte ihm mit einem Taschentuch die Überreste aus dem Gesicht. »Dein Truck ist mehrere Blocks entfernt, und ich glaube nicht, dass wir ihn tragen können.«

Sie hatte recht.

»Ich kann hier mit ihm warten …«, schlug sie vor, während eine Gruppe Betrunkener grölend an uns vorbeilief und sie sich dichter an mich drängte.

»Nein, kommt nicht infrage.« Ich würde sie unter keinen Umständen allein in dieser Gegend zurücklassen, nur um mein Auto zu holen. »Wir rufen ein Taxi und meinen Truck hol ich morgen vor der Arbeit.« Ich fischte mein Handy aus der Hosentasche, scrollte durch die Liste, bis ich das Taxiunternehmen fand, mit dem wir schon öfter nachts nach Hause gefahren waren, und gab durch, wo wir abgeholt werden wollten. Im Anschluss rief ich bei Jake und Ash an, damit sie wussten, dass ich ihn gefunden hatte.

Dann warteten wir.

Trevor hatte mittlerweile seinen Kopf gegen die Mauer gelehnt und schnarchte leise vor sich hin.

Den Blick auf Trevor gerichtet, lehnte Kim sich gegen meine Brust. »Wie oft habt ihr ihn schon so gefunden?«

»Zu oft.« Ich schlang den Arm um sie und zog sie fester an mich, während ich auf meinen besten Freund hinabsah. »Viel zu oft.« Ich seufzte leise. »Manchmal weiß ich nicht mal mehr, wie wir ihm noch helfen sollen. Wir kommen zu ihm durch, er ist wie früher, er redet mit Ash und dann … passiert es doch wieder.« Es war ein elender, zermürbender Teufelskreis, der ständig von vorne begann. Ja, seine Abstürze passierten nicht mehr jeden Tag, sondern bedeutend seltener, doch das spielte keine Rolle. Ihn so zu sehen war jedes Mal aufs Neue wie ein Schlag ins Gesicht.

Ich kannte Trevor schon eine Ewigkeit. Hatte mir mit Jake und ihm verrückte Matches auf dem Spielplatz geliefert und später eine Menge Zeit mit ihm verbracht. Damals war er glücklich gewesen, trotz der harten Hand seines Vaters, trotz der Regeln, die sein Leben bestimmten. Er hatte gelebt, das Leben geliebt, getan, wonach ihm war. So lange, bis seine Mom krank geworden war und er herausgefunden hatte, dass er gar nicht ihr Sohn war. Irgendetwas war damals in ihm implodiert, denn seitdem war er nicht mehr derselbe.

»Er hat sich selbst verloren«, sagte Kim leise. »Er versucht sich wiederzufinden, aber gleichzeitig will er einfach nur vergessen, wie und warum das passiert ist.« Für einen Moment sah sie so ernst aus, dass es mir vorkam, als spräche sie von sich selbst. Doch als ich den Mund öffnen und sie danach fragen wollte, kam das Taxi neben uns zum Stehen und die Frage erstarb auf meinen Lippen.

Gemeinsam hievten wir Trevor auf den Rücksitz und schleppten ihn später die Treppe zu unserem Apartment hoch. Wir verfrachteten ihn ins Wohnzimmer, wo er die Nacht auf der Couch verbringen konnte und hoffentlich ausnüchterte.

Kim verschwand im Bad, während ich einen Eimer aus der Küche holte. Nur für den Fall, dass er sich noch mal übergab.

»Ich kann das allein«, brummte er, als ich nach seinen Schuhen griff und versuchte mich wegzustoßen.

»Weiß ich, kleiner Trunkenbold. Aber so geht's schneller.« Ich streifte seine Schuhe ab und stellte sie neben das Sofa. Er murmelte etwas Unverständliches, als ich in die Küche ging, um eine Flasche Wasser und Schmerztabletten zu holen. Ich stellte beides auf den Couchtisch und breitete eine Decke über ihm aus. »Brauchst du sonst noch was?«

Er schüttelte den Kopf und drehte sich zur Wand, was ich als Zeichen nahm, zu verschwinden.

»Keat?«, sagte er, als ich den Lichtschalter betätigen wollte.

»Ja?«

»Danke.«

Ich schaltete das Licht aus. »Kein Ding. Schlaf gut.«

KIMBERLY

»Tut mir leid, dass wir den Abend nicht für uns hatten«, sagte Keaton, sobald er zu mir ins Bett kroch. »Ich hatte mir das eigentlich anders vorgestellt.« Von hinten schlang er die Arme um mich und ich kuschelte mich in der Dunkelheit des Zimmers dichter an ihn heran.

»Schon okay.« Trevor hatte ihn gebraucht, und Keaton liebte seine Freunde viel zu sehr, um nicht alles stehen und liegen zu lassen, um für sie da zu sein. Er tat das schon immer. Ohne Wenn und ohne Aber. Und genau das war eines der Dinge, die ich an ihm liebte und wegen denen ich mich schon immer zu ihm hingezogen gefühlt hatte.

»Wir holen es nach«, versprach er und senkte seine Lippen auf mein nacktes Schulterblatt. Hauchzart strichen sie über meinen Nacken, weiter über meine Halsbeuge bis zu meinem Ohr. »Versprochen.«

»Okay.« Hauchzarte Küsse regneten auf meine Haut nieder und seine Hände legten sich auf meine Brüste.

Ich spürte sein Lächeln an meinem Nacken, als ich leise aufstöhnte, mich dichter gegen ihn drängte.

»Scheint dir zu gefallen, hm?«, raunte er, kurz bevor sein Mund weiterwanderte und an jeder Stelle, die er berührte, eine Gänsehaut entfachte. Er saugte an meiner Halsbeuge und seine Hand wanderte von meiner Brust das Schlüsselbein hinauf bis zu meinem Gesicht. Er umfasste mein Kinn, drehte meinen Kopf und küsste sich an meinem Wangenknochen entlang bis hinauf zu meinen Lippen.

Sobald seine Zunge in meinen Mund eintauchte, wurde die Stimme in meinem Kopf lauter. Sie warnte mich. Vor dem Fall, der folgen würde. Vor der Dunkelheit, die ihre Klauen ausstrecken und mir all das entreißen würde, sobald der Zauber zwischen uns vorbei war. Aber ich weigerte mich, auf sie zu hören. Ich wollte nicht darüber nachdenken. Wollte nicht aufhören, die Wärme und die Sehnsucht in mir zu spüren, das Leben, das pulsierte, sobald Keaton mich berührte.

Seine Hände wurden drängender, wanderten über meine erhitzte Haut, kneteten und streichelten, sie ließen meine Kleidung verschwinden, bis ich nackt und schwer atmend unter ihm lag und ihn zu mir herabzog.

Mit sanften Stößen stieß er in mich, immer weiter an das Licht heran, das in Funken explodierte und für einen Augenblick all die Dunkelheit und Schwere vertrieb, als würde sie nicht mehr existieren.

Doch während Keaton später neben mir in einen ruhigen Schlaf fiel, kehrte sie zurück. Legte sich eisig und kalt um mein Herz und trieb mich schließlich aus dem Bett, fort von ihm und der Wärme seines Körpers, in mein Zimmer.

Zitternd rollte ich mich auf dem Teppich vor meinem Bett zusammen, unfähig, gegen das berstende Gefühl in meinem Inneren anzukommen oder gegen die Kälte, die Stück für Stück mein Herz auffraß.

»Kim?«, erklang Trevors Stimme von irgendwo, kurz bevor alkoholisierter Atem auf mein Gesicht traf und ich blinzelnd die Augen aufschlug. »Ist alles okay bei dir?«

Abrupt setzte ich mich auf, sah Trevor an, der neben mir auf dem Boden hockte, das Gesicht dicht vor meinem. Die Morgensonne rahmte sein blasses Gesicht ein, zeichnete die dunklen Ringe unter seinen Augen nach, verstärkte den müden Glanz darin.

Ich nickte. »Ja, ich bin bloß ... eingeschlafen.«

»Auf dem Boden?«, er hob eine Augenbraue. »Halb nackt?«

Ich sah an mir herunter und stellte fest, dass ich Keatons T-Shirt trug und sonst: nichts.

»Sieht so aus«, antwortete ich ausweichend und fragte: »Wieso bist du hier?«

»Musste pinkeln.« Er massierte sich die Schläfen. »Und dann hab ich dich gesehen.« Er deutete zur offenen Tür.

Verdammt. Ich werde nachlässig.

»Ist wirklich alles okay?« Er beugte sich näher an mich heran, musterte mich durchdringender.

»Habe ich doch schon gesagt. Alles ist gut.« Ich stand auf, sorgfältig darauf bedacht, Keatons Shirt über meine nackten Schenkel zu streifen. Ich ging zu meinem Kleiderschrank und holte frische Kleidung hervor. »Ich geh duschen.«

Ohne ihm die Chance auf weitere Fragen zu geben, schloss ich mich im Badezimmer ein. Ich zerrte das Shirt über meinen Kopf und stellte die Dusche an.

Eine ganze Weile prasselte das heiße Wasser auf meine Haut, vertrieb einen Teil der Kälte aus meinen Gliedern, doch gegen die Dunkelheit, die noch immer auf meinem Herzen saß, war es machtlos.

Als ich fertig geduscht hatte und angezogen war, war es draußen bereits hell. Ich verließ das Badezimmer, um mir in der Küche einen Tee zu kochen, doch die Hoffnung, Trevor wieder schlafend auf dem Sofa vorzufinden, erfüllte sich nicht. Als ich eintrat, saß er auf dem Sessel in der Ecke, den Blick starr aus dem Fenster gerichtet.

»Möchtest du Kaffee?«, fragte ich und wartete, bis er den Kopf in meine Richtung drehte und nickte, ehe ich in die Küche trat. Ich füllte den Wasserkocher mit Wasser, holte die Teekanne hervor und hängte zwei Beutel Kräutertee hinein, ehe ich mich um die Kaffeemaschine kümmerte.

»Willst du mir erzählen, warum du auf dem Boden in deinem Zimmer geschlafen hast?« Trevor lehnte plötzlich hinter mir im Türrahmen. Er musterte mich.

»Da gibt es nichts zu erzählen.« Ich widmete mich dem Kaffeepulver, löffelte es in den Papierfilter und schaltete die Maschine ein.

»Klar«, sagte er trocken, und ich wusste, dass er mir nicht glaubte. Er kam in die Küche, öffnete den Kühlschrank und fischte eine Flasche Wasser heraus.

»Weißt du«, er richtete seine müden Augen auf mich, »wenn es eins gibt, was ich gelernt habe, dann, dass hinter manchen Dingen ziemlich hässliche Geschichten stecken.« Er schraubte den Deckel von der Flasche. »Und nur weil man diese Dämonen ignoriert, bedeutet es nicht, dass sie nicht trotzdem existieren.« Mit diesen Worten setzte er die Flasche an und leerte sie in einem Zug.

Ich öffnete den Mund und schloss ihn wieder, ohne

dass ein Wort über meine Lippen kam. Ich wusste nicht, was ich sagen sollte. Es gab keine Erwiderung, die ihn zufriedenstellen würde – bis auf die Wahrheit. Und die zu offenbaren kam nicht infrage.

Er griff an mir vorbei nach dem Wasserkocher und übergoss die Teebeutel mit dem sprudelnden Wasser. »Du musst nicht mit mir darüber sprechen. Aber falls doch«, redete er weiter und senkte die Stimme, als Schritte im Wohnzimmer erklangen, »ich kenn mich ziemlich gut mit solchen Dämonen aus.« Er drehte sich zur Küchentür, in der Keaton in diesem Moment erschien. »Hey, Keat.«

»Morgen«, begrüßte Keaton ihn, trat auf mich zu und nahm mein Gesicht in beide Hände. »Hey, Traumfrau«, murmelte er, beugte sich herab und drückte seine Lippen auf meine. Sein Haar war leicht feucht, und der frische Minzgeruch seiner Zahnpasta drang in meine Nase, mischte sich mit dem herben Duft seines Aftershaves und dem nussigen Aroma, das ihn stets umgab. »Hiermit lege ich übrigens offiziell Einspruch dagegen ein, dass du mein Bett verlässt, bevor ich wach bin.« Seine Nase strich über meine, dann drückte er einen Kuss auf meine Stirn. »Es ist ätzend, ohne dich aufzuwachen.«

»Ich konnte nicht mehr schlafen«, log ich und betete stumm, dass Trevor den Mund halten und Keat nicht auf die Nase binden würde, wie er mich heute Morgen in meinem Zimmer vorgefunden hatte.

»Was schade ist«, raunte er. »Denn ich würde dich verdammt gerne wachküssen.« Einen Moment sah er mich an, so durchdringend, dass mein Herz wie wild zu schlagen begann, sich an seine Berührungen und Küsse erinnerte und an das Gefühl von Geborgenheit, das er in mir zum Leben erweckte.

»Wie geht's dir heute Morgen?«, wandte er sich an Trevor, und ich löste mich von ihm, um die gluckernde Kaffeemaschine auszuschalten.

»Hab 'nen scheiß Kater«, antwortete er, während ich die Teebeutel aus der Kanne nahm und Tassen aus dem Schrank holte. »Aber der ist verdient.«

»Hast du Ash Bescheid gesagt?«

»Ja. Wir treffen uns nachher. Sie holt mich später hier ab.«

»Das ist gut.« Keaton drehte sich wieder zu mir um. »Ich muss jetzt eigentlich gleich los. Erst meinen Truck holen, dann kurz zu meiner Mom, bevor sie zur Arbeit fährt, und anschließend Jake von der Uni abholen.«

»Ein voller Tag.«

»Ja.« Er zog mich zu sich und lehnte seine Stirn an meine. »Aber ein wichtiger.«

»Ich weiß.«

»Heute Abend Asiatisch und ein Film auf meinem Zimmer?«

»Gern.«

»Um neun bin ich da«, versprach er und drückte einen Kuss auf meinen Mundwinkel, ehe er zurücktrat, sich zwei Müsliriegel aus dem Vorratsschrank schnappte und damit die Küche verließ.

KIMBERLY

Auszahlung nicht möglich. Bitte wenden Sie sich an einen Mitarbeiter unserer Filiale. Ich starrte von dem Bildschirm des Geldautomaten zu dem Schlitz, in dem meine Karte verschwunden war.

»Verdammt.« Ich drückte auf *Abbrechen*, doch nichts geschah. Die Karte blieb, wo sie war: im Automaten. »Das kann doch nicht wahr sein!«

Ich stopfte mein Portemonnaie zurück in die Handtasche, ignorierte die Blicke der Passanten hinter mir und lief durch die Tür ins Innere der Bank, direkt auf den Empfangstresen zu.

»Guten Tag«, begrüßte ich die hochgewachsene Dame in ihrem feinen Kostüm, während ich meinen Ausweis aus der Tasche fischte und ihn vor ihr auf den Tisch legte. »Mein Name ist Kimberly Graham und Ihr Automat hat eben meine Karte eingezogen.«

»Einen Moment bitte.« Mit einer Ruhe, die ich mir nur wünschen konnte, zog sie meinen Ausweis zu sich heran und begann in ihren Computer zu tippen.

Ich trippelte mit meinen Schuhen auf dem dunklen Teppichboden und versuchte mich zu beruhigen. Es gab bestimmt eine ganz simple Erklärung dafür. Irgendein Missverständnis, das sich aufklären würde, und dann würde ich meine Karte und mein Geld bekommen.

»Es gibt ein Problem mit Ihrem Konto, Miss«, sagte die Bankangestellte und gab mir meinen Ausweis zurück.

»Was für ein Problem?«

»Nun ...« Sie schenkte mir ein Lächeln. »Das wird Ihnen einer unserer Mitarbeiter im persönlichen Gespräch erläutern.« Sie deutete auf den Wartebereich rechts vor der verglasten Bürozeile. »Nehmen Sie doch Platz, Mr. Jacobson wird sich schnellstmöglich um Sie kümmern.«

Ich wollte sie bitten, mir einfach meine Karte wiederzugeben, doch sie schnappte sich eine Mappe und verschwand in dem inneren Gewirr aus Schreibtischen, ohne mich eines weiteren Blickes zu würdigen.

Seufzend verstaute ich den Ausweis wieder in der Tasche und ließ mich widerwillig in einen der Ledersessel im Wartebereich fallen. Ich holte mein Handy hervor, um die Uhrzeit zu überprüfen, und sah, dass zwei neue Nachrichten eingegangen waren.

BRINA: *Da ist noch ein Brief für dich gekommen und er sieht ziemlich wichtig aus. Ich schick ihn gleich als Luftpost los, damit du ihn schnell hast. Bitte vergiss nicht, die Post umzumelden. In drei Tagen schließt das College.*

Ich unterdrückte ein Seufzen und löschte die Nachricht, ohne Brina zu antworten. Im Moment wollte ich nicht an wichtige Briefe denken oder daran, dass ich mich schon viel zu lange nicht mehr um meine Post kümmerte.

KEAT: *Gregory hat gerade das verrückteste Cover-up ever gemacht. Aus einem Frosch einen Schriftzug von Game of Thrones. Wie findest du es?*

PS: Wir sitzen jetzt vor dem Büro und warten auf Jakes Dad.

Ein Vorher-nachher-Foto ploppte auf, als ich auf den Anhang klickte. Auf dem neuen Schriftzug war rein gar nichts von dem kitschigen Breitmaulfrosch zu erkennen, der zuvor an derselben Stelle gesessen hatte. Stattdessen war darauf ein geschwungener, wunderschöner Schriftzug, der selbst auf dem Foto geradezu leuchtete.

Ich tippte eine schnelle Antwort und sendete sie ab.

ICH: *Sieht wahnsinnig toll aus und professionell wie immer. Gott sei Dank durfte er es überstechen, der Frosch war gruselig. Wer sticht sich so was?*

KEAT: *Absolut! Der Kerl ist wohl zehn Jahre damit rumgerannt, weil er nicht wusste, dass man es überstechen kann.*

Ich muss jetzt rein. Drück uns die Daumen!

»Miss Graham?«

Ich sah auf und warf das Handy zurück in meine Tasche. »Ja, die bin ich.«

»Ich hätte jetzt Zeit für Sie.«

Ich rappelte mich hoch und folgte dem Mann mit breitem Kreuz und Schnauzbart in das gegenüberliegende Büro.

»Setzen Sie sich doch«, forderte Mr. Jacobson mich auf, während er selbst hinter seinem Schreibtisch Platz nahm.

»Was gibt es für ein Problem mit meiner Karte?«, kam ich direkt zur Sache. Ich war nicht im Einkaufszentrum gelandet, um rumzusitzen. Ich musste die Dunkelheit aus meinem Kopf vertreiben und wieder zu Hause sein, bevor Zara von der Uni zurückkam und Fragen stellte, die ich nicht beantworten wollte.

»Ihr Konto wurde gesperrt.«

Unmöglich.

»Aber ich habe einen Dispo.«

»Den Sie überzogen haben.« Er sah auf seinen Bildschirm. »Um genau genommen vierhundertachtundsiebzig Dollar.«

Mir wurde übel.

»Wir hatten Sie in einem Schreiben gebeten, den Betrag unverzüglich auszugleichen. Dem sind Sie nicht nachgekommen.«

»Wann soll das gewesen sein?«

Er tippte etwas in seinen Computer, dann sagte er: »Vor zwei Wochen haben wir Ihnen die Aufforderung zugesandt. Die Frist ist gestern abgelaufen.«

Nein. *Nein*. Nein.

»Und was soll ich jetzt tun? Ich brauche Geld.«

Er schenkte mir ein mitleidiges Lächeln. »Wenn Sie den zu Unrecht erhaltenen Betrag und den von uns gewährten Dispositionskredit bis zum Ende des Monats zurückzahlen, können wir ihr Konto in ein reines Guthabenkonto umwandeln.«

»Und wenn ich es nicht schaffe?« Der Monat war fast vorbei. Ich hatte keinen Schimmer, wie ich innerhalb der nächsten zehn Tage fast zweitausend Dollar auftreiben sollte.

»Es bestünde die Möglichkeit, es uns in Raten zurückzuzahlen, dafür bräuchten wir allerdings einen aktuellen Gehaltsnachweis.«

»Im Moment habe ich keinen Job.«

»Nun«, sagte er und erhob sich von seinem Stuhl. »In diesem Fall kann und wird unser Kreditinstitut nichts mehr für Sie tun können, Ms. Graham, und Sie hören von unserer Inkassoabteilung.«

Wie betäubt verließ ich erst die Bank, dann das Einkaufszentrum. Mit jedem Meter, den ich in der Mittagshitze hinter mir ließ, wurde der Kloß in meinem Hals riesiger.

Alles, woran ich denken konnte, war, dass ich erneut die Kontrolle verloren hatte. Über mich, mein Geld, mein verdammtes Leben.

Ich wusste nicht, wie ich überhaupt nach Hause gekommen war, doch irgendwann tauchte unser Apartmentkomplex an der Straßenecke auf. Ich hastete die Stufen hinauf, zerrte im Gehen den Schlüssel aus der Tasche und rannte fast in Zara hinein, die gerade unsere Wohnungstür aufschloss.

»Wo kommst du denn her?« Sichtlich irritiert schaute sie mich an. »Ist alles okay?«

»Ja, ich ... ich war nur kurz ... frische Luft schnappen.«

Bevor sie weiterbohren konnte, schob ich mich an ihr vorbei in die kühle Wohnung, streifte meine Schuhe ab und ging direkt in mein Zimmer. Ich schloss die Tür hinter mir und sackte aufs Bett, meine Handtasche gegen meine Brust gedrückt.

»Kim?« Meine Schwester klopfte gegen die geschlossene Tür. »Ist wirklich alles okay mit dir?«

»Ja«, rief ich, bemüht, wieder einen klaren Gedanken zu fassen. Ich musste mich beruhigen, nachdenken, eine Möglichkeit finden, die Unruhe in mir zum Stillstand zu bringen. Doch noch während ich darüber nachdachte, wusste ich, dass es nicht funktionierte. Dass es nichts gab, womit ich das Chaos, das ich ein weiteres Mal angerichtet hatte, in Ordnung bringen konnte. Nichts, mit dem ich mich in Ordnung bringen konnte. Die Lawine rollte auf mich zu, schneller und immer schneller. Und egal wie schnell ich rannte: Zum Schluss würde sie mich einholen, mich unter sich begraben und damit den letzten Rest von mir verschwinden lassen.

Als ich hörte, wie Zaras Schritte endlich verklangen, fischte ich mein Handy aus der Handtasche. Mit zitternden Fingern scrollte ich durch meine Kontaktliste.

Ich umklammerte das Handy, presste es viel zu fest gegen mein Ohr, während es klingelte.

Bitte geh dran.

Ein Klicken in der Leitung, dann Macys Stimme.

»Süße«, begrüßte sie mich, während ich an der Matratze entlang auf den Boden sank, »ich bin froh, dass du endlich anrufst. Wie geht es dir?«

»Ich war gerade bei der Bank.« Ich presste die angewinkelten Knie gegen meinen Brustkorb. »Mein Konto, es ... ist gesperrt. Das ganze Geld, das ich wieder angespart hatte, es ist *weg*.«

»Oh, Süße ...«

»Was soll ich denn jetzt tun?«, schluchzte ich.

»Erst mal musst du dich beruhigen. Du warst schon einmal an diesem Punkt, erinnerst du dich?« Natürlich tat ich es. Diesen Tag würde ich niemals vergessen, immerhin hatte ich Macy damals kennengelernt. »Wir haben damals einen Weg gefunden, und den gibt es auch jetzt.«

»Diesmal ist es anders«, widersprach ich und atmete gegen die Panik an, die meine Lungen füllte, mir die Luft abschnürte. »Ich bin wieder hier und das ... es macht mich verrückt. Ich kann nicht ... ich brauche, ich brauche *das*.«

Einkaufen half. Es half immer. Es gab mir Kontrolle, wenn alles in mir zerfiel. Es stoppte die Unruhe, gab meinen Gedanken etwas, womit sie sich beschäftigen konnten, damit sie aufhörten, immer und immer wieder nur um die Dunkelheit zu kreisen, an die ich nicht denken wollte. Nicht jetzt, eigentlich nie wieder.

»Es ist schlimmer geworden, richtig? Nicht nur das Geldausgeben, sondern deine Träume.«

»Ja«, presste ich hervor. Ich entkam den Träumen nicht mehr, konnte ihnen nicht mehr ausweichen, indem ich nicht schlief. Jedes Mal, wenn ich die Augen schloss, ob am Tag oder in der Nacht, waren sie da, bohrten sich in meinen Verstand und brachten mich zurück zu jenem Moment, der alles verändert hatte. Doch es waren nicht nur die Träume, die es realer und schlimmer machten, es war auch Keaton. Mit ihm zu schlafen riss alles auf. Wieder und wieder. »Es ist –«

Ein Klopfen. »Kim?«, erklang Trevors Stimme. »Ich wollt nur sagen, dass ich jetzt weg bin.«

Ich legte die Hand auf den Hörer. »Okay«, rief ich, ohne aufzustehen oder ihn hereinzubitten.

»Ist das Keat?«, fragte Macy vom anderen Ende der Leitung.

»Nein, Trev, er hat heute Nacht hier geschlafen«, erklärte ich und atmete auf, als seine Schritte sich entfernten. Dann nahm ich das Gespräch wieder auf. Erzählte Macy von den Träumen und von Keat. Ich erzählte ihr alles. Schüttete ihr mein Herz aus, bis es nichts mehr gab, was ich sagen konnte.

Als wir Stunden später auflegten, ignorierte ich Zaras Klopfen und kroch tränenleer und erschöpft in mein Bett. Wünschte mir nichts mehr, als die Dämonen auszusperren, die mich quälten und mich immer zurückbrachten zu diesem Moment, der die Nähte meiner Träume aufgetrennt und alles in Fetzen gelegt hatte.

KIMBERLY

9 Monate zuvor

Ein Pärchen eilte an mir vorbei auf die beleuchtete Hotellobby zu. Wie in Zeitlupe sackte ich an der roten Backsteinwand hinab, während sie in die Wärme flohen, wo der eisige Schauer ihnen nichts mehr anhaben konnte.

Mit zitternden Händen schlang ich die Jacke fester um meinen Körper. Doch sie war klamm, durchnässt vom nicht enden wollenden Regen.

Das orange Licht der Laterne erhellte die Pfütze neben meinem Koffer. Ein Zigarettenstummel schwamm darin. Er tänzelte hin und her, gepeinigt und ohne Halt.

Er war verloren, genau wie ich.

Ich vergrub das Gesicht zwischen den Knien und brach erneut in Tränen aus.

Acht Dollar und dreiundvierzig Cent.

Das war alles.

Alles, was noch übrig war.

Von meinem Collegefond. Von meinem Leben.

Meine Schluchzer mischten sich mit dem dichten Verkehr der Straße und dem Geklapper von Absätzen auf den feuchten Gehwegplatten. Die Schritte wurden lauter und erstarben. Mal langsam, mal schnell. Sie wurden zu einem Singsang mit meinen Tränen.

»Hey«, erklang eine Stimme, warm und samtig, gefolgt von einer Berührung an meiner Schulter.

Ich hob den Kopf, sah in das geschminkte Gesicht einer Fremden. Sie hockte vor mir. Ihre Lippen waren rot, die Wimpern dicht und sie hielt einen Regenschirm über unsere Köpfe.

»Ist alles in Ordnung?«, fragte sie, während ich hastig über meine Wangen wischte.

»Ja«, presste ich hervor, obwohl weitere Tränen aus meinen Augen tropften. »Alles g-gut.«

Sie wechselte den Haltegriff des Schirms in die linke Hand und fasste in die Tasche ihres roten Mantels. Einen Moment später streckte sie mir ein Taschentuch entgegen. »Hier.«

Ich starrte von den künstlichen French Nails hoch in ihr Gesicht und nahm es zögerlich entgegen. »Danke«, krächzte ich.

»Kann ich dir vielleicht ein Taxi rufen? Wenn du hier länger in der Kälte sitzt, holst du dir noch den Tod, und ich glaube nicht, dass der Regen heute Nacht noch mal aufhört.«

Ich schüttelte den Kopf und schluchzte auf, weil Zaras Gesicht vor mir auftauchte. In den letzten Tagen hatte ich so oft daran gedacht, sie anzurufen. Doch ich konnte nicht. Es war unmöglich.

Was sollte ich ihr sagen? Dass ich pleite war und mir nicht mal mehr eine einzige Nacht in diesem heruntergekommenen Hotel leisten konnte, geschweige denn einen Flug nach Hause?

»I-ich kann nirgendwohin. I-ich sitze auf der Straße, i-

ich ...« Meine Stimme brach, weil mir bewusst wurde, dass es stimmte.

Ich hatte nichts mehr.

Kein Geld.

Keinen Schlafplatz.

Kein Zuhause.

Die Fremde zog ein weiteres Taschentuch hervor und reichte es mir. »Verrätst du mir deinen Namen?«

»Kim.« Ich schnäuzte mir die Nase. »Ich heiße Kim.«

»Okay, Kim, ich bin Macy, und ich weiß, wir kennen uns nicht, aber ... du kannst mit zu mir kommen und heute Nacht auf meiner Couch schlafen. Ich wohne nur ein paar Straßen weiter.«

»I-ich soll ...«

»Mit zu mir kommen? Ja.« Ihre rot angemalten Lippen verzogen sich zu einem mitfühlenden Lächeln.

»Aber ... w-warum?« Das ergab keinen Sinn. Diese Frau kannte mich nicht. Sie wusste nichts über mich. Und trotzdem bot sie mir ihre Hilfe an. Einfach so.

»Weil jeder Mensch ab und an einen Engel braucht.« Sie suchte meinen Blick. »Und jemanden, dem er sein Herz ausschütten kann.«

KEATON

»Nein, Ma.« Ich klemmte das Handy zwischen Schulter und Ohr und hob die Tüte des chinesischen Restaurants vom Beifahrersitz. »Jakes Dad hat es genau so gesagt. Er meinte, wir sollen uns nicht der Illusion hingeben, dass das, was die Schule für Izzy tun kann, wirklich helfen wird. Er meint, es wäre besser, sie die Schule wechseln zu lassen.«

Meine Mutter schnaubte und ich konnte es ihr nicht einmal verdenken. Bei dem Gespräch mit Jakes Vater hatte ich denselben Impuls verspürt. Zum Beispiel, als er offen zugab, bereits davon zu wissen, dass meine Schwester – und nicht nur sie, sondern auch einige weitere Schüler der *Summerfield High* – drangsaliert und gemobbt wurden. Oder als er völlig gelassen und überzeugt erklärte, dass die Schule bis auf die Aufklärungskampagnen, die bereits liefen, und sensibilisierende Gespräche mit den betroffenen Schülern nichts tun könne, um etwas zu ändern. *Ein Kampf gegen Windmühlen* – so hatte er es genannt. Auf systemische Gewalt verwiesen und mir nahegelegt, ein Neuanfang in einer anderen Schule stelle die einzige Alternative dar, um Mobbing wirksam zu stoppen.

»Und Mr. Widmann ist sich sicher, dass es an einer anderen Schule nicht wieder von vorne losgehen wird?« Ihre Stimme klang traurig und resigniert.

»Ich weiß es nicht, Ma.« Ich drückte die Autotür mit der Schulter zu, ehe ich über den Gehweg zu unserem Apartmenthaus lief. »Aber wenn auch nur die geringste Chance besteht, dass es hilft, sollte man vielleicht darüber nachdenken.« Grundsätzlich glaubte ich, dass man sich den Hürden im Leben stellen und nicht vor ihnen davonrennen sollte, doch es gab nun einmal Dinge, bei denen es klüger war, zurückzutreten und sich einzugestehen, dass ein anderer, defensiverer Weg für das eigene Seelenheil die bessere Wahl war. Meine Schwester war unglücklich an der Schule, es ging ihr nicht gut. Klar könnte man sie stärken, damit sie über gehässigen Bemerkungen und Beschimpfungen stehen konnte, aber das änderte nun einmal nichts daran, dass sie fielen.

Nach dem ernüchternden Gespräch in der Schule hatte ich mit Jakes Schwester gesprochen. Auch Sandy hatte gesagt, man könne nur bis zu einem gewissen Punkt einschreiten und das Ruder herumreißen. Sobald dieser überschritten war, wurde es schwer, wenn auch nicht unmöglich.

»Ich werde mit Isabella darüber sprechen«, versprach sie, als ich den Flur vor unserem Apartment erreichte.

»Mach das.« Ich schloss die Wohnungstür auf. »Und Ma? Schäm dich nicht für die Dinge, die du tun musstest, damit es uns gut geht. Ich habe das niemals getan und du solltest es auch nicht.« Ich kannte meine Mom und war mir sicher, dass sie sich zumindest zu einem Teil die Schuld an Izzys Situation gab.

Ich trat in den Flur und streifte die Schuhe ab.

»Ich wünschte, es wäre so einfach, Keat. Weißt du, als euer Dad gegangen ist und ich mit euch allein war, ohne Geld für die Miete oder einen Plan, wie es weitergeht, da habe ich keinen anderen Weg gesehen als den, den ich gewählt habe. Aber nur weil ich mich dafür entschieden habe, bedeutet das nicht, dass es die richtige Entscheidung war oder dass ich es nicht bereue. Es gibt eine Menge Tage, an denen ich mir wünsche, ich hätte eine andere Möglichkeit gesehen. Nicht nur, um euch die Auswirkungen zu ersparen, sondern vor allem mir selbst.«

Der Schmerz in ihrer Stimme schleuderte mich unwillkürlich zu jenem Morgen zurück, an dem ich sie weinend im Badezimmer vorgefunden hatte.

»Ich weiß, dass du mir diese Schuldgefühle schon als kleiner Junge abnehmen wolltest, aber das kannst du nicht. Manchmal, da treffen wir schlechte Entscheidungen und müssen mit den Folgen leben – ob wir nun wollen oder nicht.« Sie wechselte das Thema. »Und jetzt werde ich mit deiner Schwester über einen Schulwechsel sprechen und du verbringst den Abend mit deiner *Freundin*.« Ihre Stimme nahm einen entzückten Ausdruck an. »Grüß sie von mir, ja?«

»Mach ich.«

»Ich hab dich lieb.«

»Ich dich auch, Ma.«

Ich schob mein Handy in die Hosentasche und ging ins Wohnzimmer, wo Zara auf der Couch saß und über ihren Büchern brütete.

Ich blieb neben ihr stehen. »Kommst du voran?«

»Na ja.« Sie klappte das Buch auf ihrem Schoß zu und rieb sich die Augen. »Ich glaube, je länger ich mir den Kram ansehe, umso weniger bleibt hängen.«

»Vielleicht hilft dir etwas davon.« Ich holte eine Box aus der Plastiktüte in meiner Hand und stellte sie vor ihr auf den Tisch.

»Chop Suey?«

Als ich nickte, nahm sie die Stäbchen entgegen und klappte den Deckel auf. Sofort drang der unverwechselbare Duft von Zaras Lieblingsgericht in meine Nase und erinnerte mich daran, dass nicht nur sie Hunger hatte. Ich deutete hinter mich. »Ich werde mit Kim einen Film in meinem Zimmer schauen.«

Kauend gab sie mir zu verstehen, dass sie uns viel Spaß wünschte, und ich lief zu meinem Zimmer. Der Anruf meiner Mom hatte mich aufgehalten. Mittlerweile war es weit nach neun, und ich freute mich darauf, mit ihr zusammen den Abend ausklingen zu lassen. Doch weil Kim nicht in meinem Zimmer auf mich wartete, sah ich in ihrem Zimmer nach.

Schlafend, zu einer Kugel zusammengerollt, lag sie auf ihrem Bett. Ohne Decke.

»Hey ...« Ich trat an sie heran und stellte die knisternde Tüte auf ihrem Nachttisch ab, um sie zuzudecken. Doch selbst dabei regte sie sich nicht. Also schloss ich die Tür und ging mit meinem Essen zurück ins Wohnzimmer.

Zara sah auf, als ich mich in den Sessel ihr gegenüber fallen ließ und mein Essen hervorholte. »Wolltest du nicht eben noch einen Film schauen?«

»Schon, aber Kim ist eingeschlafen.« Ich nahm die Stäbchen und begann mir asiatische Nudeln und Fleisch in den Mund zu schaufeln. Dann hielt ich inne. Zara hatte aufgehört zu essen. »Schmeckt es dir nicht?«

»Doch, schon.« Sie stellte die Box mit dem Chop Suey auf dem Tisch ab, dann fragte sie: »Findest du nicht auch, dass sie in letzter Zeit irgendwie komisch ist?«

»Wie meinst du das?«

»Ich weiß nicht, sie verhält sich einfach seltsam.« Sie zog die Beine an ihren Körper. »Zum Beispiel ist sie ständig in ihrem Zimmer.«

»Weil sie näht.«

»Ja, schon klar, aber sie ... Heute zum Beispiel. Ich kam nach Hause und war gerade dabei, die Wohnungstür aufzuschließen, da ist sie fast in mich hineingerannt. Sie kam von draußen, völlig außer Atem und sah irgendwie total fertig aus. Ich weiß nicht, Keat, aber es sah aus, als hätte sie geweint. Ihre Augen waren gerötet.« Ich ließ meine Stäbchen sinken. »Bevor ich auch nur fragen konnte, ob alles okay ist, ist sie an mir vorbei in ihr Zimmer gelaufen und hat sich eingeschlossen. Ich habe geklopft, aber sie hat mich weggeschickt, und dann, als Trev sich von ihr verabschiedet hat, um zu Ash zu fahren, ist sie nicht mal rausgekommen.« Sie schüttelte den Kopf. »Und überhaupt redet sie kaum noch mit mir. Und wenn, dann nicht richtig. Früher wusste ich immer, wie es ihr geht und was sie denkt, aber seit sie zurück ist, habe ich gar keine Ahnung, was eigentlich in ihr vorgeht.« Unsere Blicke trafen sich und ich erkannte die Sorge in ihren Augen. »Irgendwas bedrückt sie, das spüre ich.«

Ich dachte über Zaras Worte nach. Nicht nur, während ich mir die Reste des kalten Chop Suey in den Mund schaufelte, oder später, als ich allein in meinem Bett lag. Auch die nächsten Tage, wenn ich mit Kim zusammen war, schwirrte mir das, was Zara gesagt hatte, ununterbrochen durch den Kopf. Ich beobachtete Kim, registrierte die Erschöpfung in ihren Augen und begann mich zu fragen, ob Zara recht haben könnte. Ob die

Traurigkeit, die viel zu oft in ihren Augen glänzte, noch eine andere Ursache haben könnte als das abgebrochene Studium und die Tatsache, dass es ihr offenbar schwerfiel, mit dem, was in Boston passiert war, abzuschließen.

»Planänderung«, erklärte Zara, als sie am Samstagnachmittag die Tür zu Kims Zimmer aufriss. Kim lag angeschmiegt auf meinem Oberschenkel, während ich ihr ein Kapitel aus *Das Lied von Eis und Feuer* vorlas. »Wir treffen uns nicht morgen Abend bei Jake, sondern gleich mit den anderen am Strand.«

Ich klappte das Buch zu, während Kims Kopf ruckartig in die Höhe schoss. »Was? Aber warum?«

»Weil Ash gerade angerufen hat. Jake ist schon aus New York zurück und nach dem langen Flug wollen sie mit Chase an den Strand gehen und die Idee ist toll.« Zara sah Kim an. »Seitdem du zurück bist, waren wir noch kein einziges Mal zusammen dort.«

»Hat Ash gesagt, warum er früher geflogen ist?« Obwohl das Semester offiziell noch zwei Wochen dauerte, war er am Dienstagnachmittag nach dem Gespräch mit seinem Dad ins Flugzeug gestiegen, um seinen Sohn über die Sommerferien zu sich zu holen. Ursprünglich hatte er vorgehabt, erst am nächsten Morgen zurück zu sein, und hatte mich gefragt, ob ich ihn und Chase vom Flughafen abholen könne.

»Es gab Streit mit Maya, aber mehr weiß ich auch nicht«, antwortete Zara, und ich beschloss, ihn gleich danach zu fragen. »Treffen wir uns in zwanzig Minuten unten am Truck?« Sie sah von Kim zu mir. »Dann pack ich schnell meine Tasche und flitze in den Supermarkt, um Getränke zu besorgen.«

»Schaffen wir«, sagte ich, als Kim keine Anstalten machte, ihr zu antworten. Zara nickte und verschwand aus dem Zimmer, während ich zu Kim sah. Sie kaute auf ihrer Unterlippe und wirkte, als wäre sie ganz woanders. »Alles okay?« Ich strich über ihre Wange und sie zuckte zusammen.

Was zur …?

»Ja, klar, alles gut.« Sie rutschte vom Bett und öffnete ihren Schrank. »Ich habe mich bloß auf einen gemütlichen Tag mit dir eingestellt, das ist alles.« Mit einem schwarzen Badeanzug in der Hand drehte sie sich lächelnd zu mir um, doch irgendetwas an diesem Lächeln gefiel mir ganz und gar nicht.

KIMBERLY

Der kilometerbreite Sandstrand von Savanna Springs, der sich entlang der Längsseite der Stadt die gesamte Westküste hinauf schlängelte, tauchte auf, als Keaton den Truck am Straßenrand vor Trevors Strandhaus parkte. Durch das offene Fenster starrte ich auf das endlose Blau, auf die tosenden Wellen, die sich am Ufer brachen, und dachte daran, dass es eine Zeit in meinem Leben gegeben hatte, in der das hier mein liebster Ort auf der Welt gewesen war.

Fast ein Jahr war es her, seit ich das letzte Mal an einem Strand gestanden und auf das Meer hinaus geblickt hatte. Ein Jahr ohne den Geruch von Salzwasser auf meiner Haut und Sand unter meinen Füßen. Ein Jahr, in dem ich mich abgetrennt von der Welt, dem Leben, von mir selbst fühlte. Ein Jahr, das alles verändert und doch nichts wiedergutgemacht hatte.

Keaton und Zara stiegen aus dem Wagen. Die Türen schlugen zu, und ich konnte hören, wie sie den Truck umrundeten. Es ruckelte, als Keat die Getränkekiste von der Ladefläche hievte. Die Flaschen klirrten, dann erklang ein Klopfen an der halb offenen Fensterscheibe neben mir.

»Komm, steig aus, die anderen warten schon auf uns.« Zara winkte mich zu sich und schob die Sonnenbrille, die in ihrem Haar steckte, auf ihre Nase.

Ich löste den Gurt und stieg aus, um ihr und Keaton zum Strandhaus zu folgen. Wir schlüpften durch die offene Eingangstür in die Kühle des Hauses und brachten die Getränke zu dem riesigen Tresen in der Küche, wo bereits jede Menge Essen stand. Das letzte Mal war ich im Strandhaus gewesen, als Trevors Mom noch gelebt hatte, doch alles sah genau wie damals aus. Fast wirkte es, als würde Mrs. Gossow jeden Moment durch die Terrassentür treten und uns alle begrüßen. Ich hatte sie immer gemocht, ihre herzliche Art und ihr Lachen.

Durch die Glasschiebetür folgte ich den anderen nach draußen auf die Terrasse, wo ein kleines Tor das Grundstück vom Strand trennte.

Der heiße Sand quetschte sich zwischen meine nackten Zehen. Fühlte sich gleichzeitig gut und angsteinflößend an.

Ich zwang mich, die Wolken, die sich in meinem Kopf zusammenbrauten, zu ignorieren, und konzentrierte mich auf die anderen. Ashley saß in einem weiß-blauen Bikini auf einem Strandtuch in der Sonne und sah Trevor zu, wie er mit seinem Surfbrett den Wellen trotzte, während Jake ein Stück entfernt zusammen mit Chase im Sand baute. Seit einem Jahr hatte ich Jakes Sohn nicht mehr gesehen. Nicht nur sein Babyspeck war verschwunden. Er war so sehr in die Höhe geschossen, dass ich ihn fast nicht erkannte.

Sobald Chase uns entdeckte, deutete er mit leuchtenden Augen auf Keat und rannte los. Als er ankam, schloss er seine kleine Hand um die von Keaton und zerrte daran, bis er mit ihm kam.

Ich folgte den beiden, ließ mich neben Keat in den Sand plumpsen und hörte zu, wie Chase ihm erst eine grüne Schaufel überreichte und dann dazu aufforderte, eine Burg so groß *wie New York* zu bauen, genau wie sein Dad.

»Na, dann lass uns mal sehen, ob Keat diese Herausforderung schafft, Kumpel« Jake strubbelte Chase durchs Haar und warf Keaton einen herausfordernden Blick zu. »Ich wette, meine Burg wird nicht nur besser, sondern ist auch schneller fertig.«

»Du vergisst, dass ich vier jüngere Geschwister habe.« Keaton begann Sand vor sich aufzutürmen. »Sandburgen bauen kann ich im Schlaf.«

Während die beiden sich ein Wettbuddeln lieferten, stapfte Chase mit seinem kleinen roten Eimer zum Ufer und sammelte Muscheln. Ich sah von ihm zu den tosenden Wellen, die sich an der Küste brachen.

»Ich gehe schwimmen«, erklärte ich, doch weder Keaton noch Jake beachteten mich. Viel zu sehr waren sie damit beschäftigt, die kleinen Plastikschaufeln in den Sand zu rammen. Also stand ich auf, zog das weiße Sommerkleid über den Kopf, das ich über meinem Badeanzug trug, und machte mich auf den Weg zum Wasser. Vielleicht würde Schwimmen mir dabei helfen, diesen Tag am Strand durchzustehen.

»Warte«, rief Zara. »Ash und ich kommen mit.«

Zusammen rannten wir auf die Wellen zu und kicherten, weil es verdammt kalt war. Die meisten Menschen, die nach Kalifornien kamen, überschätzten die Temperatur des Pazifik, der tatsächlich selbst dann nicht wirklich warum wurde, wenn, die Sonne mit heißen vierzig Grad auf einen hinunterbrannte.

Nach einer Weile gewöhnte sich mein Körper an die Temperatur und die Kühle des Wassers, die meinen Körper umspülte.

»Geht es ihm eigentlich besser?« Zara deutete aufs offene Meer hinaus, wo Trevor und sein Surfbrett den Wellen trotzten, und unwillkürlich dachte ich an den Morgen, an dem er mich halb nackt und schlafend auf meinem Teppichboden gefunden hatte.

»Nicht wirklich, nein«, sagte Ash. »Seine Mom fehlt ihm unglaublich und es wird nicht besser. Es macht ihn fertig, dass sie nicht mehr da ist, und ... wenn man jemanden verliert, den man liebt, dann ist da diese Lücke, die sich nie wieder füllt, ganz gleich, wie sehr man sich anstrengt.« Sie drehte den Kopf, doch ich sah sie trotzdem, die Tränen, die verräterisch in ihren Augen glänzten.

»Ash ...«

»Schon gut, Zara. Ich ... ich komme klar, ich will nur einen schönen Tag mit euch allen verbringen, okay? Ich habe es satt, in der Vergangenheit zu leben. Das hätte Tami nicht gewollt, verstehst du?« Sie schwieg einen Moment, in dem ihre Worte sich schwer auf meine Brust legten. Auch ich wollte nichts lieber, als mich auf das Jetzt konzentrieren zu können. »Wettschwimmen zurück zum Strand?«, fragte sie, also paddelten wir los. Ich war schnell, doch kurz bevor wir das Ufer erreichten, ließ ich mich zurückfallen. Den Blick auf den weißen Sandstrand gerichtet, schwamm ich auf der Stelle, unfähig, den letzten Rest hinter mich zu bringen. Zara und Ashley lagen längst auf ihren Strandtüchern, während ich mich überwand, endlich zurückzuschwimmen.

Am Ufer angekommen, drückte ich das Salzwasser aus meinem Haar, als Keatons heiße Hände mich packten. Er schleuderte mich im Kreis, dann fielen wir in den Sand. Ich auf den Rücken, er auf mich drauf. Mein Herz pochte immer schneller. Es hämmerte gegen meine Brust, als ich den Sand unter meinen Händen fühlte.

Nicht durchdrehen, Kim. Einfach nicht durchdrehen.

Keatons Hände stützten sich links und rechts von mir in den Sand. Ich spürte seinen Atem, kurz bevor er seine Lippen auf meine senkte. Weich, warm und fordernd. Er schmeckte nach Sand, und ich schloss die Augen, um die widerstreitenden Gefühle in mir zum Stillstand zu bringen. Doch es funktionierte nicht. Je länger er mich küsste, je stärker er seinen Körper gegen meinen presste, umso mehr katapultierte es mich zurück. Zurück zu dem Strand vor einem Jahr, dem Körper, der sich auf mich drängte, dem Sand, dem ich schlicht nicht entrinnen konnte.

Keaton hörte erst auf, mich zu küssen, als Sand auf uns herabrieselte. Chase stand neben uns und kippte seinen Eimer über Keatons Rücken aus.

»Gut gemacht, Chase«, rief Jake und lachte. »Und jetzt noch mal!«

Keaton rutschte von mir herunter, beugte sich zu Chase, flüsterte etwas, das ich nicht verstand. Zusammen füllten sie Chase´ Eimer auf, ehe Keaton den kleinen Jungen auf seine Schultern hob und sie mit einem Siegesschrei auf Jake zustürmten.

Mit zitternden Händen stand ich auf und lief los. Ich konzentrierte mich auf meine Schritte, bis ich das hüfthohe Metalltor erreichte. Ich lief über die Terrasse, drückte die Glastür auf und schlüpfte ins Innere des Hauses.

Am Waschbecken in der Küche wusch ich den Sand von meinem Körper. Doch das war ein unnützes Unterfangen. Er war einfach überall. Die Panik drang an die Oberfläche, ließ meine Hände noch stärker zittern und ich knetete meine Finger. Ich atmete, doch es half nicht. Ich wusste, dass ich mich beruhigen musste. Dass ich etwas tun musste. Irgendwas anderes. Panisch sah ich mich in der Küche um auf der Suche nach Dingen, die mich ablenken konnten, und fand: Tequila.

Ich griff nach der Flasche, die zwischen zwei Salaten auf der Theke stand, und schraubte den Deckel ab. Nahm einen tiefen Schluck, gefolgt von einem zweiten.

Durch das offene Fenster drangen Chase´ Kichern und Jakes Schreie, der sich mit Keaton eine Sandschlacht lieferte. Ich lauschte ihrem Lachen und dem Rauschen des Meeres, das ich immer so sehr geliebt hatte und mit dem ich jetzt nur noch den Riss in meinem Leben verband.

Es dauerte eine Weile, aber nach vielen weiteren Schlucken des Tequilas hörten meine Hände auf zu zittern und drängten die Panik zurück. Ich stellte die Flasche zurück, um wieder zu den anderen zu gehen, doch sobald ich auf die Terrasse trat und zum Strand sah, blieb ich wie angewurzelt stehen. Ich wusste, dass ich zurückmusste, aber meine Füße auch nur einen Millimeter weiter zu bewegen kam mir unmöglich vor. Noch immer spürte ich den Sand unter meinen Fingerspitzen und wusste, dass er in meinen Haaren klebte, genau wie damals. Ich konnte ihn schmecken, auf meiner Zunge, in meinem Mund, überall.

Ich strauchelte rückwärts, rutschte an der kühlen Wand hinab und schloss die Augen. Der Alkohol musste bloß seine komplette Wirkung entfalten, dann würde es schon funktionieren. Doch ein Teil in mir enttarnte bereits die Lüge. Ich war nicht bereit, ganz gleich, was ich mir einredete.

Als ein Feuerzeug klickte, öffnete ich die Augen. Mit einem Mal kam mir die Sonne viel zu hell vor. Sie stach in meinen Augen.

»Was machst du denn so ganz allein hier, Chica?«, fragte Jackson, der vor mir stehen geblieben war. Mit seiner Hand schirmte er den Joint ab, um ihn trotz des Windes anzünden zu können. Sein Feuerzeug klickte erneut.

»Wieso? Du bist doch genauso wenig am Strand«, erwiderte ich. Wenn ich den Kopf hob, konnte ich Keaton und Jake bei ihrer Sandschlacht zusehen. Sie lachten und sahen glücklich und unbeschwert aus. Sie alle.

»Na ja, es ist ja nicht so, als wär ich ein Teil eurer kleinen Gemeinschaft.« Der mordrig-würzige Geruch des Marihuanas drang in meine Nase. »Und außerdem sind Widmann und ich keine gute Kombi, auch wenn das mit Maya und ihm jetzt Geschichte ist.« Asche fiel neben mir zu Boden. »Aber jetzt mal ehrlich: Warum sitzt du hier allein rum, während deine Freunde da unten sind?«

»Mir war nicht nach Strand und Meer.«

»Klar.« Seine weißen Zähne blitzen auf, als er seine Lippen zu einem Lächeln verzog. »Du und Zara, ihr habt doch früher sogar die Schule geschwänzt, nur um am Strand rumzuhängen.« Er stieß den Rauch zur Seite aus. »So wie an dem Tag, als Mrs. Martin diesen spontanen Test geschrieben hat und ihr nicht da wart. Euer Dad ist total ausgerastet und ihr hattet zwei Wochen Hausarrest.«

»Daran erinnerst du dich?« Es war fast zehn Jahre her.

»Ich erinnere mich an alles, was ich mit euch erlebt habe.« Er lehnte sich neben mich an die Hauswand und starrte in die Ferne. »Manchmal kommt's mir bloß wie in 'nem andren Leben vor, das ist alles.«

»Geht mir auch so«, sagte ich und deutete auf den Joint in seiner Hand. Seine Augen wurden immer trüber. »Früher hast du das Zeug verachtet.«

»Früher war das Leben auch noch nicht, was es jetzt ist, Chica.«

Ich wandte den Blick von ihm ab. Sah hinüber zu den tosenden Wellen, dem Sand, meinen Freunden. Meine Augen brannten, mein Herz tat weh. Alles tat weh.

»Kim?«, Jackson klang besorgt. »Bist du sicher, dass du in Ordnung bist?«

»Nein«, flüsterte ich. Nichts war okay. Noch immer konnte ich den Sand zwischen meinen Zehen fühlen, den Druck auf meinem Körper. Und gleichzeitig konnte ich die Dunkelheit nicht durchdringen, egal, wie sehr ich mich anstrengte.

»Willst du drüber reden?«

Ich schüttelte den Kopf. Alles, was ich wollte, war, zum Anfang der Lawine zu gehen und zu verhindern, dass sie losgetreten wurde. Aber das sagte ich nicht. Ich sagte gar nichts.

Einen Moment war es still, dann löschte Jackson den angerauchten Joint an der Hauswand, zupfte ein Stück ab und steckte ihn in seine Hosentasche. »Komm, ich hab eine Idee, was dich auf andere Gedanken bringt.«

»Hat es was mit Drogen zu tun?« Misstrauisch beäugte ich die Finger, die er mir entgegenstreckte.

»Nein«, versprach er. »Absolut nicht.«

Ich ergriff seine Hand, um mich auf die Beine ziehen zu lassen, dann folgte ich ihm über die Terrasse zu dem kleinen Poolhaus gegenüber. Chaos beherrschte den Raum.

Jemand hatte die Gartengeräte und anderes Gerümpel, das dort aufbewahrt wurde, in eine der Ecken geschoben und sich stattdessen auf einem Sofa und in dessen Umkreis mit seinen Habseligkeiten ausgebreitet. Die Couch war ausgeklappt, darauf lag ein Schlafsack, daneben eine Sporttasche.

»Ich wohn gerad hier«, erklärte Jackson. »Musste mal wieder weg von Vane und seinem Scheiß.«

»Habt ihr Stress? Dein Bruder und du?«

»Den haben wir doch schon, seit ich auf der Welt bin, Chica.« Einen Moment glomm Traurigkeit in seinen Augen auf, die genauso dunkel waren wie seine Haut. Seine Worte erinnerten mich daran, dass Jackson einmal ein anderer gewesen war. Der Junge, der nachts in unser Haus geschlichen war, um mit mir die Sterne anzusehen, der auf dem Teppich vor meinem Bett geschlafen hatte und den mein Dad in unserer Familie aufgenommen hatte, als wäre er ein Teil davon. Wir waren Freunde gewesen, solange ich denken konnte, bis wir es plötzlich nicht mehr waren, weil er sich für die Schatten entschieden und sich selbst aufgegeben hatte. »Vorschlag: Ich erzähl dir meinen Scheiß, wenn du mir im Gegenzug verrätst, was da gerade in deinem süßen Köpfchen vor sich geht.«

Ich schüttelte den Kopf.

»Dacht ich mir.« Er grinste schief, zuckte mit den Achseln und deutete mit einem Kopfnicken zu dem Kicker in der Ecke. »Dann machen wir eben das, was ich eigentlich tun wollte.«

»Du willst kickern?«

»Klar.« Jackson ging auf den Tisch zu. »Es sei denn natürlich, du hast Angst, dass ich dich mittlerweile schlage.« Er nahm den weißen Hartgummiball aus dem Fach und drehte ihn zwischen den Fingern. »Ich habe neuerdings viel Zeit zum Üben.«

Wir begannen zu spielen, und obwohl ich nicht damit gerechnet hatte, half es tatsächlich, mich abzulenken. Die Bilder, die sich dunkel und bedrohlich in meinem Kopf zusammengebraut hatten, schoben sich weiter in den Hintergrund, während ich die Stangen drehte und ein paar Tore schoss.

Es stand acht zu sechs für mich, als Keaton auftauchte. In seiner Badehose, einem Handtuch um die Schultern und Sand an den Füßen.

»Ach, hier steckst du«, sagte er und kam durch den schmalen Gang auf mich zu. »Ich hab dich schon überall gesucht.«

»Jackson hat mich gefragt, ob wir spielen wollen.« Ich versuchte mich auf den rollenden Ball zu konzentrieren und nicht auf Keat, der nach Salz und Sand roch. »Das haben wir als Kinder ständig gemacht.«

Ich lochte den Ball ein.

Neun zu sechs.

»Ich wusste gar nicht, dass Trev dieses Ding noch hat«, sagte Keaton neben mir und musterte die abgewetzten Griffe. »Und dass du so gut bist.«

»Sie hat mich als Kind schon in Grund und Boden gespielt«, erklärte Jackson und fluchte, als ich den Ball an seinem Torwart vorbei sofort wieder im Tor versenkte und damit das Spiel gewann. »Siehst du?«

Keaton legte seine Hände an meine Schulterblätter, drehte mich zu sich herum. »Also kann ich dich nicht dazu überreden, mit mir ins Wasser zu kommen?« Sein Atem strich sanft über mein Gesicht.

»Ich würde lieber noch eine Weile hier spielen. Ich bin spätestens zum Essen da, ja?«

»Okay.« Er beugte sich zu mir herab und ich schloss die Augen, als ich seine Lippen auf meinen spürte. Und während die hämmernden Erinnerung und die Panik noch immer den Großteil meiner Gedanken einnahmen, wünschte ich, seine Arme würden sich um mich legen wie ein Kokon, mich einweben und festhalten, bis der Schmerz und die Angst verschwanden. Bis nur noch er und ich existierten – für immer.

Als er sich von mir löste und sich von uns verabschiedete, lag ein komischer Ausdruck auf seinem Gesicht. Er verschwand durch die Tür, und ich musste alle Kraft aufbringen, um nicht auf ihn zuzurennen und mich an ihn zu klammern wie eine Ertrinkende. Ich spürte, wie wackelig der Boden war, auf dem ich stand, und wie kurz davor ich war, in die tosende See zu stürzen, die mich schon viel zu lange verschlingen wollte. Ich wusste, dass es passieren würde, weil ich seit einem Jahr nichts anderes tat, als mir einzureden, die morschen Bretter unter meinen Zehen könnten mich halten, obwohl sie splitterten und barsten und nacheinander wegbrachen.

Macys Worte kamen mir in den Sinn. Ihre Bitte, mich Keaton anzuvertrauen, und für einen Moment stellte ich mir vor, ich würde es ihm sagen – und wusste, dass ich es niemals könnte. Ihm von dem Makel zu erzählen, den ich tief in mir begraben hatte, von dem Ekel, den ich verspürte, und der Schuld, die sich in mich hineinfraß, würde nichts besser machen. Es würde bloß beschleunigen, dass er erkannte, wie kaputt ich war. Zu beschädigt, um ihn wirklich glücklich machen zu können. Und bevor er sich deswegen von mir trennen würde, bevor alles zerbrach, wollte ich lieber noch eine Weile so tun, als könnte ich die sein, die er in mir sah und die ich um alles in der Welt sein wollte, wenn es nur irgendwie möglich wäre.

KEATON

»Hast du sie nicht gefunden?«, rief Zara, sobald ich über den Strand auf die anderen zulief.

»Doch.« Ich schnappte mir eine der Colaflaschen, die in einem Eimer mit Meerwasser schwammen, und setzte mich neben sie in den Sand. »Sie ist im Poolhaus und zieht Jackson beim Kickern ab.«

Und ist angetrunken.

Sobald meine Lippen ihre berührt hatten, war da der Geschmack von Tequila gewesen. Unverwechselbar und eindeutig. Keine Ahnung, wann sie ihn getrunken hatte oder warum. Ich wusste nur, dass es in der halben Stunde passiert sein musste, die zwischen unserem Kuss am Strand und unserer Begegnung im Poolhaus vergangen war.

Zara hob eine Augenbraue. »Ernsthaft jetzt?«

»Ja.« Ich öffnete die Flasche und schlürfte den Schaum auf, weil er über meinen Handrücken zu laufen drohte.

»Und danach kommt sie wieder her?«

Statt ihr zu antworten, zuckte ich mit den Schultern. »Sie meinte, spätestens zum Essen ist sie zurück.« Mir gefiel nicht, dass Kim lieber mit Jackson abhing, als mit uns am Strand zu sein. Aber sie war erwachsen und hatte schon immer getan, wonach ihr war. Grundsätzlich war Jackson ja nicht mal ein schlechter Kerl. Zara, Kim und er waren lange befreundet gewesen, und das, bevor ich die drei überhaupt kannte. Kim war sogar die Einzige von uns allen gewesen, die zu Jackson gehalten hatte. Trotz der Drogen. Trotz der Tatsache, dass er mit Maya geschlafen hatte, obwohl sie mit Jake zusammen gewesen war.

»Meintest du nicht, Jackson sei nicht da?«, Jake warf Trevor, der auf seinem Surfbrett im Sand saß, einen Blick zu. Keiner von uns war gut auf Jackson zu sprechen, aber für Jake war er ein rotes Tuch.

»Ich habe nur gesagt, er wird uns nicht in die Quere kommen.« Trevor hob eine Colaflasche an den Mund, um zu trinken. »Also entspann dich, okay?«

»Ich bin entspannt.«

»Gut.« Trevor zerdrückte die leere Flasche und warf sie neben sich in den Sand. »Ich hab nämlich keinen Bock auf euren Kleinkrieg. Jackson ist mein Freund, du bist mein Freund. Gewöhn dich dran.«

Einen Moment lieferten sich die beiden ein Blickduell und schließlich nickte Jake kaum merklich.

»Gut, wo das jetzt geklärt ist«, redete Trevor weiter und sah sich in der Runde um, »kommt jemand noch mal mit ins Wasser? Ich brauch ’ne Abkühlung.«

»Ich komm mit«, erklärte ich und stand auf, um ihm zu folgen.

Als es dämmerte, war Kim noch immer nicht zurück. Und während Chase auf Jakes Schoß die Augen zufielen und Zara mit Ashley die Grillwürstchen auf Stöcke spießte, damit wir sie ins Feuer halten konnten, machte ich mich auf den Weg zum Haus, um nach Kim zu sehen und ihr zu sagen, dass wir gleich essen wollten.

Als ich den Swimmingpool erreichte, hörte ich Musik, die aus dem Poolhaus drang, und sobald ich die Tür öffnete, entdeckte ich Kim auf dem Boden vor der ausgeklappten Couch. Sie hatte eine fast leere Tequilaflasche in der Hand und lachte über etwas, das Jackson ihr gerade ins Ohr flüsterte, ehe er ihr die Flasche aus den Fingern zog.

»Gib wieder her«, protestierte sie, setzte sich auf und versuchte sie Jackson zu entreißen.

»Du hast genug, Chica.« Jackson bedeutete mir mit einem Kopfnicken, näherzutreten. »Außerdem ist dein Held in schillernder Rüstung jetzt da, um dich mitzunehmen. Oder, Keat?«

Kim drehte den Kopf, dann verlor sie den Halt und kippte zur Seite. Ich war sofort bei ihr.

»Du bist echt hier«, sagte sie und sah durch glasige Augen zu mir auf, als ich in die Hocke ging.

»Klar bin ich hier.« Ich legte meine Hände um ihre Taille, damit ich sie auf die Beine ziehen konnte. »Ich wollte schauen, wo du so lange steckst, und dich zum Essen holen.«

»Wir haben meinen Sieg gefeiert«, erklärte sie und reckte ihre rechte Hand in die Höhe, vier Finger abgespreizt. »Drei Mal.«

»Gratuliere.« Ich stellte sie auf die Beine und achtete darauf, einen Arm um sie zu schlingen, mit dem ich sie stützte. So betrunken, wie sie war, würde sie allein keinen einzigen Schritt zustande bringen. Geschweige denn längere Zeit ohne Hilfe stehen können.

Kim presste ihr Gesicht in meine Halsbeuge. »Du hast mir gefehlt.«

»Du mir auch.« Ich drückte einen Kuss auf ihren Haarschopf. »Komm, lass uns dich hier wegbringen. Die anderen warten.« Essen und frische Luft würden helfen, die Wirkung des Alkohols zu neutralisieren. Hoffte ich zumindest.

»Ich will nicht«, sagte sie und krallte ihre Finger in mein Shirt. »Bring mich nach Hause. Nur nach Hause, nicht zurück. *Bitte.*« Ihre Stimme klang panisch, aber ich hatte keine Ahnung warum.

»In Ordnung«, stimmte ich zu, weil sie gar nicht aufhörte, mich darum zu bitten. »Ich bring dich zum Truck, dann hol ich unsere Sachen.«

»Mhm.«

Jackson hielt mir die Tür auf, doch ehe wir sie erreichten, beschloss ich, dass es besser war, Kim zu tragen. Sie schlang ihre Arme um meinen Nacken und ließ ihr Gesicht gegen meine Schulter sinken, während ich uns um das Haus herum auf die Straße bewegte.

Vorsichtig ließ ich sie neben dem Truck hinunter und stellte sie so, dass sie gegen die Karosserie sackte, um den Schlüssel aus der Hosentasche zu fischen und sie auf den Beifahrersitz zu heben. Sie trug nichts als ihren Badeanzug, deshalb zog ich mein Shirt über den Kopf und half ihr, es anzuziehen.

»Ich hol jetzt unsere Sachen. Bin gleich zurück.«

Kim nickte. Ich schloss die Tür und lief runter zum Strand Richtung Lagerfeuer. Schon von Weitem konnte ich die Schemen meiner Freunde ausmachen, die sich darum versammelt hatten. Je näher ich kam, umso stärker drangen ihr Lachen und ihre Stimmen zu mir.

»Leute, ich kann leider nicht bleiben«, verkündigte

ich und die Gespräche verstummten. Alle sahen mich an. »Ich muss Kim nach Hause fahren.«

»Nach Hause, aber warum? Was ist mit ihr?«, fragte Zara.

»Sie ist betrunken.« Ich schnappte mir meinen Rucksack und machte mich auf die Suche nach ihrem Kleid.

Verdammt, es musste doch irgendwo sein.

»Was?«

»Sie hat sich mit Jackson eine Flasche Tequila geteilt.« *Oder sie allein getrunken und er hatte bloß zugesehen. Keine Ahnung.*

Zara sprang auf, reichte mir Kims Tasche und das Kleid. »Gib mir zwei Minuten, dann komm ich mit.«

»Unsinn, ich schaff das schon«, versicherte ich ihr, weil es das Letzte war, was ich wollte. Sie sollte sich noch mehr Sorgen um ihre Schwester machen als ohnehin schon. Außerdem brachte es wirklich nichts, wenn sie mitkam. »Ich steck sie ins Bett und morgen finden wir raus, was mit ihr los ist.«

»Also glaubst du mir endlich, dass etwas nicht stimmt?«

»Ja.« Ich glaubte es nicht nur, ich wusste es. Ich wusste, dass irgendetwas mit ihr nicht in Ordnung war, und ich würde herausfinden, was.

Auf der Fahrt wippte Kim unablässig mit den Fingern zu der Musik, die aus dem Radio drang. Ich parkte den Wagen vor dem Haus und trug sie hoch ins Apartment. Erst in mein Bett und ein paar Minuten später ins Badezimmer, wo sie sich eine halbe Stunde lang die Seele aus dem Leib kotzte, während ich ihr langes Haar zurückhielt.

Als sie schließlich völlig erschöpft gegen mich sackte, brachte ich sie zurück in mein Zimmer. Ich half ihr, ins Bett zu krabbeln, und legte mich zu ihr. Nur ein paar Minuten später war sie in meinem Arm eingeschlafen.

Eine ganze Weile lauschte ich ihrem sanften Atem, dann beschloss ich, dass es das Beste war, auch zu schlafen.

Im Morgengrauen riss mich ein Geräusch aus dem Schlaf. Ich brauchte einen Moment, um zu realisieren, dass es Kim war, die im Schlaf wimmerte. Ihr Kopf rollte hin und her. Dann plötzlich setzte sie sich auf und rang nach Luft. Sie presste ihre Hand gegen ihre Kehle, röchelte und atmete viel zu schnell. Tränen liefen über ihre Wange.

»Hey.« Sanft berührte ich ihre Schulter. »Es war nur ein Traum, Kim. Nur ein Traum.« Mit meinen Worten wollte ich sie beruhigen, doch ihre Schluchzer wurden immer heftiger, nicht schwächer.

»Hey ... komm her«, bat ich sie und öffnete die Arme. Ich wollte sie trösten, sie festhalten und wiegen, bis sie endlich aufhörte zu weinen, bis sie aufhörte, so verzweifelt zu sein.

Statt zu mir zu kommen und sich in meine Arme zu stützen, rutschte sie vom Bett und stand auf. Sie riss meine Zimmertür auf, und ich sprang aus dem Bett, um ihr zu folgen.

Ich fand sie in ihrem Zimmer, wo sie Sachen aus dem Schrank zerrte. »Was ist los mit dir?«

»Gar nichts.« Dicke Tränen tropften von ihren Wangen, während sie in eine Hose und ein Tanktop schlüpfte.

»Das ist Bullshit. Du weinst und bist völlig neben der Spur.« Ich trat auf sie zu und suchte ihren Blick. »Was hast du geträumt, das dich so durcheinanderbringt? Was ist los mit dir?«

»Du willst wissen, was los ist?«, zischte sie. »Du bist los!«

Was?

»Das alles hier, du und ich ... Ich kann nicht mehr atmen, Keat. Ich kriege keine Luft, okay? Du ... du erdrückst mich.« Sie stieß mich zur Seite, und ich taumelte zurück, während sie durch einen Spalt in der Tür in den Flur hinauslief.

Ihre Worte drehten sich noch immer in meinem Kopf, als die Wohnungstür ins Schloss fiel und ich mich aus meiner Starre löste.

Ich rannte in den Flur, schnappte meinen Schlüssel vom Bord und sprintete die Treppen herunter. Sie konnte das nicht ernst meinen. Das konnte sie nicht.

»KIM!«, rief ich, und ihr Name hallte von den Hauswänden, doch sie war nicht mehr da, um zu antworten.

KIMBERLY

Gesichter verschwammen vor meinen Augen, verblassten zu vorbeiziehenden Fratzen. Eine Hand an meinem Rücken, die mich weiterschob. Ich stolperte vorwärts, fiel in den Sand. Meine Hände suchten nach Halt, doch fanden nichts als Sand. Sand, immer mehr Sand.

Das Rauschen des Meeres verklang, verschwand in Dunkelheit.

Ich starrte auf das Meer hinaus, obwohl man seine Umrisse kaum ausmachen konnte. Ich wusste nicht, wie ich hier gelandet war, wusste nicht einmal, wie ich es überhaupt geschafft hatte, mich zu bewegen. Mir war schlecht, die Reste des Alkohols schwappten durch meinen Magen. Ich zitterte. Zitterte noch immer, obwohl der Traum, der sich so real, so echt, so grausam angefühlt hatte, schon längst vorüber war.

»Kim?«, drang Colins verschlafene Stimme durch den Hörer an mein Ohr. »Was ist los?«, fragte er, als ich aufschluchzte. »Was ist passiert?«

»I-ich ... ich kann nicht mehr. I-ich weiß nicht, was ich t-tun soll. I-ich ...«

»Wo bist du gerade?« Ich hörte Geräusche, das Schließen einer Tür, das Klirren eines Schlüssels.

»Da, wo es passiert ist«, flüsterte ich und heftete den Blick in den Sand, als hätte er die Antworten, die ich einfach nicht wiederfinden konnte. Als könnte er mir helfen zu entschlüsseln, was nicht zu entschlüsseln war. Als könnte er mir zurückgeben, was ich verloren hatte.

»Ich komme und hol dich ab«, hörte ich Colin durch die Dunkelheit in meinen Kopf sagen. Sie schwappte heran, nahm mich gefangen, ließ mich nur los, um mich tiefer hinauszutragen. Weg von mir selbst. Weg von allem, was mich im Leben hielt. Fort von meinen Träumen, die zwar nachhallten, die ich aber kaum noch spüren konnte. »Hörst du, Kim: Bleib, wo du bist. Ich bin in zwanzig Minuten da.«

Als Colin auflegte, rutschte das Handy aus meinen Fingern. Es fiel in den Sand und ich schlang die Arme um meine Knie. Vergrub das Gesicht zwischen den Beinen.

Ich war müde. So verdammt müde. Das Kämpfen und Lügen, das Schweigen und Reden. Ich wollte nichts weiter als schlafen. Schlafen und dann aufwachen und feststellen, dass alles nichts weiter als ein dummer Traum gewesen war. Dass ich mein Leben noch immer in den Händen hielt, mich nicht selbst verloren hatte. Dass dieser Moment nie real geworden war und mein Leben in nur einer einzigen Nacht durchtrennt hatte. Durchtrennt in ein Davor und ein Danach, in etwas, das niemals wieder zusammengesetzt werden konnte.

Ich hörte, wie Colin ankam. Sein Auto hielt am Straßenrand und ein paar Minuten später war er da. Er setzte sich zu mir in den Sand und sagte nichts. Auch nicht, als ich mich in seine Arme warf und all die Tränen vergoss, von denen ich geglaubt hatte, sie zu weinen würde bedeuten, dass es wirklich passiert war. Dass mir das passiert war, ausgerechnet mir.

Colin hielt mich einfach nur fest, an diesem Ort, der all das Grauen eines Augenblicks und irgendwie auch mein Leben in sich gefangen hielt.

»Komm«, sagte er irgendwann und brach damit das Schweigen. »Du bist eiskalt. Ich nehm dich mit zu mir.«

Auf der Fahrt zu ihm nach Hause lauschte ich dem Röhren des Motors und der leisen Musik, die aus dem Radio klang, so wie zuletzt vor einem Jahr. Ich kuschelte mich in den abgewetzten Ledersitz, der mich an die Zeit mit Colin erinnerte, in der alles gut gewesen war, und es fühlte sich an, als wären seitdem eine Million Jahre vergangen und nicht erst dreizehn Monate.

KEATON

Zwei Tage waren vergangen, seit Kim sich betrunken und anschließend Hals über Kopf erst aus meinem Zimmer und im Anschluss aus meinem Leben gestürmt war.

Und ich hatte keinen Schimmer, wo sie war und wie es ihr ging. Immer wieder spielte ich diese Nacht gedanklich durch. Grub zwischen den Zeilen, versuchte zu verstehen, was zur Hölle zwischen uns passiert war. Aber ich verstand es nicht. Ich verstand weder sie, noch ergaben ihre Worte einen Sinn.

Ich kann nicht mehr atmen, Keat. Ich kriege keine Luft, okay? Du erdrückst mich.

»Keat?«

Ich hob den Kopf und begegnete Zaras gerunzelter Stirn. Sie ließ ihr Handy in ihre Handtasche sinken.

»Mir geht's gut, Honey.«

Ich warf den Kühlschrank zu und öffnete die Colaflasche, die ich herausgenommen hatte.

»Unsinn«, sagte sie und gab dabei einen undefinierbaren Laut von sich. »Du denkst die ganze Zeit an sie, genau wie ich. Und du machst dir genauso große Sorgen.«

»Ja.« Sie hatte recht. Meine Gedanken kreisten unentwegt um Kim. Die ganze verfluchte Zeit füllte sie meinen Kopf aus, während sie gleichzeitig mein Herz aushöhlte.

»Willst du, dass wir deiner Mom absagen und hierbleiben? Sie würde bestimmt verstehen, wenn du –«

»Nein, auf keinen Fall! Das kann ich weder Gregory noch ihr antun.« Es war sein Geburtstag und den würde ich nicht verpassen. Nicht wegen Liebeskummer, nicht aus Sorge um Kim. Außerdem würde es mir guttun, mit meiner Familie zusammen zu sein und aus dieser Wohnung rauszukommen, in der ich auf jedem Quadratmeter an sie erinnert wurde. An unsere Gespräche, ihr Lächeln, unsere Küsse, ihren Körper an meinem – und die Sätze, die sie mir an den Kopf geschmettert hatte, bevor sie verschwunden war.

»Okay«, sagte sie, »dann sollten wir auch los, sonst kommen wir zu spät.«

Ich leerte die Cola in einem Zug, warf sie zu den anderen leeren Pfandflaschen und folgte Zara zur Wohnungstür.

Doch selbst im Truck verfolgte Kim mich. Der Gedanke an sie auf dem Beifahrersitz, ihre Finger, die im Fahrtwind tanzten, ihre nackten Füße auf dem Armaturenbrett.

»Hast du von ihr gehört?«, fragte ich, als Zara zum gefühlt hundertsten Mal auf ihr Handy starrte. Ich wusste, dass sie immer noch versuchte, Kim zu erreichen. Ihr schrieb und darauf hoffte, dass sie wenigstens ihr antworten würde, wenn sie meine Nachrichten schon ignorierte.

»Nicht wirklich.« Sie ließ es in ihren Schoß sinken und lehnte sich schräg gegen den Sitz, um mich besser ansehen zu können. »Sie hat nur geschrieben, sie wäre erst mal bei einer Freundin. Mehr nicht. Keine Ahnung, wer diese ominöse Freundin überhaupt sein soll.« Sie strich sich ein paar perlenbesetzte Haarsträhnen zurück, die der Fahrtwind in ihr Gesicht geweht hatte. »Ash und Trev fahren gerade die Pensionen und Hotels ab, aber bisher gibt es keinen Hinweis darauf, dass sie in einem untergekommen ist. Colin habe ich auch angerufen, aber er weiß auch von nichts.«

»Falls sie in einem Hotel ist, dann hat sie das Zimmer sicher nicht auf ihren richtigen Namen gebucht.« Kim wusste, dass wir nach ihr suchen würden. Also sorgte sie eben dafür, nicht gefunden zu werden. Und zwar von keinem von uns. Wenn Boston eins bewiesen hatte, dann, wie erfinderisch sie sein konnte, um ihre Geheimnisse zu bewahren.

»Keat?«

»Ja?«

»Sie liebt dich. Ich habe es in ihren Augen gesehen.«

»Ich weiß.« Verrückterweise waren Kims Gefühle das Einzige, dessen ich mir sicher war. Ich hatte ihre Gefühle für mich gespürt. Nicht nur, wenn wir uns nah gewesen waren, sondern auch in allen Momenten dazwischen.

Meine Gedanken kreisten weiter. Stoppten weder auf der der Fahrt noch, als wir vor dem Haus meines Stiefvaters parkten.

Selbst während des Geburtstags-Barbecue ließen sie mich kaum los. Was an meiner Mom und meinen Geschwistern lag. Wie Piranhas fielen sie über mich her, fragten mich über jedes Detail meines Liebeslebens, meine Beziehung und Kim aus und machten es mir nahezu unmöglich, sie für eine Weile zu vergessen.

So gut ich konnte, wich ich ihren Fragen aus, aber meine Wortkargheit blieb nicht unbemerkt. Irgendwann war es Isabella, die das Thema wechselte und mich so aus der Schusslinie holte.

Nach dem Essen bat meine Mom mich, ihr in der Küche zur Hand zu gehen. Ich folgte ihr durch den schlauchartigen Flur, wohl wissend, dass sie mich nur unter dem Vorwand zu sich gelockt hatte, damit ich ihr mein Herz ausschüttete.

»Erzähl mir, was los ist«, bat sie mich und schloss die Küchentür hinter uns. »Zwischen dir und Kim. Habt ihr euch gestritten? Ist sie deshalb nicht mitgekommen?«

»Ja, nein ...« Ich sank auf einen der acht identischen Küchenstühle und stieß einen langen, frustrierten Seufzer aus. »Eigentlich haben wir nicht richtig gestritten, es ist eher ... Irgendwas quält sie, und statt mit mir zu reden, ist sie abgehauen. Ich weiß nicht, wo sie ist.«

»Sie ist abgehauen? Einfach so?« Meine Mom nahm eine gekühlte Flasche Orangenlimonade aus dem Kühlschrank und füllte zwei Gläser.

»Nein.« Ich starrte auf das Glas, das einen Moment später vor mir auf dem Tisch landete, und dachte an all die Tage meiner Kindheit, in denen wir beide auf dieselbe Weise dagesessen hatten. Ganz gleich, wie wenig Geld da gewesen war oder auf wie viele Sachen wir verzichten mussten: Zu jedem wichtigen Gespräch hatte Mom eine Flasche Limonade herausgeholt, die ich trank, während wir redeten. Weil Trinken die Zunge lockerte.

Und auch diesmal tat es das. Schluck um Schluck erzählte ich ihr alles. Von Kim und Boston. Von dem Schuppen, in dem sie gearbeitet und der Absteige, in der sie gewohnt hatte. Von der Uni, dem abgebrochenen Studium und dem Gefühl, dass es ihr nicht gut ging, seit sie zurück war.

»... Ich wollte nur, dass sie mir erzählt, was los ist. Aber dann hat sie mir an den Kopf geknallt, dass ich sie erdrücke, und ist abgehauen«, kam ich schließlich zum Ende und tropfte die Reste der Limonade in meinen Mund.

Eine ganze Weile schwieg meine Mom, dann strich sie sich das kastanienbraune Haar zurück und sagte: »Weißt du, als ich Greg kennengelernt habe, da habe ich sehr lange gebraucht, ihm all die kleinen Dinge zu offenbaren, die ich im Grunde bloß irgendwo in mir verschließen wollte.« Sie legte ihre Hand auf meine, tätschelte sie liebevoll. »Kim wird nicht ewig wegbleiben, und sobald sie wiederkommt, zeig ihr, dass du sie liebst und sie dir vertrauen kann, ganz egal, was diese Sache ist, die ihr Angst macht. Denn wenn man wegläuft, dann weil man vor irgendetwas Angst hat.«

»Danke, Ma.«

»Gern geschehen.« Sie stellte unsere benutzten Gläser in die Spüle. »Und jetzt hilf mir, die Meute da draußen mit dem Nachtisch zu versorgen, okay?«

Wir trugen Kaffee und Kuchen auf die Terrasse zu den anderen. Ich war froh, dass ich hergekommen und mit meiner Mom gesprochen hatte. Tristan und Mia begannen sich über irgendetwas zu streiten, und Cindy fragte Zara über die Perlen in ihren Haaren aus, während ich mein Handy aus der Hosentasche fischte, um Kim eine weitere Nachricht zu schicken.

ICH: *Ich bin für dich da, egal was dich quält. Ruf mich an, sobald du so weit bist. Ich liebe dich.*

»Ich weiß jetzt, was ich tun werde«, meinte Zara, sobald wir am Abend unsere Wohnung betraten. Die gesamte Rückfahrt hatte sie neben mir gesessen, immer wieder auf ihr Handy gestarrt und laut überlegt, wie sie herausfinden konnte, was Kim uns verschwieg.

»Und was?«

»Ganz einfach: Ich durchsuche ihr Zimmer.« Sie zog ihre Schuhe aus, stellte ihre Tasche daneben, marschierte los und knipste das Licht in Kims Zimmer an.

»Zara, das kannst du nicht machen.«

»Natürlich kann ich das! Wenn wir wissen, was sie uns verschweigt, können wir ihr wenigstens helfen.«

»Wenn sie das rausfindet, wird sie dich hassen«, erwiderte ich, weil ich mir sicher war, dass Kim, falls sie jemals davon erfuhr, über diesen Vertrauensbruch wahnsinnig verletzt sein würde. »Sie vertraut dir.«

»Aber anscheinend nicht genug, um sich mir anzuvertrauen.« Sie öffnete die Schranktür und begann darin herumzuwühlen. »Sie hat mir versprochen, dass wir uns ab sofort wieder alles erzählen. Sie hat es versprochen, Keat. Und trotzdem hat sie Geheimnisse vor mir.«

»Ich weiß.« Ich trat hinter Zara und legte meine Hände auf ihre Schultern. »Das weiß ich.«

Zara schluchzte auf, doch sie hörte nicht auf, die fein säuberlich gestapelten Kleidungstücke hin- und herzuschichten.

»Zara …«

»Irgendwas verheimlicht sie, und ich verstehe nicht, wie du … Egal.« Sie schüttelte den Kopf, knallte die Schranktür zu und widmete sich dem Nähtisch.

»Wie ich was?«

»So ruhig bleiben kannst!«

Nähgarn. Stoffe. Skizzen.

»Ich bin nicht ruhig, ich glaube nur nicht, dass es richtig ist, ihr Zimmer zu durchsuchen.«

Sie wischte sich Tränen aus den Augenwinkeln, ließ den Nähtisch zurück und ging hinüber zum Bett.

Nachtschrank: nichts. Regal: nichts.

»Wonach suchst du überhaupt?«, fragte ich, als sie auf dem Teppich vor Kims Bett in die Hocke ging, um darunter zu spähen.

»Ich weiß es doch auch nicht, ich …« Sie stoppte, als sie eine Plastiktüte hervorzog, gefolgt von einer weiteren und noch einer und noch einer und … immer weiteren. Es waren ungefähr dreißig Tüten voller Klamotten und Schuhe, Taschen und Stoffe. Neuwertig, alle noch mit Etikett und Bon.

Zara inspizierte einen Rock, dann eine Tasche, die sie aus den Tüten zog. »Warum versteckt sie das unter ihrem Bett, statt es auszupacken und in ihren Schrank zu räumen?«

»Vielleicht passte es nicht mehr rein?« Ihr Kleiderschrank war ziemlich voll. »Oder sie wollte es vorher waschen?«

»Unsinn.« Zara griff nach einem der Kassenzettel. »Sie wäscht Klamotten immer sofort und in ihrem Schrank wäre genug Platz. Das ist es nicht.« Zara nahm weitere Belege aus den Tüten, sah sie an und begann sie nebeneinander aufzureihen. Schließlich sah sie mich an. »Guck dir das an.« Sie deutete nacheinander auf die Zettel. »Kim hat dieses ganze Zeug in der Zeit gekauft, seit sie wieder hier ist. Sie war jeden Tag shoppen, Keat. Jeden. Tag.«

KIMBERLY

Mit dem Stuhl rutschte Colin näher an mich heran und senkte die Stimme. »Du musst mit jemandem darüber reden.«

Ich ließ den Löffel in mein Müsli sinken. »Nein«, sagte ich und rührte in der Schale, um ihn nicht ansehen zu müssen. »Du weißt, dass ich das nicht kann.«

»Du musst es versuchen.«

Als ich nicht darauf einging, schob er mir eine Karte entgegen. »Das ist die Adresse einer Beratungsstelle, an die sich Frauen wenden können, denen so etwas passiert ist wie dir.«

Der Kloß in meinem Hals schwoll an, wurde größer und größer, je länger ich die Karte anstarrte. »Du hast mir versprochen, dass wir niemals wieder darüber reden werden«, flüsterte ich.

»Ich weiß, aber das war, bevor ich wusste, wie fertig es dich wirklich macht. Du bist seit einer Woche hier, und dir dabei zuzusehen, wie du dich verkriechst und in den Schlaf weinst, das ist, wie einen Unfall immer und immer wieder mitanzusehen und nichts dagegen tun zu können.« Er nahm die Karte vom Tisch und drückte sie mir in die Hand. »Du *musst* mit jemandem über das reden, was passiert ist. Und besonders darüber, wie es dir damit geht.«

Eine Träne tropfte von meinem Kinn, fiel in die Schale mit Müsli, während ich die Hand mit der Karte zur Faust ballte.

»Es wird dir helfen. Die Leute dort kennen sich aus. Und wenn du willst, ist es anonym«, redete er weiter und die Tür von Dustins Zimmer öffnete sich. Als er zu uns in die Küche schlurfte, wischte ich hastig die Tränen aus meinen Augen.

»Verschwindet sie heute endlich?«, fragte er Colin und betätigte die Kaffeemaschine mit einem Gähnen.

»Fang nicht schon wieder damit an.« Colin lehnte sich auf seinem Stuhl zurück und fixierte seinen besten Freund. »Ich habe keine Lust, dieses Gespräch jeden verdammten Morgen mit dir zu führen.«

»Und ich habe keinen Bock, dass du unser Sofa blockierst, weil die Diva in deinem Bett pennt.« Dustin drehte sich um und fixierte mich mit seinem kalten Blick. Die beiden begannen zu streiten. Weil ich hier war und Dustin mich nicht hier haben wollte. Weil ich seiner Meinung nach nichts anderes tat, als Colin auszunutzen, und einfach nur verschwinden sollte. Weil ich ihm letztes Jahr das Herz gebrochen und ihn wie ein Haufen Elend zurückgelassen hatte. Weil er mich nicht leiden konnte und es auch seine Wohnung war.

Ich schob meinen Stuhl zurück und ließ das Frühstück unangetastet auf dem Tisch stehen. Das bisschen Hunger, das ich vorhin, als ich aufgestanden war, noch verspürt hatte, war mit der Karte in meiner Hand und Dustins kaltem Blick ohnehin verschwunden.

Ich ging in Colins Zimmer, warf die Tür zu und

schmetterte die Karte in die Ecke. Ich starrte sie an. Wütend auf Colin, der sie mir in die Hand gedrückt hatte und sich einbildete, er wüsste, was mir helfen würde und was nicht. Wütend auf das Leben. Wütend auf mich selbst, weil ich irgendwo in mir wusste, dass er recht mit dem hatte, was er sagte.

Dass ich reden musste.

Der Streit in der Küche wurde lauter und die Unruhe in mir wuchs. Die Dunkelheit streckte ihre Klauen aus, griff immer wieder nach mir, und egal worauf ich mich konzentrierte, es trug nicht dazu bei, dieses Gefühl einzudämmen.

Ich ertrank in meinen eigenen Gedanken. In dem Schmerz. In der Einsamkeit.

Ich irrte verloren durch den Raum. Hin und her. Auf und ab, wie ein Tiger im Käfig. Ich konnte nicht richtig atmen, nicht richtig denken.

In der Tasche, die neben dem Bett stand, kramte ich nach meinem Handy. Keaton hatte mir wieder geschrieben, genau wie Zara. Trevor hatte versucht mich anzurufen – genau wie Jake und Ashley. Aber ich konnte mit keinem von ihnen sprechen. Sie zurückrufen. Ihnen schreiben.

Ich scrollte durch die Nachrichten, die Keaton mir geschickt hatte.

KEATON: *Wo bist du?*

KEATON: *Bitte sag mir, wo du steckst, und lass uns reden.*

KEATON: *Kim, ruf mich an. Bitte!*

KEATON: *Verdammt, was ist los? Ich mach mir Sorgen.*

KEATON: *Bitte schreib mir wenigstens, dass es dir gut geht.*

KEATON: *Du fehlst mir. Bitte ruf mich an.*

KEATON: *Sweetheart ... bitte. Ich will, dass wir darüber reden. Über das, was du gesagt hast. Erklär es mir.*

KEATON: *Ich bin für dich da, egal was dich quält. Ruf mich an, sobald du so weit bist. Ich liebe dich.*

Die Worte auf dem Handy verschwammen vor meinen Augen. Wie so oft in den vergangenen Tagen schwebten meine Finger über der Antwortfunktion, ohne sie zu berühren. Ich wollte ihm schreiben. Schreiben, dass er mir fehlte und dass ich ihn liebte. Dass ich gelogen hatte, als ich ihm an den Kopf geworfen hatte, er würde mich erdrücken. Denn er erdrückte mich nicht, ich erdrückte mich nur selbst.

Ich klickte sein Foto an. Prägte mir die Konturen seines Gesichtes und sein Lächeln ein und wünschte mich zurück zu jenem Augenblick, in dem ich in seinen Armen eingeschlafen war. Zurück zu der Geborgenheit und Wärme seines Körpers, der Sicherheit, die er mir schenkte.

Ich presste die Hand auf mein Herz.

Es tat weh. Viel zu weh.

Eine Tür knallte, dann öffnete sich die Zimmertür und Colin schlüpfte hinein.

»Tut mir leid wegen eben. Keine Ahnung, was eigentlich sein Problem ist«, sagte er und warf mir einen entschuldigenden Blick zu.

»Ich bin sein Problem«, erklärte ich und verstaute das Handy wieder in meiner Tasche. »Er will mich nicht hier haben, Col.«

»Das ist aber nicht seine Entscheidung.« Er setzte sich neben mich. »Du kannst bleiben, solange du möchtest.«

Ich wich seinem Blick aus und begann an dem Hosenbein seiner Jogginghose herumzufummeln, die ich zusammen mit einem seiner Shirts trug. Ich besaß nicht mehr als eine mehr oder weniger leere Tasche, die ich bei meiner Flucht eilig ergriffen hatte, die Hose und das Tanktop, das ich an dem Tag, an dem ich weggelaufen war, getragen hatte. Colin wusste genauso gut wie ich, dass hierzubleiben keine Dauerlösung war. Weder für ihn noch für mich.

»Hast du über die Sache mit der Beratungsstelle nachgedacht?«, wechselte er das Thema und hob die Karte auf, die ich in die Ecke geschleudert hatte.

»Nein, noch nicht.«

»Denk darüber nach, ja?«, bat er mich und stand auf. »Wir können später noch mal darüber reden, wenn ich wieder da bin. Meine Schicht geht fünf Stunden.« Er bückte sich, um die Karte in meine Tasche fallen zu lassen. »Ignorier Dustin so lange, bis ich wieder da bin, okay?«

Ich nickte. »Viel Spaß.«

»Bis nachher.«

Sobald Colin auf dem Weg zu seinem Ferienjob war, holte ich mein Handy wieder hervor und klickte mich durch die Nachrichten und Fotos, die Keaton mir im Laufe des letzten Jahres geschickt hatte. Und obwohl ich wusste, dass es mein Herz schwerer und die Sehnsucht größer machen würde, konnte ich nicht damit aufhören.

Die Zeit verging, und es fühlte sich an, als würden die Wände auf mich zukommen. Die Unruhe nagte an meinem Verstand, also beschloss ich, die Wohnung zu putzen oder irgendetwas anderes zu finden, mit dem ich mich ablenken konnte.

Ich verließ das Zimmer und stellte fest, dass die Hausarbeit bereits erledigt war. Kein dreckiges Geschirr, keine Unordnung, nicht mal ein Krümel auf den Fliesen. Ich tigerte auf und ab, sah vom Fernseher hinüber zu Dustins Tür, aus der laute Musik drang, und entdeckte ein Haushaltsglas oben auf dem Küchenschrank. Ich streckte die Hand danach aus, hob es herunter und drehte es auf.

Geld. Jede Menge Geld.

Meine Finger kribbelten, als ich einen Teil der Scheine herausnahm und in meine Hosentasche stopfte. Ich wusste, dass es falsch war und ein verdammter Fehler, wusste, dass ich es zurücklegen sollte, aber ich tat es nicht. Der Gedanke, mithilfe des Geldes ein paar Stunden vergessen zu können, war größer als mein schlechtes Gewissen.

Ich steckte das Geld aus Colins Jogginghose in meine Tasche, schlüpfte in die Klamotten, mit denen ich hergekommen war, und verließ die Wohnung.

Die Mittagshitze draußen brachte mich fast um.

Unerbittlich brannte sich die heiße Junisonne auf

meine Haut, bis ich vier Kilometer später durch die Schiebetüren in das klimatisierte Einkaufszentrum trat.

Ich schlenderte an den Geschäften vorbei, saugte alles in mich auf und während der Suche nach Schnäppchen schrumpfte die Unruhe in mir zu einem kleinen Haufen zusammen. Plötzlich gab es nur mich und den Rausch des Kaufens. Da war kein Platz mehr für dunkle Gedanken oder Angst oder die Verzweiflung, die mich seit einer Woche umtrieb.

Ich fand zwei Kleider und drei Röcke, mit denen ich auf die Kasse zulief. Ich legte sie auf den Verkaufstresen und kramte nach dem Geld, um alles zu bezahlen. Doch statt der Scheine berührte ich die zerknitterte Karte der Beratungsstelle und die Blase zerplatzte.

Ich konnte das nicht. Ich konnte Colins Geld nicht ausgeben. Ich konnte nicht so weitermachen.

»Miss?«, rief der Verkäufer mir nach, als ich mich wortlos umdrehte und losrannte. Raus aus dem Geschäft, raus aus dem Einkaufszentrum, fort von dem, was ich seit Monaten tat, um zu vergessen.

»Haben wir vorhin miteinander telefoniert?«, fragte jemand, und als ich den Kopf von meinen Knien hob, sah ich in die blauen Augen einer jungen Frau, die auf der Treppe neben mir in die Hocke gegangen war. »Wegen einer Beratung?« Sie deutete zu dem Schild an der Eingangstür über uns.

Frauenberatungsstelle.

»Ich bin Sara«, stellte sie sich vor, als ich nickte.

»Kim.«

»Tut mir leid, dass du warten musstest. Ich bin sofort losgefahren, als du angerufen hast, aber der Verkehr war nicht auf meiner Seite.« Sie schenkte mir ein warmes Lächeln und deutete auf die Eingangstür. »Magst du mit reinkommen?«

Sie wartete, bis ich von der Treppe aufgestanden war, und zog dann einen Schlüssel aus der Handtasche. »Normalerweise ist immer jemand hier, aber zwei meiner Kolleginnen haben Urlaub, deshalb sind wir nur sporadisch besetzt.«

Ich folgte ihr in einen hellen Flur mit ein paar Stühlen, von dem drei Türen abgingen. Sie ging zu der schmalen Küchenzeile im Flur, holte eine Flasche Wasser sowie zwei Gläser und bedeutete mir, ihr in den Raum links des Flurs zu folgen. Er war klein, aber freundlich eingerichtet. Die Wände waren in einem warmen Orange gestrichen. Es gab ein Sofa, einen Sessel, schwere, offene Vorhänge, die Licht hineinließen, Kerzen und jede Menge kleine Dekogegenstände. Ein hohes Bücherregal an der Wand und einen Schreibtisch.

»Das ist eines unserer Beratungszimmer. Setz dich doch.« Sie schloss die Tür hinter uns und stellte Wasserflasche und Gläser auf den Tisch, ehe sie in einem schmalen Sessel Platz nahm.

Unschlüssig blieb ich neben der Tür stehen. Mein Fluchtinstinkt setzte ein, und es kostete mich all meine Kraft, nicht umzudrehen und davonzurennen.

»Alles, was wir hier besprechen, bleibt in diesem Raum«, versicherte Sara. »Und du musst mir auch nur das erzählen, was du erzählen möchtest. Okay?«

»Okay«, sagte ich und sank auf die Kante des Sofas. Meine Finger verfingen sich in dem Saum meines Tanktops, nur um Beschäftigung zu haben.

Und dann begann ich zu erzählen.

KEATON

»Was macht ihr denn hier?«, fragte ich Trevor und Jake und ließ den Stift auf mein Notizbuch sinken.

»Sollten wir das nicht lieber dich fragen?«, konterte Jake. »Das Studio hat seit zwei Stunden geschlossen.«

Ich zuckte die Schultern und widmete mich wieder der Skizze vor mir. Ein Dämonenschloss mit Fratzen, die aus Fenstern und Türen starrten, ihre Finger ausstreckten. Es war der Wunsch eines Kunden und bereits die dritte Idee, die ich zeichnete, um sie ihm vorzuschlagen. »Auf mich wartet sowieso niemand zu Hause, also was soll ich da?«

Fast eine Woche war vergangen, seit Kim verschwunden war. Ich wollte weder in eine Wohnung, in der mich alles an sie erinnerte, noch in ein Bett, das ihren Duft verloren hatte.

Trevor riss mir den Stift aus der Hand. »Dann lass uns irgendwas tun, was dich auf andere Gedanken bringt.«

»Tu ich doch.«

»Nein, du vergräbst dich in Arbeit.«

Ich lehnte mich zurück und verschränkte die Arme

vor der Brust. »Und wenn schon.« Zeichnen war mehr als Arbeit, es half mir abzuschalten und das brauchte ich. Mich auf die Skizzen zu konzentrieren, half, nicht zu denken. Nicht an Kim. Nicht an die Tatsache, dass sie wie vom Erdboden verschwunden war. Und vor allem nicht daran, wie verrückt es mich machte, keine Ahnung zu haben, wo zur Hölle sie war oder wie es ihr ging.

»Im P.T. ist Open Stage«, sagte Jake. »Lass uns hinfahren, was trinken und bei guter Musik den Abend ausklingen lassen.«

Ich klappte das Skizzenbuch zu und sah ihn an. »Musst du nicht zu Hause bei Chase sein?«

Jake schüttelte den Kopf. »Alles geklärt. Er schläft schon, und Ash und Zara bleiben bei ihm, bis ich zurück bin. Also? Kommst du freiwillig mit, oder müssen wir dich echt rausschleifen, um zu verhindern, dass du noch eine Nacht hier pennst?«

»Zara hat euch also auf mich angesetzt.«

»Verübelst du es ihr?«, fragte Trevor. »Sie macht sich nicht nur Sorgen um Kim, sondern auch um dich. Genau wie wir.«

»Ihr gebt eh keine Ruhe, oder?«

»Auf keinen Fall.«

»Schön, ich komme mit.« Ich nahm Trevor den Stift ab, warf ihn mitsamt dem Skizzenbuch in meine Tasche. »Unter zwei Bedingungen.«

»Die wären?«, fragte Jake.

»Erstens: Wir fahren kurz bei mir vorbei, damit ich schnell duschen und mich umziehen kann.«

»Und zweitens?«

Ich grinste. »Einer von euch zahlt die Drinks, der andere das Katerfrühstück morgen früh.«

Jake fuhr mit Trevor in seinem Wagen hinter mir her.

Wir parkten vor dem Haus und sie folgten mir nach oben.

»Ich beeil mich«, erklärte ich, stieß die Tür zu meinem Zimmer auf und schaltete das Licht an. »Ihr könnt ja schon mal …« Wie angewurzelt blieb ich stehen. Starrte auf mein Bett. Denn dort lag Kim. Sie hatte die Beine dicht an den Körper gezogen und sah selbst im Schlaf vollkommen erschöpft aus.

»Okay, schätze, damit haben sich unsere Abendpläne gerade erledigt«, erklang Jakes Stimme hinter mir, während Kim blinzelnd die Augen aufschlug. »Wir sind dann mal weg.« Ein kurzer Druck an meiner Schulter, dann hörte ich auch schon das Klicken der Haustür.

»Ich habe auf dich gewartet.« Kim setzte sich auf und rieb sich die Augen. »Ich hatte gar nicht vor einzuschlafen, tut mir leid.«

»Schon okay.« Ich schloss die Tür, noch immer wie betäubt von der Tatsache, dass sie wirklich hier war.

Das Schweigen zwischen uns dehnte sich aus, spannte sich wie ein Gummiband, und ich beobachtete, wie sie auf der Unterlippe kaute, immer wieder den Mund öffnete und doch wieder schloss.

»Es tut mir leid, Keat. Dass ich abgehauen bin und das, was ich gesagt habe, und dass ich mich nicht gemeldet habe …«, begann sie schließlich, während ich neben ihr auf die Bettkante sank. »Mir war das alles zu viel, aber nicht du. Du hast damit gar nichts zu tun. Als ich aufgewacht bin, da … Ich wusste nicht, wie ich damit umgehen soll, weil … Du musst mich ausreden lassen, versprich es. Bitte.«

»Natürlich, ich versprech's.«

»Okay …« Sie holte Luft und ihre Nägel bohrten sich in die Handinnenflächen. Was auch immer sie mir sagen wollte, es war gravierend genug, um Kims lebenshungrige, wilde Seite komplett auszuradieren. »Im Sommer, bevor ich weggegangen bin, da ... ich war auf dieser Party. Du weißt schon, die Abschlussparty, die einer aus meinem Jahrgang am Strand geschmissen hat.«

Ich nickte. Ich erinnerte mich an diesen Tag, immerhin war es der Morgen gewesen, an dem wir uns das allererste Mal geküsst hatten.

»Brina hat mich abgeholt, und wir haben getrunken und getanzt, und ich weiß noch, dass ich irgendwann allein auf der Tanzfläche war und dass die Band diesen einen Song gespielt hat, den ich so liebe ... und das Nächste, an das ich mich erinnere, das ist, dass ich im Sand liege und die Sonne über den Horizont kriecht und ... mir alles wehtut.«

Kälte sickerte von irgendwo tief in mein Herz. Das konnte doch nicht sein. Das ... *nein*!

»Ich bin über den Strand gestolpert, durch die restlichen Feiernden hindurch, und wusste einfach nicht, was genau los war. Ich bin in Colin reingerannt, und er hat sofort gesehen, dass etwas passiert sein muss, und dann hat er mich ins Krankenhaus gebracht und anschließend zur Polizei.« Tränen tropften von ihren Wangen. »Sie haben ... sie haben Überreste von irgendeiner Droge in meinem Blut gefunden und das Sperma von irgendeinem Kerl. Ich wurde ... Jemand hat mich ... Irgendwann zwischen Mitternacht und sechs Uhr morgens hat jemand mir Drogen verabreicht und dann hat er mich vergewaltigt.« Ihre Stimme brach bei dem letzten Wort und ich zog sie in meine Arme. Hielt sie fest, während dieses eine Wort sich wie ein Fremdkörper in meinen Kopf rammte.

Vergewaltigt.

Kim war vergewaltigt worden. Vergewaltigt und von

einem Kerl unter Drogen gesetzt, die sie wehrlos gemacht und ihrer Erinnerung beraubt hatten. Jemand hatte ihr wehgetan. Sie zerbrochen.

Plötzlich fügte sich alles zusammen. Die Furcht in ihren Augen, als sie aus diesem Traum erwacht war. Ihr zu schneller Atem und die Tränen, weil ich sie berührte. Selbst ihr Zögern, als wir den Strand betreten hatten, ergab plötzlich Sinn. Sie war verschwunden und hatte sich betrunken, weil der Strand sie daran erinnerte, was ihr passiert war.

Bring mich nach Hause. Nur nach Hause, nicht zurück. Bitte.

»Es tut mir so leid …«, murmelte ich und sie presste sich fester an mich. »Es tut mir so leid, dass dir das passiert ist. Ich …« Auch meine Stimme brach und Tränen bahnten sich ihren Weg. Ich weinte. Um sie und um das, was ihr angetan worden war. Ich weinte, weil ich mir wünschte, ich wäre da gewesen, um es zu verhindern.

»Warum hast du es niemandem erzählt?«, fragte ich, als ihre Tränen irgendwann versiegt waren. Wir lagen auf dem Bett, ihr Körper schmiegte sich an meinen und ihr Kopf ruhte auf meiner Brust. »Nicht mal Zara?« Die Vorstellung, dass sie dieses Geheimnis seit einem Jahr mit sich herumtrug und sich keinem einzigen Menschen anvertraut hatte, machte mich verrückt.

»Erst hat es sich nur wie ein böser Traum angefühlt, aus dem ich bloß aufwachen wollte. Deshalb bin ich ins nächste Hotel geflüchtet und habe Zara geschrieben, ich wäre in L.A. Ich konnte dir nicht in die Augen sehen, Keat. Ich konnte ihr nicht in die Augen sehen. Ich habe mich geschämt, und ich wollte einfach nur *vergessen*, dass mir das angetan wurde. Ich wollte es ausblenden, verstehst du? Ich dachte, wenn ich mich sowieso nicht erinnere, wäre es das Beste, so zu tun, als wäre nie etwas passiert. Aber das hat nicht funktioniert.«

Natürlich hatte es das nicht.

»Also bin ich Hals über Kopf nach Boston geflogen und habe Brina erzählt, ich will doch mit ihr zusammen studieren. Sie hat mir geholfen, damit ich auf die Warteliste komme, und als ich verspätet aufgenommen wurde, hat sie es geschafft, dass wir uns ein Zimmer teilen konnten.«

»Und dann?«

»Dann habe ich weitergemacht. Ich war auf Partys, habe getrunken und so getan, als wäre ich noch immer dieselbe. Ich habe mich Typen an den Hals geworfen und versucht, mich davon zu überzeugen, dass diese Sache mich nicht zerstört hat. Ich habe sogar mit einigen von ihnen geschlafen, um mir genau das zu beweisen, aber das hat alles nur schlimmer gemacht. Deshalb sind Spikes Gerüchte auch auf fruchtbaren Boden gefallen. Weil es ... es waren keine Gerüchte. Für einen Sommer *war* ich dieses Mädchen, das versucht hat, sich mit bedeutungslosem Sex selbst zu reparieren.«

Schmerz und Ekel kämpften in ihren Augen miteinander, und ich begriff, dass die Dinge, die in der Uni über sie erzählt worden waren, sie nur deshalb so tief treffen konnten, weil sie überzeugt war, sie würden stimmen.

»Das macht dich trotzdem nicht zu einer Schlampe.« Ich suchte ihren Blick, damit sie die Wahrheit in meinen Augen lesen konnte. Damit sie begriff, dass ich sie niemals so sehen würde. »Oder gibt irgendwem das Recht, dich so zu behandeln.«

Ich hatte mit genug Frauen geschlafen, und ich weigerte mich zu glauben, dass allein die Tatsache, dass eine Frau ebenfalls unbedeutenden Sex hatte, sie in ihrer Integrität oder ihrem Selbst herabstufte. Das stimmte nicht und es würde niemals stimmen.

»Ich habe noch mehr getan, als bloß zu feiern und so zu tun, als wäre alles wie immer«, sagte sie nach einer Weile. »Ich habe jede Menge Geld ausgegeben. Ich war beim Friseur, bei der Kosmetikerin, in teuren Restaurants und shoppen. Am Anfang waren es bloß ein paar Schnäppchen, die ich mitgenommen habe, aber dann hat es sich verselbstständigt. Aus hier mal ein Kleid oder Armband wurde immer mehr. Plötzlich war ich jeden Tag einkaufen. Manchmal habe ich Zara was davon geschickt, aber meistens ist es unausgepackt unter meinem Bett oder im Schrank gelandet. Selbst als ich gar keinen Platz mehr hatte, habe ich weitergekauft und es lieber in den Müll geworfen als aufzuhören. Ich konnte nicht, weil das Shoppen, es ... es hat mich währenddessen irgendwie glücklich gemacht, und es fühlte sich an, als hätte ich die Kontrolle zurückgewonnen. Wenigstens für diesen winzigen Moment.« Ich dachte an die Tüten voller Zeug, die Zara unter ihrem Bett entdeckt hatte. An die Bons, die ihren täglichen Einkauf dokumentierten. Shoppen war ihr zwanghafter Versuch, mit dem Erlebten zurechtzukommen »Als ich die Uni verlassen habe, hatte ich gar keine Kontrolle mehr darüber. Ich bin in dieses teure Hotel gezogen, was Unmengen an Geld verschlungen hat, und war trotzdem jeden Tag im Einkaufszentrum. Eigentlich habe ich erst aufgehört, als ich im Dezember plötzlich auf der Straße saß. Ich war pleite und hatte keine Ahnung, wie es weitergehen sollte. Das war der absolute Tiefpunkt meines Lebens, verstehst du?«

Ich wollte mir das nicht vorstellen, aber ich tat es trotzdem. Stellte mir Kim vor. Mitten im Winter auf der Straße, ohne Geld inmitten der Kälte, die sie so hasste.

Und ich wünschte, ich hätte es gewusst. Gewusst, wie schlimm es um sie stand und wie sehr sie unsere Hilfe gebraucht hätte. Denn dann wäre ich ins Flugzeug gestiegen und nach Boston geflogen. Ich hätte sie nach Hause geholt.

»Hast du Macy so kennengelernt?«

»Ja. An dem Abend, als ich die Hotelrechnung nicht mehr bezahlen konnte und vor dem Hotel zusammengebrochen bin, da war sie plötzlich da und dann hat sie mich einfach mit zu sich nach Hause genommen. Sie kannte mich nicht mal, und trotzdem hat sie mich in das kleine Zimmer in ihrer Wohnung einquartiert und mir den Job im *Woody's* besorgt, damit ich meine Schulden zurückzahlen und mein Leben wieder in den Griff bekommen konnte.« Da war er also, der Grund, warum sie in diesem schäbigen Club gearbeitet und nicht einmal in Erwägung gezogen hatte, zurück nach Kalifornien zu kommen.

»Aber du hast es nicht in den Griff bekommen.« Ich dachte daran, wie ich sie nähend in ihrem Zimmer gefunden hatte, an die Müdigkeit, die Traurigkeit in ihrem Blick.

»Nein«, flüsterte sie. »Seitdem ich zurück bin, ist es sogar schlimmer geworden. Ich habe jede Nacht Albträume, ich kann weder schlafen noch mich entspannen. Das Einzige, was irgendwie geholfen hat, war Einkaufen und Nähen, aber ...«

»Aber was?«

»Ich habe meinen Dispo überzogen. Die Bank hat mein Konto letzte Woche gesperrt.« Sie biss sich auf die Unterlippe. »Und heute, da ... hätte ich beinah Colins Haushaltsgeld ausgegeben. Ich habe es geklaut und bin in die Mall, aber als ich an der Kasse stand, konnte ich es nicht. Was gut ist, klar, aber auch verrückt. Ich meine, er nimmt mich bei sich auf und überlässt mir sein Zimmer, hat die ganze Zeit Streit mit seinen Freunden, und ich habe nichts Besseres zu tun, als in seiner Abwesenheit die Haushaltskasse zu plündern.«

Dort war sie also die ganze Zeit gewesen.

Sie setzte sich auf und vergrub das Gesicht in den Händen. »Ich schäm mich so, Keat. Für all die Lügen, die ich erzählt habe, und für alles, was ich getan habe. Aber am meisten, am allermeisten schäme ich mich dafür, dass mir das überhaupt passiert ist. Wenn ich nicht zu dieser Party gegangen wäre, wenn ich nicht getrunken hätte, wenn ich beim Tanzen nicht so den Eindruck gemacht hätte, dass ich leicht zu haben bin, und besser auf mein Glas aufgepasst hätte, dann –«

»Stopp! Du bist doch nicht schuld daran.« Der Gedanke, dass sie sich die Schuld an dem gab, was ihr da angetan worden war, war kaum auszuhalten. »Der Einzige, der die Verantwortung dafür trägt, ist der Kerl, der dir dieses Dreckszeug in den Drink gekippt hat, aber doch nicht du. Er hat dir das angetan. Du hast nicht darum gebeten, dass man dich –« Ich stoppte mich selbst, weil ich die Wut, die ich gegenüber solchen Typen empfand, die einen wegstecken wollten und das auch taten, ganz egal ob die Frau zugestimmt hatte oder nicht, nicht vor Kim rauslassen sollte. »Hat die Polizei … hat sie ihn gefunden?«

»Nein«, flüsterte sie und sank gegen meine Schulter. »Er ist noch irgendwo da draußen.«

KIMBERLY

1 Jahr zuvor

Die Musik war laut, die Party in vollem Gang. Die Sonne verteilte ihre letzten Strahlen über den Strand, der voller Leute war. Ich bewegte mich zu der Musik, saugte alles in mich auf.

»Wieso bist du heute so gut drauf?«, fragte Brina, die neben mir an ihrem Cocktail schlürfte und mir über das Glas hinweg einen neugierigen Blick zuwarf.

»Bin ich das?«

»Du strahlst von einer Seite zur anderen, Süße«, erklärte sie und lachte, weil ich mir an die Wange fasste. Sie waren viel wärmer als sonst.

»So offensichtlich?«

»Jaaa, verflucht! Also verrat mir, was dich so glücklich macht? Und wehe, du sagst, es ist, weil ich morgen nach Boston fliege und du froh bist, mich endlich los zu sein.«

»Bist du verrückt? Ich werde dich total vermissen!« Ich schlang die Arme um meine Freundin und sie kicherte. »Ich

kann es gar nicht erwarten, bis wir beide mit der Uni fertig sind, du zurückkommst und wir richtig durchstarten.«

»Ich auch nicht.« Sie zwinkerte. »Aber jetzt sag schon: Warum strahlst du so?«

»Es ist wegen Keat. Wir haben uns heute Morgen geküsst.«

»Oh mein Gott, im Ernst?«

Ich nickte und schaffte es kaum, das Grinsen zu unterdrücken, das sich auf mein Gesicht schlich.

Wir hatten uns geküsst.

Geküsst.

»Oh mein Gott«, kreischte sie. »Erzähl mir alles!«

»Eigentlich gibt es da gar nicht so viel zu erzählen. Wir haben rumgealbert und dann ... hat er mich geküsst.« Sein Atem hatte sich mit meinem gemischt, kurz bevor seine Lippen sich auf meine gesenkt hatten. Warm, fest und so verdammt gut.

»Und wie war es?«, bohrte sie weiter. »Ich habe gehört, er soll ein verflucht guter Küsser sein. Nicht, dass ich irgendwas auf Gerüchte gebe, aber verdammt, ich will es wissen.«

»Er küsst toll. Wirklich perfekt.« Ich seufzte. »Ich weiß nicht, wann ich mich das letzte Mal so gefühlt habe.«

»Also wird das was mit euch? Seid ihr jetzt zusammen?«

Ich zuckte die Schultern. »Keine Ahnung, ich –«

»Hey, Kim.« Ich drehte mich zu der vertrauten Stimme um. Zu Colin. Mist, hatte er das eben etwa gehört?

»Hey, Col.«

Er vergrub die Hände in den Hosentaschen. »Ich wollte mich für meinen Auftritt letztens entschuldigen. Du warst fair und ich hab mich wie ein Arsch verhalten, normalerweise ...«

»Schon okay. Ich kann dich ja verstehen.« Colin war verletzt gewesen. Er hatte sich diese Zukunft mit mir ausgemalt, schon die ganze Zeit, und früher hatte ich mir genau das Gleiche gewünscht. Er konnte nichts dafür, dass ich nicht

mehr dasselbe für ihn empfand wie er für mich. »Ich wollt dich nicht verletzen.«

»Ich weiß.« Er lächelte, während ich einen Schluck aus meinem Glas nahm. Dann fragte er: »Und wie gefällt dir die Party?«

»Sie ist genial.«

»Finde ich auch.« Er strahlte mich an, dann verblasste sein Lächeln, als wäre ihm wieder eingefallen, dass die Zeit, in der er mich so angesehen hatte, vorbei war. Er zog die rechte Hand aus der Hosentasche, um zur Bar und seinen wartenden Freunden zu deuten. »TJ und Dustin werden ungeduldig, weil ich dran bin, die Drinks zu zahlen. Mach's gut, ja?«

»Du auch, Col.«

Etwa vier Stunden später

Gesichter zogen vorbei, immer mehr und immer schneller, bis sie schließlich verschwunden waren und da nur noch die Hand auf meinem Rücken war, die mich vorwärtsschob. Die Musik wurde leiser, mischte sich mit dem Rauschen des Meeres und über mir leuchteten die Sterne.

Ich stolperte, verlor den Halt. Fiel.

Mit dem Gesicht voran in den Sand.

Ein Körper landete auf mir.

Lippen auf meinem Hals.

Hände, die sich unter mein Kleid schoben.

Nein. Nein. Nein.

Ich versuchte mich umzudrehen. Den Körper, der auf mir lag, runterzuschieben, doch meine Hände lagen nutzlos im Sand. Sie bewegten sich nicht. Nichts an mir bewegte sich.

»Gott, du bist so heiß«, keuchte es an meinem Ohr, kurz bevor der Druck nachließ. Ich bewegte meine Hände, meine

Beine, doch sie brachten mich nicht weg. Sie waren nutzlos, reagierten nicht.

Ich hörte das Öffnen eines Reißverschlusses und dann war er da. Ich spürte ihn hart an meinem nackten Oberschenkel, dann zwischen meinen Beinen. Keuchend rieb er sich an meinen Schenkeln und dann, mit einem einzigen festen Stoß, drang er von hinten in mich ein.

Es tat weh. Oh Gott, es tat so schrecklich weh.

Sein Körper presste sich auf mich, zwängte mich tiefer in den Sand.

Ich wollte ihn wegschieben, treten, ihm wehtun, doch ich lag nur da.

Nutzlos, begraben unter seinem Gewicht.

Ich wimmerte. Presste die Augen zusammen. Immer fester und fester, weil sein heißer Atem sich mit dem Schmerz mischte.

Sand drang in meinen Mund, verklebte mit meinen heißen Tränen. Nahm mir die Luft, während jeder weitere Stoß mein Inneres aufriss. Mich entzweiriss, bis es mich gar nicht mehr gab.

Der Morgen danach

»Kim?« Ich schob mich an Colin vorbei, als er meine Hand griff. »Was sagt die Ärztin? Bist du ...«

»Sieht so aus.«

Seine Augenbrauen zogen sich zusammen, und ich drehte mich von ihm weg, damit er die Tränen nicht sah, die sich in meinen Augen sammelten.

»Kim ...« Colin wurde blass. Rieb sich wieder und wieder über sein Gesicht. »Scheiße, Scheiße ... verdammte Scheiße.«

»Ms. Graham?« Ich sah zu der Ärztin, die neben uns in der

offenen Tür stand. »Hier wäre Ihr Rezept«, sagte sie und hielt mir einen Zettel entgegen. »Sie müssen es gleich nehmen und Sie sollten ...« Den Blick auf Colin gerichtet stoppte sie, bis ich ihr bedeutete, weiterzureden. Er wusste sowieso, was passiert war. »... Sie sollten zu dem HIV-Test wiederkommen. In ein paar Wochen.«

Ich schaffte es nicht einmal, zu nicken, krallte meine Finger in den Zettel.

»Alles Gute.« Sie schenkte mir ein mitfühlendes Lächeln und verschwand.

»Was ist das für ein Rezept?« Er nahm es mir ab.

»Die Pille danach, damit ...« Meine Stimme brach. Ich schaffte es nicht, es auszusprechen.

»Du musst es nicht sagen«, erklärte er. »Es ist okay.«

»Nichts ist okay.« Ich löste mich von ihm, hastete über den Krankenhausflur. Ich musste hier raus. Weg von diesem Ort. Fort von der Gewissheit, die sich wie ein Widerhaken in meinem Kopf festgesetzt hatte.

Jemand hatte mich vergewaltigt.

Jemand hatte mir Drogen verabreicht, um mich zu vergewaltigen.

Draußen vor dem Krankenhaus holte Colin mich ein.

»Ich will nie wieder darüber sprechen«, sagte ich und grub meine Fingernägel in seine Schulterblätter. »Ich muss das vergessen, Col. Ich will nie wieder *darüber reden.«*

»In Ordnung«, lenkte er ein, »aber falls du es irgendwann möchtest, dann –«

»Nein, das wird nicht passieren.« Ich ließ ihn los, schüttelte meine Hände aus, straffte die Schultern. »Ich werde es vergessen und du wirst es vergessen und wir werden nie wieder darüber reden, verstanden?«

»Wie du willst«, sagte er und sah alles andere als glücklich aus, als er mir die Tür seines Wagens aufhielt.

KIMBERLY

Keaton alles zu erzählen hatte mich erschöpft und ausgehöhlt. Ich war mir nicht sicher, wie ich damit umgehen sollte, dass er nun die Wahrheit kannte. Dass er Bescheid wusste. Über das, was mir passiert war, und über die Dinge, die ich getan hatte, um es vor ihm und allen anderen – aber vor allem vor mir selbst – zu verbergen. Doch in den letzten Stunden hatte ich begriffen, dass es keine andere Möglichkeit gab, als mein Schweigen endlich zu brechen. Macy hatte recht gehabt. Damit, dass ich die Menschen in meinem Leben zurück in mein Herz lassen musste, um die Spirale, in der ich steckte, überhaupt beenden zu können. All die Monate hatte ich versucht, das, was geschehen war, mit mir allein auszumachen. Ich hatte mir eingeredet, nur wenn ich es vergesse, könnte ich nach vorne sehen. Doch das stimmte nicht. Es endlich auszusprechen fühlte sich befreiender an, als ich es für möglich gehalten hatte. In der Zeit bei Colin hatte ich nicht nur einmal darüber nachgedacht, meiner Schwester, Keaton und meinen Freunden endlich alles zu erzählen, doch erst das Gespräch in der

Beratungsstelle hatte mir letztendlich das entscheidende Stück Mut geschenkt.

Und jetzt wusste er alles.

Ich kuschelte mich fester in Keatons Bettdecke und genoss den unverwechselbaren Duft, der darin hing. Sie roch nach ihm, nussig und herb, und ich schmiegte mein Gesicht daran, sog ihn ein.

Keaton kam zurück ins Zimmer. Er war frisch geduscht, trug ein enges Muskelshirt, unter dem seine Tattoos hervorlugten, und kurze Jeans.

Er schloss die Tür und unsere Blicke begegneten sich. Lächelnd kam er auf mich zu.

»Guten Morgen«, sagte er und setzte sich neben mich aufs Bett. »Wie geht es dir?« Er streckte die Hand aus und streichelte mit seinen Fingerspitzen sanft über meine Wange.

»Ich bin mir nicht sicher.« Wir hatten die halbe Nacht geredet. Über mich, das, was geschehen war, und meine Art, damit umzugehen. Aber wie es mir wirklich damit ging, konnte ich beim besten Willen nicht beantworten. Ich wusste es nicht.

Keaton krabbelte neben mich aufs Bett, kroch unter die Decke und öffnete die Arme, damit ich mich an ihn kuscheln konnte. Während ich meine Wange auf seiner Brust bettete, fragte er: »Hast du geträumt? Heute Nacht?«

»Ja.«

Seine Arme schlossen mich ein, und hier mit ihm zu liegen fühlte sich richtig an. Es war Keatons Nähe, die mir in den einsamen Nächten in Colins Bett am meisten gefehlt hatte. Sein Atem auf meiner Haut, seine Arme, die mich hielten. Er, das war, wie nach einer langen Reise zurück nach Hause zu kommen. In seinen Armen war der einzige Ort, an dem ich sein wollte. Ich wollte in ihnen verweilen, am liebsten für immer.

»Erzählst du mir, was du geträumt hast?«

»Es sind bloß … Fetzen.«

»Egal, was es ist, ich möchte einfach … Ich muss wissen, woraus du da immer aufwachst.« Sein Atem streifte mein Ohr. »Was dich verfolgt und nicht schlafen lässt.«

»In meinen Träumen ist es immer dunkel. Überall ist Sand und ich kann mich nicht bewegen. Ich kann nicht atmen, weil er mir die Luft nimmt. Ich will aufstehen und weglaufen, aber ich kann … gar nichts tun.«

»Fasst du dir deshalb an den Hals und ringst nach Luft, wenn du aufwachst? Weil du nicht atmen kannst?«

»Ja. Ich habe das Gefühl, irgendetwas Schweres drückt mir die Luft ab. Ich muss mich jedes Mal daran erinnern, dass es nur ein Traum ist.«

»Das hört sich furchtbar an.«

»Ist es.«

Keaton vergrub sein Gesicht in meinem Haar und schwieg. Nach ein paar Minuten sagte er dann: »Weck mich, wenn es das nächste Mal passiert.«

»Du brauchst deinen Schlaf.«

»Ja. Aber dich –«, seine Finger legten sich unter mein Kinn, und er hob es hoch, damit ich zu ihm aufsah, »– brauche ich mehr. Ich liebe dich, Kim, und ich will für dich da sein, wenn du mich brauchst. Also lass mich das für dich tun. Schließ mich nicht aus. Nicht aus deinem Leben, nicht aus dem, was dich quält.«

Obwohl ich Angst davor hatte, was das alles mit uns machen würde, stimmte ich zu. In diesem Moment wollte ich nicht darüber nachdenken oder mich in Sorgen um die Zukunft verlieren. Denn Keaton war hier. Er war hier bei mir. Und er wollte für mich da sein. Trotz allem.

»Keat?«

»Ja?«

Ich rutschte höher, bis unsere Gesichter auf einer Höhe waren. »Ich liebe dich auch.«

Keaton beugte sich zu mir herüber. Verteilte sanfte Küsse auf meinen Augenlidern, dann auf meiner Nasenspitze, ehe er seine Lippen auf meine senkte. Sanft und behutsam, als wäre ich das Kostbarste und Zerbrechlichste, was er je besessen hätte.

Auch wenn es mir schwerfiel, sprach ich ein paar Stunden später auch mit Zara. Um Keaton und mir genug Zeit zum Reden zu lassen, hatte sie die Nacht bei Ash und Jake verbracht und war erst gegen Mittag zurückgekommen. Mit frisch gebrühtem Tee setzten wir uns gemeinsam im Wohnzimmer auf die Couch.

Und dann redeten wir.

Keaton hielt meine Hand, während ich ein weiteres Mal zu jenem Tag zurückkehrte, der mein Leben verändert hatte.

Ich erzählte Zara alles. Deckte jede hässliche Einzelheit und jede Lüge auf. Erzählte ihr von meinem Kaufrausch und davon, warum ich es tat. Gestand ihr, was mit dem Geld unseres Dads passiert war, wie hoch meine Schulden waren und dass ich nicht wusste, wie ich das Geld jemals zurückzahlen konnte.

»Was war das Schlimmste?«, fragte Zara, als meine Erzählungen endeten, und wischte sich eine Träne aus ihren Augen, die leicht gerötet aussahen. Sie saß dicht neben mir und hielt meine Hand.

»Das Gefühl, als ich aufgewacht bin. Genau zu spüren, dass jemand etwas mit mir gemacht hat, aber nicht zu wissen, was.« Ich holte zittrig Luft. »Als ich aufgewacht bin, mein Slip fehlte und in mir drin alles wehtat, ich mich aber an nichts erinnern konnte, das ... das war am allerschlimmsten daran.«

Bei dem Gespräch in der Beratungsstelle gestern hatte Sara mir erklärt, dass die meisten Opfer von K.-o.-Tropfen, sich niemals vollständig an die Tat erinnern können. Dass alles, was ihnen zum Verarbeiten blieb, solche Bruchstücke waren, wie sie auch mich quälten, und leere Stellen, die sie nicht füllen konnten, egal wie sehr sie es wollten.

Tränen sammelten sich in meinen Augen.

Sechs Stunden meines Lebens waren ausradiert worden, und das für immer. Ich würde die Erinnerung daran niemals zurückbekommen.

Als ich aufsah, war ich nicht die Einzige, die weinte. Auch über die Wangen meiner Schwester rannen Tränen. Sie presste die Hand vor den Mund und im nächsten Moment schlang sie ihren Arm um mich und zog mich an sich.

Eine ganze Weile klammerten wir uns aneinander fest, weinten in den Armen des anderen. Und zum ersten Mal seit Monaten hatte ich das Gefühl, dass die Schutzmauer, die ich zwischen uns gezogen hatte, nicht mehr nötig war. Die Steine brachen weg, krachten zu Boden, und alles, was dahinter zum Vorschein kam, waren wir beide.

Zwei Schwestern, deren Herzen im selben Takt schlugen und die den Schmerz der anderen darin aufnahmen, als wäre er der eigene.

KEATON

Ich setzte mich neben Jake auf die Parkbank und half Chase hinaufzuklettern. Seine kleinen Beine baumelten über den Rand, während er auf die Tüte schielte, aus der Jake die Pommespackung hervorholte.

»Danke«, sagte ich, als er mir einen der Burger reichte. Ich wickelte das Papier ab und biss in den saftigen Chili-Cheeseburger, den er mir mitgebracht hatte.

»Für das Essen oder die Entführung von der Arbeit?« Er quetschte Ketchup auf eine Papierserviette und legte sie neben die Pommes seines Sohnes, ehe er sich selbst einen der Burger nahm.

»Für beides.« Dass er vor ein paar Minuten gemeinsam mit Chase und einer riesigen Tüte meines Lieblingsburgerladens aufgetaucht war, gefiel mir nicht nur wegen des Essens. Eine Pause tat gut.

»Ich konnte ja nicht zulassen, dass du verhungerst«, erklärte Jake und grinste, weil ich den Burger mit nur drei schnellen Bissen verschlang. »Und wie es aussieht, war's höchste Zeit. Wirkt fast, als hättest du seit Tagen nichts mehr gegessen.«

»Das täuscht.« Gegessen hatte ich genug, nur wegen

Kims Albträumen wenig Schlaf bekommen. Jede verdammte Nacht wachte sie auf. Brach wimmernd und keuchend in Tränen aus. Ich versuchte, für sie dazu sein, hielt sie, damit sie zurück in den Schlaf fand. Doch jedes Mal, wenn sie endlich wieder schlief, war es hell, und ich konnte nichts anderes tun, als sie anzusehen und mich zu fragen, wie schlimm es für sie sein musste, wenn es für mich schon unerträglich war. Durch den Schlafmangel fehlte mir Energie, die mein Körper mich dankbarerweise mit literweise Koffein und Essen ausgleichen ließ.

Ich zerknüllte das Papier, warf es in den übervollen Mülleimer neben uns und schnappte mir den nächsten Burger.

Jake griff nach dem Colabecher und frage: »Kim und du, kommt ihr klar?«

Ich ließ meinen Burger sinken und sah von Jake zu Chase und Jake verstand. Kim hatte mir ausdrücklich geraten, auch ihm und Trevor einzuweihen, damit auch ich jemanden zum Reden hatte. Und ich war froh darüber, weil ich so meine Gedanken und Gefühle loswerden konnte, ohne Kim zusätzlich damit belasten zu müssen. Immerhin waren sie meine besten Freunde.

»Hey, Kumpel.« Er legte die Hand auf den Kopf seines Sohnes, der gerade die letzten vier Pommes gleichzeitig in seinen Mund stopfte. »Was hältst du davon, wenn du schon mal die Rutsche testest, bis Keat und ich aufgegessen haben?« Chase nickte und hielt Jake die Hände entgegen, damit er das Fett und den Ketchup abwischen konnte, die daran klebten.

»Also?«, fragte Jake, sobald der Kleine losflitzte. Über den lang gezogenen Vorplatz bis hinüber zum Spielplatz. »Wie geht es dir wirklich?«

»Ich weiß es nicht«, gab ich zu und fuhr mir mit der

Hand übers Gesicht. Jedes Mal, wenn ich Kim ansah, musste ich daran denken, was ihr angetan worden war. Nachts war es am schlimmsten. Wenn sie schlief und ich ihre angespannten Gesichtszüge sah oder dabei war, wenn sie weinte, dann tobten tausend Gefühle in mir, die ich nirgendwo lassen konnte. »Es macht mich krank.« Das Wissen, dass ein Fremder meine lebenshungrige, wundervolle Freundin betäubt und vergewaltigt hatte, tat weh. Dass dieser Kerl irgendwo da draußen war und sein Leben lebte, als wäre nichts passiert, machte mich fuchsteufelswild. Ich wollte ihn finden und zur Verantwortung ziehen. Ich wollte, dass er dafür bezahlte.

»Wen nicht!«, sagte Jake, und irgendwie war ich mir sicher, dass er in diesem Moment an das Video von Ian und Tami dachte. »Es ist ... es gibt keine Worte dafür, wie krank so was ist, Keat.«

Ich nickte. »Wusstest du, dass jeder, der lesen kann, dieses Dreckszeug zusammenbrauen kann?« Ich hatte es nachgelesen, auch um zu verstehen, was diese Drogen mit dem Körper anstellten. Wie sie wirkten und warum niemand dafür sorgte, dass sie vom Markt verschwanden. »Man kann die Zutaten legal im Internet bestellen«, erklärte ich. »Es kostet nicht mehr als zwei, drei Klicks im Netz und ein paar läppische Dollar, um Frauen zu willenlosen Objekten zu machen und ihnen ihren Körper und ihre Selbstachtung zu rauben.« Ich rieb mir über das Gesicht und versuchte, die Wut, die in mir hochkochte, abfallen zu lassen. Sie machte nichts besser, und daran, was Kim angetan worden war, änderte sie auch nichts. Und trotzdem war sie da, fraß an meinem Verstand, verdunkelte mein Herz.

»Nein, das wusste ich nicht«, sagte er und stieß langsam den Atem aus. »Scheiße.«

Ich beobachtete, wie Chase uns vom Kletterturm an der Rutsche zuwinkte, und für einen Augenblick beneidete ich ihn um die kindliche Leichtigkeit, die er verspüren konnte. Um diese Lebendigkeit in seinen Augen, die Kim ebenso ausgestrahlt hatte und von der nur noch ein Bruchteil übrig war.

»Jedes Jahr hat sie diese Selbstverteidigungskurse gemacht und immer davon geredet, wie wichtig es ist, zu wissen, wie man sich wehren kann, und dann kommt so ein feiges Arschloch und sie kann gar nichts tun.« Vielleicht schockierte mich diese Tatsache daran am meisten. Dass diese Drogen selbst der stärksten und selbstbewusstesten Frau die Fähigkeit nahmen, sich zur Wehr zu setzen. Sie konnte gar nichts tun. Überhaupt nichts. »Wie kann man mit jemandem schlafen, der nicht mal mitmacht? Wie kann man sich daran aufgeilen und es durchziehen?«

»Frag mich was Leichteres, Keat.« Er warf die leere Pommespackung in die Tüte zurück. »Ich kann mich da nicht reindenken, nicht mal, wenn ich es versuche.«

Ich beobachtete ein paar Fußgänger, die an uns vorbeischlenderten. Männer und Frauen, Kinder und Hunde. Leute auf Fahrrädern und zwei Skater.

»Ich habe mal gelesen, dass es nicht um Sex an sich geht, sondern darum, irgendwelche krankhaften Machtgefühle auszuleben«, redete Jake weiter. »Ich meine, denk an Ian. Er ist doch das beste Beispiel dafür, dass es solche Widerlinge gibt und dass man es ihnen nicht mal ansehen muss.«

Er hatte recht. Keiner von uns hätte geahnt, dass Ian zu solch einer Gräueltat fähig sein könnte. Nicht mal Ashley, und sie war mit ihm aufgewachsen.

Wir warfen die Verpackungsreste unseres Essens

samt Tüte in den Mülleimer, dann schlenderten wir rüber zum Spielplatz, um Chase Gesellschaft zu leisten.

Jake fing Chase bei der Rutsche auf, dann gingen wir rüber zu den Schaukeln und zum Sandkasten.

»Ich weiß nicht, wie ich ihr helfen soll«, gestand ich nach einer ganzen Weile, während ich Sand aus meinen Händen rieseln ließ. Er erinnerte mich an Kim, an das, was sie selbst bis in ihre Träume verfolgte. »Ich versuche für sie da zu sein, aber keine Ahnung, ob es genug ist.«

Chase kam mit zwei Stöckern angerannt. Jake steckte sie in den Sand, um sie als Eingang für die Burg, die wir bauten, zu benutzen. »Sie braucht Zeit, Keat. Die braucht ihr beide.«

»Ich weiß.« Und diese Zeit würde ich ihr geben. So viel, wie sie brauchte. Weil ich sie liebte. Verdammt, ich hatte sie schon immer geliebt, und ich würde nicht zulassen, dass diese eine Nacht sich zwischen uns schob und alles zerstörte, bevor es auch nur angefangen hatte.

KIMBERLY

»Bist du sicher, dass du mitkommen willst?«, fragte ich Zara, während ich in meine Schuhe schlüpfte.

»Klar bin ich das.« Sie schulterte ihre Tasche. »Außer natürlich, du willst lieber allein zu Colin und der Beratungsstelle, dann bleibe ich hier.«

»Nein, ich will ja, dass du dabei bist.« Irgendwie gab es mir Sicherheit, meine große Schwester bei mir zu haben. »Ich weiß bloß nicht, wie lange das alles dauern wird.«

»Egal, wie lange«, sagte sie und hielt uns die Tür auf, damit wir auf den Flur treten konnten. »Ich habe doch sowieso nichts vor. Und jetzt hör auf, dir Sorgen zu machen. Wir kennen doch Colin, er wird das mit dem Geld verstehen.«

»Ich hoffe es.« In der letzten Woche hatte Colin so viel für mich getan, und das Letzte, was ich wollte, war, dass er wütend auf mich war. Mich an seiner Haushaltskasse zu vergreifen und damit womöglich den Keil zwischen ihm und seinem besten Freund noch tiefer zu treiben, war nicht nur unüberlegt, sondern falsch gewesen. Letzten Endes hatte ich das Geld nicht ausgegeben, ja. Das war gut, aber zweitrangig. Weil er mehr verdiente als die kurze Textnachricht, die ich ihm vor drei Tagen geschickt hatte, um ihm mitzuteilen, dass ich wieder zu Hause war. Ich schuldete ihm nicht nur eine Entschuldigung, sondern eine Erklärung. Und es war Zeit, über meinen Schatten zu springen und sie ihm zu geben.

»Das wird schon«, versicherte Zara mir, während wir das kühle Treppenhaus verließen und in die sommerliche Hitze hinaustraten.

Wir machten uns auf dem Weg zu der Bushaltestelle an der Kreuzung. Die Sonne brannte unablässig auf meiner Haut, und als wir in den Bus stiegen, schlug uns abgestandene Luft entgegen. Trotz Klimaanlage war es viel zu heiß.

»Vielleicht hätten wir doch ein Taxi nehmen sollen.« Zara seufzte und fächerte sich mit der rechten Hand Luft gegen die geröteten Wangen.

»Ich bin pleite, schon vergessen? Eigentlich kann ich mir nicht mal diese Busfahrt leisten.« An meine finanzielle Situation zu denken ließ ein überwältigendes Gefühl von Schuld in mir aufsteigen. Sie war desaströs und ich schämte mich. Hatte keinen Schimmer, wie ich die Schulden überhaupt zurückzahlen sollte.

»Kim«, sagte meine Schwester. »Hör auf, dir darüber jetzt auch noch den Kopf zu zerbrechen Wir finden eine Lösung, versprochen.« Sie legte ihre Hand auf meine. »Aber zuallererst kümmern wir uns darum, dass du wieder auf die Beine kommst.«

»Ich weiß.« Den Blick aus dem Fenster gerichtet, sank ich in den siffigen Sitz zurück. Starrte nach draußen, auf die vorbeiziehenden Straßen von Savanna Springs, bemüht, mich innerlich auf das bevorstehende Gespräch vorzubereiten.

Colin kannte mein Geheimnis, aber von meinen selbstzerstörerischen Bewältigungsstrategien wusste er nichts. Das gesamte letzte Jahr hatte ich ihn in dem Glauben gelassen, es würde mir gut gehen – nicht nur, weil es so leichter war, die Geschehnisse zu ignorieren, sondern vor allem, damit er nicht auf die Idee kam, Zara einzuweihen.

Nun war es an der Zeit, reinen Tisch zu machen. Colin hatte die Wahrheit genauso verdient wie alle anderen. Besonders, nachdem ich ihn bestohlen hatte.

Nach einer dreißigminütigen Fahrt stiegen wir aus dem Bus und machten uns durch die Hitze auf den Weg zu Colins Apartment am Rande des Campus.

Mit jedem Schritt, den wir uns näherten, wurde ich nervöser und war froh über Zaras Hand in meiner.

Die Haustür des Komplexes stand offen, also traten wir ein und bogen nach links ins kühle Treppenhaus.

»Soll ich klingeln oder willst du?«, fragte Zara, doch ich schüttelte den Kopf und holte den Ersatzschlüssel heraus, den Colin mir letzte Woche in die Hand gedrückt hatte. Kurz überlegte ich, ob es nicht klüger gewesen wäre, ihm Bescheid zu geben, dass ich spontan vorbeikam, aber weil sein Ferienjob in drei Stunden begann, war ich sicher, dass er so oder so zu Hause sein würde.

Außerdem hätte ich sonst ganz sicher gekniffen.

Ich schloss die Tür auf und trat in den schmalen Flur, als Dustins laute Stimme mich zusammenfahren ließ.

»... verfluchte Scheiße! Es bringt niemandem was, wenn du das tust. Du versaust dir nur deine Zukunft, und wofür?« Ich blieb wie angewurzelt stehen und Zara knallte gegen meinen Rücken. »Für eine Tussi, die es nicht mal zu schätzen wissen wird, dass du ihretwegen dein Leben wegwirfst.«

»Du verstehst es einfach nicht.«

»Doch, Colin, verdammt, das tu ich, und genau deshalb habe ich dir gesagt, was für ein Fehler es ist, sie wieder in dein Leben zu lassen. Du hättest dich von ihr fernhalten sollen, statt dich wie ein verdammter Samariter aufzuführen und sie auch noch hier aufzunehmen.«

»Gott, könnt ihr endlich aufhören euch über die Kleine und ihre Pussy zu streiten?«, mischte sich TJ ein. »Das Thema nervt. Die Kleine wurde gefickt, na und?«

Meine Finger krampften sich um den Schlüssel. Er bohrte sich in meine Handinnenflächen, doch wenn es wehtat, spürte ich es nicht.

»Hast du sie eigentlich noch alle?«, fuhr Colin ihn an.

»Colin«, sagte Dustin, diesmal bestimmter. »Ignorier ihn und hör mir zu, in Ordnung? Überleg doch mal: Es ändert überhaupt nichts, wenn du das jetzt machst. Weder für sie noch für dich. Es ist nicht deine Baustelle. *Sie* ist nicht mehr deine verdammte Baustelle.«

»Nicht meine Baustelle?« Colin stieß einen frustrierten Laut aus. »Muss ich dich erst wieder daran erinnern, dass alles meine Schuld ist, oder was?«

»Ist das dein Ernst?« TJ lachte. »Alter, du hast sie doch nicht mal gefickt, obwohl du's gekonnt hättest. Mann, die war so was von durch nach der Menge, die du ihr da verpasst hast. Die konnt ja nicht mal mehr richtig laufen.«

»Woher weißt du das?«, erklang Dustins Stimme. »TJ?«

»Warum guckt ihr mich jetzt so an? Sie war bereit und er hat's nicht durchgezogen. Hätt ich sie da sitzen lassen sollen, oder was?«

Ich presste die Hand vor den Mund. Der Schlüssel,

den ich bis eben fest umklammert hatte, rutschte aus meinen Fingern und fiel klirrend zu Boden, während Zara an meinem Arm zerrte.

Die Stimmen im Nebenzimmer verstummten.

»Was war das?«, hörte ich jemanden fragen. Schritte erklangen und Colin erschien im Flur. Starrte von mir zu dem Schlüssel auf dem Boden und dann zu Zara, die hinter mir stand. TJ und Dustin tauchten hinter ihm auf, doch ich nahm sie alle nur als Schemen wahr.

»Kim«, sagte meine Schwester und ihre Stimme klang seltsam verzerrt. »Lass uns gehen. *Sofort.*« Sie riss die Tür auf, zog dann wieder an meinem Arm, aber ich war wie erstarrt. Konnte mich nicht bewegen.

Mein Atem ging zu schnell. Viel zu schnell.

Colin machte einen Schritt auf mich zu, sagte etwas, das ich nicht verstand, weil seine Stimme sich mit dem Piepen in meinen Ohren mischte. Ich sah, wie seine Lippen sich bewegten, und meine Hände wurden feucht, sie zitterten. Sie zitterten einfach unentwegt. Ich blinzelte, um die Schlieren zu vertreiben, die vor meinen Augen tanzten – und dann wurde alles schwarz.

KEATON

Auf dem Weg zurück zum Tattoostudio hüpfte Chase von einer Gehwegplatte zur nächsten.

»Ihr zwei packt das«, sagte Jake, sobald das Studio vor uns auftauchte. »Sie hat dich. Und ihr beide habt uns. Wir sind für euch da, klar?«

Ich nickte, dankbar nicht nur für Jakes Worte und sein offenes Ohr in der vergangenen Stunde, sondern für das, was unter der Oberfläche lag. Für die Freundschaft, die uns verband, und die Verbindung, die nie abriss, ganz gleich was einer von uns durchmachte.

Chase sprang vor der offenen Eingangstür auf und ab und stürmte hinein, weil Gregory ihm zuwinkte. Strahlend warf er sich in die Arme des Mannes, der für mich immer wie ein Vater sein würde.

»Vielleicht können wir –«, begann Jake, stoppte jedoch, als sein Handy klingelte. Lächelnd sah er auf das Display hinab, ehe er den Anruf annahm.

»Vermisst du mich?«, fragte er, und ich sah, wie sein Lächeln Stück für Stück verblasste. »Nein, ich bin noch bei ihm. Ja, natürlich. Bis gleich. Ich liebe dich.« Er beendete das Telefonat und wandte sich an mich: »Wo ist dein Handy?«

»Wieso?« Ich tastete meine Hosentaschen ab, bis mir einfiel, dass es im Studio lag, weil der Akku leer war. »Es steckt an der Ladestation. Warum? Was ist los?«

»Zara hat versucht dich anzurufen. Sie ist mit Kim im Krankenhaus.«

Was?

»Hat sie gesagt warum?«

»Nein, nur, dass Zara versucht hat dich zu erreichen.«

Scheiße.

Ich rannte los, um Gregory Bescheid zu geben, und schnappte mir meine Sachen.

Ich musste zu ihr. Sofort.

Jake wartete mit Chase vor der Tür auf mich. »Ich fahr dich«, erklärte er, und ich versuchte nicht, ihm zu widersprechen. Es war klüger, in seinen Wagen zu steigen, als mich hinter das Steuer meines eigenen zu setzen.

Sobald wir losfuhren, schaltete ich das Handy ein. Zaras verpasste Anrufe ploppten auf, aber keine Nachrichten. Kein Hinweis darauf, was eigentlich passiert war.

Meine Gedanken rasten. Bewegten sich von einem Schreckensszenarium zum nächsten, während wir Richtung Krankenhaus fuhren. Durch die offene Fensterscheibe brannte die Sonne auf meine Haut, doch ich spürte es kaum. Da war nur der Schmerz in meiner Brust und die Angst, die mein Herz umklammert hielt.

Was immer passiert war: Ich war nicht bei ihr gewesen.

Ashley wartete vor dem Eingang des Krankenhauses auf uns.

»Ich weiß noch nichts«, sagte sie, ehe ich danach fragen konnte. »Ich bin selbst gerade erst mit dem Taxi angekommen.«

Jake begrüßte sie mit einem Kuss, dann hob er Chase auf den Arm und nickte Richtung Krankenhaus. »Lass uns rausfinden, wo sie ist.«

Kim war auf einer Station im dritten Stock untergebracht worden. Jake, Ash und Chase warteten am Stationszimmer, während eine der Krankenschwestern mich zu ihrem Zimmer brachte.

Sie lag in einem Bett am Fenster, dessen Vorhänge halb zugezogen waren. In ihrem rechten Arm steckte eine Kanüle, die mit einem Tropf verbunden war, und Zara saß auf einem Stuhl direkt neben ihr.

»Hey«, sagte ich und ging neben Kim in die Hocke. Als sie den Kopf drehte, entdeckte ich ein Pflaster, das auf ihrer Stirn prangte. Ihr Gesicht war blass und dunkle Ringe lagen unter ihren Augen.

»Keat.« Ihre Stimme war leise, und ein hauchzartes Lächeln erschien auf ihren Lippen, ehe es wieder verschwand. Ich berührte ihre Finger, starrte von ihren trüben Augen zu dem Tropf, der an einem Ständer neben ihrem Bett hing. »Was ist passiert?«

»Sie hatte einen Kreislaufkollaps.« Zara schüttelte fast unmerklich den Kopf, dann lehnte sie sich zu Kim hinunter, strich ihr behutsam das Haar aus der Stirn und sagte: »Mach die Augen ein bisschen zu, ja? Ich bin gleich zurück.«

Ein schwaches Nicken. Ihre Augen flatterten, dann fielen sie zu. Zara bedeutete mir stumm, ihr in den Flur zu folgen, wo Ashley, Jake und Chase mittlerweile vor der Tür warteten.

»Was ist passiert?«, fragte ich, weil sie ebenso bleich wirkte wie ihre Schwester.

»Nicht hier. Lass uns ... lass uns rausgehen, ja?« Sie lief zum Fahrstuhl, ohne darauf zu achten, ob einer von uns ihr folgte, und stieg ein.

Wir fuhren nach unten und durchquerten schweigend das Foyer.

»Jetzt sag schon«, bat ich sie, als wir die Parkanlage des Krankenhauses betraten. Ich konnte keine Sekunde länger warten. Kim lag da oben in einem Krankenhausbett und ich musste wissen warum.

Statt mir zu antworten, beugte sie sich zu Chase hinunter und flüsterte etwas in sein Ohr. Er nickte und sauste los, begann ein Stück entfernt Blumen vom Wegesrand zu sammeln.

»Zara.«

»Sie mussten ihr Beruhigungsmittel geben.« Zara schlang die Arme um ihren Oberkörper, als wäre ihr trotz der Hitze hier draußen kalt. »Sie ist umgekippt und mit dem Gesicht gegen die Garderobe geknallt und dann war sie mehrere Minuten bewusstlos. Ich dachte, sie wäre ... Sie sah so leblos aus, wie sie dalag.« Sie blinzelte die Tränen weg, schluckte. »Aber der Notarzt meinte, es bestand keine Lebensgefahr, weil sie die ganze Zeit geatmet hat und ihr Puls auch vorhanden war.«

Gott sei Dank.

Ash und Jake stießen neben mir erleichtert den Atem aus.

»Aber so was passiert doch nicht einfach so.« Es musste eine Erklärung geben. Niemand kippte grundlos um – oder doch? »Und wenn es ein Kreislaufzusammenbruch war, wozu dann die Beruhigungsmittel?« Mir gefiel nicht, wie sie sich von uns wegdrehte und auf die viel befahrene Straße vor dem Park starrte. Irgendetwas stimmte nicht. »Zara?«

»Nein, tut es nicht, aber –« Zara drehte das Gesicht wieder zu uns und sah mich direkt an. »– ich habe Angst, dass du irgendwas furchtbar Dummes tust, wenn ich dir sage, warum es passiert ist. Deshalb musst du mir versprechen, dass du es nicht tust, Keat.«

»Du machst mir Angst.«

»Versprich es mir einfach. *Bitte*.«

»Ich bleibe hier, versprochen. Und jetzt sag mir, was passiert ist.«

»Der Arzt meint, es war eine Art psychischer Schock, durch den ihr Kreislauf kollabiert ist.«

Ein Schock?

»Wir waren bei Colin, weil Kim ihm das mit dem Geld beichten wollte, und ... Das ist so krank, Keat. Alles, was sie gesagt haben, ist einfach nur krank.« Ihre Hände ballten sich zu Fäusten, während ich fassungslos aufnahm, wie sie uns von dem Streit zwischen TJ, Colin und Dustin erzählte und dem, was danach passiert war.

»Colin hat ihr die Drogen gegeben und TJ hat sie vergewaltigt?«, fragte Jake, und ich tigerte umher, unfähig, die Wut, die in mir brodelte und kochte, zu unterdrücken. Colin war Kims Freund gewesen. Ihr Freund! Und das drei verdammte Jahre lang. Er hatte sie geliebt. Sie in seinen Armen gehalten, mit ihr gelacht und von einer Zukunft geträumt. Er kannte sie, wusste, was sie dachte und wie wichtig ihr ihre Unabhängigkeit war, und trotzdem – trotzdem hatte er ihr Drogen verabreicht, die sie willenlos und unfähig gemacht hatten, sich gegen irgendetwas oder irgendwen zur Wehr setzen zu können. Und anschließend hatte er sich um sie gekümmert, so getan, als würde die Tatsache, dass es seine Schuld war, absolut keine Rolle spielen. Aber das tat es. Das tat es absolut.

»Es war nicht falsch zu verstehen«, sagte Zara und ich marschierte auf den nächsten Baum zu. Rammte meine Faust gegen den Stamm, um dieses nagende Gefühl in meinem Inneren zu stoppen. Ich wollte Colin und TJ finden und sie beide zur Verantwortung ziehen. Ich wollte, dass sie litten, so wie Kim gelitten hatte. Ich wollte, dass sie dafür bestraft wurden. Dass es die beiden waren, die sich ohnmächtig und furchtbar fühlten.

»Keat.« Jake packte meinen Arm, ehe ich losstürmen konnte. »Ich weiß, was du jetzt willst.« Er sah auf meine geballten Hände herab. »Und glaub mir, ich würde gerade liebend gerne genau dasselbe tun. Aber es hilft ihr nicht, wenn du etwas Unüberlegtes tust. Sie braucht dich hier, wenn sie aufwacht.«

KIMBERLY

Das, was ich in Colins Flur mit anhören musste, fühlte sich auch zwei Wochen später noch völlig verzerrt an. Ich weigerte mich zu glauben, dass es stimmte. Schwankte in dem Versuch, mir einzureden, dass Colin mir so etwas niemals antun könnte, und der Gewissheit, dass er es gewesen war, der mir die Drogen verabreicht hatte, unter deren Einfluss sein Freund mich vergewaltigen konnte.

»Kim?«, fragte Mrs. James, die Therapeutin, die auf der psychiatrischen Station arbeitete, in die ich nach meinem Zusammenbruch verlegt worden war. Sie saß mir gegenüber in einem cremefarbenen Sessel, und das wallende rote Haar, das über ihre Schultern fiel, leuchtete im einfallenden Sonnenlicht. »Haben Sie verstanden, was ich gerade zu Ihnen gesagt habe?«

Wie bei jedem Gespräch bog ich meine Finger im Schoß hin und her und schüttelte den Kopf. »Nein, tut mir leid. Können Sie ... es vielleicht noch einmal wiederholen?« Die Beruhigungsmittel, die mir verschrieben worden waren, machten es mir schwer, ihren Worten zu folgen. Sie sollten die Unruhe dämpfen und meinen

Schlaf normalisieren, aber gleichzeitig machten sie mich schläfrig und raubten mir die Fähigkeit, mich richtig zu konzentrieren.

»Ich sagte, Sie können jederzeit zurück auf die Station kommen, wenn Sie sich nicht gut fühlen.« Sie faltete die Hände in ihrem Schoß. »Ich möchte sogar, dass Sie mir versprechen, sich aufnehmen zu lassen, falls es so ist.«

»Werde ich.« Ein ganzes Jahr hatte ich mich gegen Hilfe gewehrt, hatte versucht allein zurechtzukommen. Doch die vierzehn Tage auf der Akutstation hatten mir gezeigt, dass ich das nicht musste. Dass es kein Zeichen von Schwäche war, sich Hilfe zu suchen. Der Aufenthalt war das Beste, was mir hatte passieren können.

»Gut.« Sie reichte mir eine Visitenkarte. »Das ist die Adresse meiner Kollegin, von der ich Ihnen erzählt habe. Sie wird sich um die Medikation kümmern und weitere Gespräche mit Ihnen führen, wenn Sie das wünschen.«

»Danke.«

Ich stand auf und verstaute die Karte in meiner Tasche. Zum Abschied reichte sie mir die Hand. »Ich wünsch Ihnen alles Gute, Kim.«

Keaton wartete mit meinem Koffer vor dem Stationszimmer. Jeden einzelnen Tag war er hergekommen, um nach mir zu sehen, doch als er mich jetzt in die Arme schloss, fühlte es sich anders an. Zu wissen, dass wir uns diesmal nicht nach einer Stunde Besuchszeit wieder würden voneinander verabschieden müssen, war wundervoll.

»Bereit?«, fragte er, und als ich nickte, drückte er einen Kuss auf mein Haar und löste sich von mir. »Dann lass uns gehen.«

Wir verließen den hinteren Flügel des Krankenhauses, in dem sich die psychiatrische Station befand, liefen über den bepflanzten Innenhof bis zum Foyer und traten einen Moment später nach draußen.

Obwohl ich nur zwei Wochen in der geschützten Blase im Inneren verbracht hatte, fühlte es sich beängstigend an, wieder zurückzukehren in mein Leben voller ungelöster Probleme.

Über den Hauptweg gelangten wir zum Parkplatz und neben Keatons Truck stand meine Schwester. Und nicht nur sie. Auch Trevor, Ashley, Jake und Chase standen dort und winkten uns zu.

»Was macht ihr denn hier?«, fragte ich, als Zara mich in eine Umarmung zog.

»Wir dachten, du könntest ein bisschen Unterstützung gebrauchen.«

»Und ich wollte dir den hier geben.« Jake kam und überreichte mir einen Schlüssel.

Ich nahm ihn entgegen, drehte ihn zwischen den Fingern. »Verrätst du mir auch, wofür genau ich den brauche?«

»Für Carols Ferienhaus«, antwortete jetzt Trevor. »Du weißt schon, dieses protzige Ding am Lake Tahoe, in dem Jake und ich unsere Sommer verbracht haben.«

»Wollt ihr damit sagen, wir fahren da hin? In die Berge?«

Zara nickte. »Eine kleine Auszeit wird uns allen guttun, nicht nur dir.«

»Deshalb fahren wir auch direkt los.« Keaton deutete auf die offene Ladefläche seines Trucks, auf dem sich Koffer und Kisten stapelten, die mir zuvor nicht aufgefallen waren. »Also, wenn du willst.«

Ich presste den Schlüssel vor die Brust, sah nacheinander meine Schwester und meine Freunde an. »Ihr seid verrückt. Absolut verrückt.«

Da der Lake Tahoe an der Grenze zu Nevada lag, gut zehn Stunden Fahrt von Savanna Springs entfernt, übernachteten wir in einem Motel und nahmen nach dem Frühstück die zweite Etappe in Angriff.

Ich saß auf dem Beifahrersitz neben Keaton, streckte meine Hände aus dem offenen Fenster und beobachtete, wie sich das Sonnenlicht zwischen den Kronen der meterhohen Bäume des Nationalparks brach. Immer wieder blitzten die Gipfel der Berge der Sierra Nevada auf, jener monströsen Gebirgskette, die sich durch Kalifornien bis nach Nevada schlängelte und die ich zum ersten Mal in meinem Leben sah.

Das riesige Holzhaus, das am Fuße des Lake Tahoe mitten in einer kleinen, einsamen Bucht lag, bestand aus vier Schlafzimmern samt eigenen Bädern und einer Wohnküche, die sich über die gesamte untere Etage des Hauses zog. Neben einer Sauna gab es auch einen Whirlpool und einen Garten, der von der Terrasse bis zum Bootsanleger mit hohen, alten Kiefern gesäumt war.

Während die anderen unser Gepäck und die mitgebrachten Lebensmittel verstauten, verließ ich das Haus über die Terrassentür. Ich streifte die Schuhe von den Füßen. Trat mit nackten Füßen in das knöchelhohe Gras, das sich kühl und unglaublich weich anfühlte. Im Laufen berührte ich die rissigen Stämme der Kiefern und blickte zwischen ihren Kronen hinauf in den wolkenlosen Himmel.

Am Bootssteg angelangt, sank ich auf die verwitterten Platten. Mit baumelnden Füßen sah ich eine ganze Weile auf den See hinaus, dessen Wasser in verschiedenen Blautönen schimmerte.

Irgendwann zog ich den zusammengefalteten Brief aus meiner Hosentasche, der für mich im Krankenhaus abgegeben worden war. In krakeligen Buchstaben hatte Colin meinen Namen daraufgeschrieben. Ich sah auf das zerknitterte Papier und die Schrift, die ich aus allen anderen wiedererkannt hätte.

Nicht sicher, ob ich tatsächlich bereit dazu war, faltete ich den Brief schließlich auseinander.

Liebe Kim,

ich weiß, dass nichts, was ich dir sagen könnte, irgendetwas wiedergutmachen kann und dass es egoistisch ist, dir diesen Brief zu schreiben, aber ich muss es tun, weil ich das ganze letzte Jahr damit verbracht habe, mich selbst zu hassen. Ich wollte nicht wahrhaben, dass das, was wir hatten, wirklich vorbei sein sollte, und für einen fatalen Moment habe ich tatsächlich geglaubt, dass es deine Entscheidung rückgängig machen könnte, dir diese Drogen zu verabreichen. Dass du nicht mehr alles zwischen uns wegwerfen wolltest, wenn du dich nur daran erinnern würdest, wie es war, mit mir zusammen zu sein. Wenn ich heute darüber nachdenke, verstehe ich nicht einmal, wie es überhaupt dazu kommen konnte, dass ich TJs Vorschlag auch nur in Erwägung ziehen, geschweige denn wirklich in die Tat umsetzen konnte. Aber ich habe es getan, habe gewartet, bis du allein auf der Tanzfläche warst, und dir Liquid Ecstasy in den Drink getropft. Ich weiß, dass du dich nicht daran erinnerst, aber wir haben getanzt. Einen Song lang lagst du wieder in meinen Armen, bis ich gemerkt habe, dass ich dir zu viel gegeben habe. Viel zu viel. Denn statt dich anhänglich zu machen oder die sexuelle Spannung zwischen uns zu steigern, wurdest du völlig apathisch. Ich wusste schon in diesem Moment, dass ich einen Fehler gemacht hatte, doch der allerschlimmste war, dich allein zu lassen. Bis in alle Ewigkeit werde ich bereuen, dass ich dich an den Rand der Tanzfläche gesetzt habe, um dir etwas zu trinken zu holen, denn als ich zurückkam, warst du nicht mehr da.

Ich habe überall nach dir gesucht, bis du im Morgengrauen über den Strand gestolpert und fast in mich reingelaufen bist. Und ich wünschte – ich wünschte wirklich –, dass ich schon damals den Mut gefasst und dir erzählt hätte, was ich getan habe. Doch ich war zu feige dazu.

Als du darauf bestanden hast, es zu vergessen, wollte ich mir einreden, dass es funktionieren würde. Tief in mir drin wusste ich, dass du niemals weitermachen kannst, als wäre überhaupt nichts passiert, aber ich wollte es glauben, weil es einfacher war, als mich mit meinen Schuldgefühlen auseinanderzusetzen. Erst als du mich angerufen hast, habe ich realisiert, wie schlimm es wirklich um dich steht, und da konnte ich es nicht mehr. Ich wollte dir nicht den Boden unter den Füßen wegreißen. Nicht, ehe du die Hilfe bekamst, die du so dringend brauchtest. Also war ich für dich da, vermutlich, weil ein Teil von mir überzeugt war, für dich da zu sein würde es auf irgendeine Weise wiedergutmachen.

Es ist eine lausige Erklärung und keine Entschuldigung, das weiß ich, Kim. Und ich weiß auch, dass es nichts gibt, was das, was ich getan und damit zugelassen habe, jemals wiedergutmachen kann.

Ich habe Dustin gebeten, diesen Brief für dich im Krankenhaus abzugeben, damit du weißt, dass ich bei der Polizei war und sie TJ festgenommen haben. Es hat sich herausgestellt, dass du nicht die Einzige bist, der er das angetan hat, und ich will, dass du weißt, dass er dafür bestraft werden wird. Genau wie ich.

Es tut mir leid. Alles.

Colin

»Was hast du da?«, fragte Keaton und setzte sich neben mich auf den Rand des Stegs.

»Einen Brief.« Ich wischte mir über das tränennasse Gesicht und faltete ihn zusammen. »Colin hat ihn im Krankenhaus für mich abgeben lassen.«

»Und du hast ihn gelesen?« In Keatons Stimme schwang weder ein Vorwurf noch Entrüstung mit, nur Sorge.

Ich nickte, während weitere Tränen über meine Wangen rollten. Colins Worte taten weh, und gleichzeitig war ich dankbar dafür, dass er sie mir geschrieben hatte. Es fühlte sich an, als würde ich dadurch einen Teil von dem zurückbekommen, was ich in dieser Nacht verloren hatte.

Keaton nahm mir den Brief ab und verstaute ihn in seiner eigenen Hosentasche, ohne ihn zu lesen. Ich zog die Beine an, umschlang die Knie mit meinen Armen und starrte aufs Wasser hinaus.

Beobachtete, wie ein Schwarm Vögel über der dunkelblauen Oberfläche kreiste und dann Richtung Horizont verschwand.

»Möchtest du darüber reden?«, fragte er nach einer ganzen Weile.

»Nein«, entschied ich, weil ich es leid war, auf der Stelle zu treten und in der Vergangenheit festzustecken. »Ich will viel lieber, dass du mich küsst.«

KEATON

Die Zeit in den Bergen tat uns allen gut. Wir kochten und aßen gemeinsam, erkundeten mit Chase die Wälder und fuhren mit Booten aufs Wasser hinaus. Es war still, nahezu friedlich, und die Wut, die nach Kims Zusammenbruch von mir Besitz ergriffen hatte, veränderte sich allmählich. Kim wachte noch immer jede Nacht auf, gequält von den Träumen, die sie heimsuchten, doch sie stand nicht mehr auf, um sie zu vertreiben, sondern kuschelte sich in meinen Arm und schlief wieder ein. Sie blieb, bis auch ich aufwachte.

Manchmal spazierten wir allein durch die dichten Kiefernwälder, beobachteten Eichhörnchen und Vögel. Wir redeten über das, was passiert war, und schließlich war es Trevor, der ihr die Last ihrer Schulden von den Schultern nahm. Indem er sich dazu bereiterklärte, sie zu übernehmen, wenn sie wieder studierte.

Nach einigen Tagen bat sie mich schließlich, den Brief zu lesen, den sie am Steg in den Händen gehalten hatte. Colins Worte schockierten mich, doch gleichzeitig war ich auch froh, weil er Kim mit seinen Worten einen

Teil jener zerstörerischen Nacht zurückgegeben hatte, an die sie sich vermutlich niemals erinnern würde.

Oft saß sie allein unten am Steg, und ich starrte voller Angst auf den See hinaus, überzeugt, sie würde sich wieder vor uns zurückziehen. Doch sie tat es nicht, und ich begriff, dass es die Ruhe und Einsamkeit waren, die ihr halfen, ihre eigenen Gedanken zu sortieren und einen Weg zu finden, mit ihnen zurechtzukommen.

An unserem vorletzten Morgen, fast drei Wochen nachdem wir angekommen waren, lagen wir auf dem großen Holzbett in unserem Zimmer und sahen dabei zu, wie die Sonne über den Bergen aufging.

»Meinst du, wenn wir zurück sind, wird es auch so sein?« Kim bettete ihr Kinn auf meiner nackten Brust, um mich anzusehen.

»Was genau?« Ich strich eine der schwarzen Haarsträhnen hinter ihr Ohr, die ihr vor den Augen hing.

»Alles.«

»Hast du Angst? Davor, wieder nach Hause zu fahren?«

»Ein bisschen. Aber ich weiß, dass ich das schaffen werde. Weil du bei mir bist.« Sie schmiegte sich an mich und ihre Finger berührten meine nackte Haut. Fuhren die farbigen Linien nach, die bis in alle Ewigkeit darauf verewigt sein würden. Es fühlte sich schön an, ihren Körper so dicht an meinem zu spüren, ihren warmen Atem auf meiner Haut.

»Keat?«

»Ja?«

Sie hob den Kopf, sah zu mir auf. »Ich vermisse dich.«

Meine Mundwinkel zuckten. »Ich bin doch hier. Direkt bei dir.«

»Ja, schon.« Sie rutschte höher, bis unsere Lippen sich fast berührten. »Aber ich vermisse es, mit dir zusammen zu sein.«

Ich auch, verflucht, und wie.

»Ich will dir Zeit geben.«

»Und ich will, dass du damit aufhörst. Ich will mit dir zusammen sein. Ich will … dich.« Sie rutschte noch ein Stück höher, und einen Moment lang schwebten ihre Lippen über meinen, voll und wunderschön, bis sie sich fanden. Und plötzlich gab es nur sie und mich und tausend Küsse, die uns zueinander führten.

Immer wieder suchte ich nach Zweifeln oder Angst in ihren Augen, doch alles, was ich fand, war die Sehnsucht, die darin glänzte, die mich antrieb sie zu küssen, zu streicheln und zu schmecken.

Und als sie schließlich auf mich krabbelte, mich in sich aufnahm, da war kein Platz mehr für irgendetwas anderes als ihren Körper und meinen und das, was sie verband.

Ich liebte sie.

Mit jedem Kuss.

Jedem Stoß.

Mit allem, was ich hatte.

»Wie geht es dir jetzt?«, fragte ich, als wir nackt und verschwitzt nebeneinanderlagen und mein Pulsschlag sich allmählich beruhigte. Ich wusste, dass es das Gefühl nach dem Sex war, das sie am schwierigsten aushalten konnte.

»Nicht so schlecht wie die letzten Male.« Ihre Finger spielten mit meinem Kinnbärtchen. »Aber ich möchte trotzdem duschen.«

»Soll ich mitkommen?«

»Das wäre schön.« Sie rutschte aus dem Bett, lief zum Schrank hinüber und holte frische Kleidung heraus, die sie ins Bad trug. Ich folgte ihr. Erst ins Bad, dann in die Dusche. Ich stellte das Wasser an, wartete, bis es warm genug war, dann griff ich nach ihrem Lieblingsduschgel. Und unter dem warmen Wasserstrahl, der auf uns herabprasselte, ließ sie zu, dass ich ihr half, ihren Körper und ihr Herz von den düsteren Erinnerungen zu befreien.

Frisch geduscht – und später als sonst – gingen wir nach unten zu den anderen, um zu frühstücken.

Bis auf Chase, der auf dem Boden saß und seine Spielzeugautos gegen eine Mauer aus Bausteinen rasen ließ, saßen alle am Tisch.

»Guten Morgen«, begrüßte uns Zara, während ich mir im Stehen eins der Brötchen schnappte, die Jake bisher jeden Morgen gebacken hatte.

»Morgen.« Ich setzte mich neben Kim auf den Stuhl, reichte ihr auch ein Brötchen und schaufelte anschließend Rührei und Bacon auf meinen Teller.

Ich begann zu essen, merkte aber, wie Zara mich mit hochgezogener Augenbraue anstarrte.

Ich hielt im Kauen inne. »Was?«

»Ach, du siehst bloß so … hungrig aus.« Sie warf Kim einen kurzen Blick zu und griff nach der Kaffeekanne. »Will noch jemand?«

Nacheinander sah ich meine Freunde an, die alle in sich hineingrinsten, beschloss aber, es zu ignorieren. Kim und ich hatten Sex, verdammt guten, verdammt schönen Sex, und von mir aus konnte es die ganze Welt erfahren.

»Was Zara eigentlich damit sagen wollte, ist –« Jake sah abwechselnd von Kim zu mir und ein ehrliches Lächeln erschien auf seinem Gesicht. »– dass wir uns für euch freuen. Ihr seht glücklich aus.«

EPILOG

KIMBERLY

3 Monate später

»Du musst es nicht tun«, versicherte Keaton neben mir. »Es ist okay, wenn du noch nicht so weit bist. Wir können ein anderes Mal wiederkommen.«

Der Wind zerrte an meinem Haar, wehte den salzigen Duft des Meeres heran, während ich auf den weißen Sandstrand vor mir hinabsah, der in das endlose Blau des Pazifiks überging.

»Nein«, sagte ich, weil ich weder TJ noch Colin die Macht geben wollte, mir das zu rauben, was ich liebte. Ich war in Kalifornien aufgewachsen, konnte bereits schwimmen, lange bevor ich lesen konnte, und hatte so viele wundervolle Tage meines Lebens hier verbracht. Mit meinem Dad und Jackson, mit meiner Schwester und Keaton. Ich wollte nicht, dass eine einzige Nacht all diese Momente und Erinnerungen verdunkelte und sie damit auslöschte.

»Okay. Ich bin direkt hinter dir, wenn du mich brauchst.« Ein letztes Mal drückte Keaton meine Hand, dann ließ er sie los und ich tauchte meine nackten Zehen in den sonnenwarmen Sand.

Es gab noch viele Nächte, in denen ich aus Albträumen aufschreckte, und noch mehr Tage, in denen das, was mir angetan worden war, alles überschattete. Tage, in denen ich mich vor allen und jedem zurückzog – selbst vor Keaton.

Tage, in denen sich meine Gefühle so unlösbar anfühlten, dass ich an nichts anderes denken konnte als daran, einkaufen zu gehen und damit für ein paar Stunden die Kontrolle zurückzugewinnen, nach der ich mich sehnte.

Aber die meiste Zeit wurde es besser als schlechter.

Die meiste Zeit spürte ich das Licht und nicht die Dunkelheit, so wie jetzt, in diesem Moment, während ich mich Schritt für Schritt den Dämonen stellte, die mir ein Jahr meines Lebens und meine Träume geraubt hatten.

Ich stemmte mich ihnen entgegen, mit aller Kraft und aller Zuversicht, die ich besaß. Weil ich meine Träume zurückwollte – genauso wie mein Leben.

DANKSAGUNG

Kims und Keats Geschichte ist mir schon seit den ersten Sätzen über Ash und Jake im Kopf herumgeschwirrt, und ich bin unendlich dankbar und froh, dass sie nun draußen in der Welt ist und ihr sie in den Händen halten könnt.

Franziska: Seit dem allerersten Buch, das du als meine Testleserin begleitet hast, glaubst du an mich und meine Geschichten. Und vermutlich weißt du es nicht, aber: Durch dich habe ich den Mut gefunden, als Autorin weiterzumachen, als ich an einem Punkt stand, an dem ich nicht mehr weiterwusste. Und dafür danke ich dir unglaublich.

Claudia: Du bist nicht nur eine wundervolle Korrektorin, mit der ich furchtbar gerne zusammenarbeite, sondern dir ist es auch zu verdanken, dass meine Geschichten ein Zuhause im Federherz Verlag finden konnten. Ich freue mich auf viele weitere Bücher mit dir.

Sanny, Jessica und Annika: Eure Mithilfe an Keats und Kims Geschichte macht mich furchtbar glücklich und ich danke euch für eure Anmerkungen, Ideen und eure Begeisterung.

Und zum Schluss – und ganz besonders – danke ich jedem einzelnen Leser und jeder einzelnen Leserin. Danke, dass ihr meine Bücher lest und mir damit so unglaublich viel zurückgebt.

Wenn aus Freundschaft Liebe wird ...

Romantik ist was für Anfänger.
Das ist Willows Leitspruch, seitdem ihr schrecklicher Ex sie ausgenutzt und betrogen hat.
Dass sie mittlerweile in einer Wedding Agentur als Fotografin arbeitet, muss ja nicht bedeuten, dass sie an die große Liebe glaubt.
Als ihr der attraktive Seth begegnet, lässt sie sich auf eine stürmische Affäre mit ihm ein, doch eines weiß sie ganz sicher:
Sie wird sich nie wieder verlieben.
Denn Seth ist genau der Typ Mann, den Willow für ein Märchen hält.
Ehrlich, treu und dabei noch höllisch heiß.
Wenn sie ihn erst einmal an sich heranlässt, zeigt er bestimmt sein wahres Gesicht und deckt ihr schlimmstes Geheimnis auf ...
Oder?

Eigentlich sollte der Trip nach London für Abbie nur eine kurze Ablenkung sein. Ein letzter Ausflug in die Freiheit, bevor sie ihr perfektes Leben als Ehefrau des erfolgreichen Staranwalts Marc Oliver Minor in der New Yorker High Society antritt.

Aber dann begegnet sie im Londoner Nachtleben James Bolden, dem berühmt berüchtigten Underground-Regisseur. Er ist dunkel, verrucht und höllisch anziehend - und das komplette Gegenteil ihres Verlobten.

Er entfacht ein hungriges Feuer in ihrer Brust, das sie längst verloren glaubte und stellt dabei alles auf den Kopf, was sie so sorgfältig geplant hatte.

Als Abbie das bewusst wird, ist es längst zu spät.

Denn eines ist klar:
Wenn James Bolden etwas will, bekommt er es auch.

LONDON DEVIL
Ein leidenschaftlicher Liebesroman mit London-Flair

Rockkonzerte, One-Night-Stands und exzessive Partys – damit kann Paula rein gar nichts anfangen. Sie ist ein Good Girl: schüchtern, strebsam und unauffällig.
Doch dann trifft sie auf ihn.
Mats. Es reicht ein Blick in seine strahlend grünen Augen, damit alles um sie herum verblasst.

Und obwohl sie sich mit sämtlichen Mitteln gegen seine einnehmende Ausstrahlung sträubt, verliebt sie sich Hals über Kopf in ihn. Paula stürzt sich in eine Welt, die ihr nicht fremder sein könnte, und entdeckt bislang völlig unbekannte Seiten an sich.
Mats jedoch wird von den Dämonen seiner Vergangenheit verfolgt. Liebe und Gefühle existieren für ihn nicht. Und vor allem Paula darf er nicht zu nah an sich heranlassen, denn sie beide verbindet ein gut gehütetes Geheimnis, das alles verändern würde, wenn es ans Licht käme ...

Der emotionale Auftakt der neuen New-Adult-Reihe von Alessia Gold.

Mitreißend, ergreifend und gefühlvoll

Sammle Herzpunkte und sichere dir

kostenlose Wunschbücher

Du hast Lust, Feedback zu den Verlagstiteln des Federherz Verlages zu geben? Du möchtest dabei Punkte sammeln, von denen du dir in regelmäßigen Abständen Wunschbücher aussuchen kannst?

Dann mach mit beim Herzlesen. Alles, was du dafür brauchst, ist ein Konto auf unserer Federherz-Homepage. Sobald du dieses hast, kannst du direkt damit loslegen, Herzpunkte zu sammeln.

Wir freuen uns, bald mehr von dir zu lesen!

Dein Federherz Verlag